ANDREA CAMILLERI

LA LUNE DE PAPIER

Traduit de l'italien (Sicile)
par Serge Quadruppani
avec l'aide de Maruzza Loria

FLEUVE NOIR

Cet ouvrage est paru sous le titre
LA LUNA DI CARTA

ISBN : 978-2-266-18535-6

Avertissement du traducteur

L'œuvre littéraire d'Andrea Camilleri connaît dans son pays un succès tel, qu'on lui trouverait difficilement un équivalent dans le demi-siècle qui vient de s'écouler en Italie. Une bonne part de cette réussite tient à la langue si particulière qu'il emploie. En rendre la saveur est une entreprise délicate. Il faut d'abord faire percevoir les trois niveaux sur lesquels elle joue, chacun d'eux posant des problèmes spécifiques.

Le premier niveau est celui de l'italien « officiel », qui ne présente pas de difficulté particulière pour le traducteur : on le transpose dans un français le plus souvent situé, comme l'italien de l'auteur, dans un registre familier. Le troisième niveau est celui du dialecte pur : dans ces passages, toujours dialogués, soit le dialecte est suffisamment près de l'italien pour se passer de traduction, soit Camilleri en fournit une à la suite. À ce niveau-là, j'ai simplement traduit le dialecte en français en prenant la liberté de signaler dans le texte que le dialogue a lieu en sicilien (et en reproduisant parfois, pour la saveur, les phrases en dialecte, à côté du français).

La difficulté principale se présente au niveau intermédiaire, celui de l'italien sicilianisé, qui est à la fois celui du narrateur et de bon nombre de personnages. Il est truffé de termes qui ne sont pas du pur dialecte, mais plutôt des régionalismes (pour citer deux exemples très fréquents, *taliare* pour *guardare*, regarder, *spiare* pour *chiedere*, demander). Ces mots, Camilleri n'en fournit pas la traduction, car il les a placés de telle manière qu'on en saisisse le sens grâce au contexte (et aussi, souvent, grâce à la sonorité proche d'un mot connu). Voilà pourquoi les Italiens de bonne volonté (l'immense majorité, mais on en trouve encore qui prétendent ne rien comprendre à la langue « camillerienne ») n'ont pas besoin de glossaire, goûtent l'étrangeté de la langue et la comprennent pourtant.

Remplacer cette langue par un des parlers régionaux de la France ne m'a pas paru la bonne solution : soit ces parlers, tombés en désuétude, sont incompréhensibles à la plupart des lecteurs (et il semblerait bizarre de remplacer une langue bien vivante et ancrée dans les mots de la Sicile d'aujourd'hui, par une langue morte), soit ce sont des modes de dire beaucoup trop éloignés des langues latines (un Camilleri en ch'timi aurait-il encore quelque chose de sicilien ?). Il a donc fallu renoncer à chercher terme à terme des équivalents à la totalité des régionalismes. Le « camillerien » n'est pas la transcription pure et simple d'un idiome par un linguiste, mais la création personnelle d'un écrivain, à partir du parler de la région d'Agrigente. Et cependant, si toute vraie traduction comporte une part de création littéraire, le traducteur doit aussi éviter de disputer son rôle à l'auteur : il était hors de question d'inventer une langue artificielle.

Pour rendre le niveau de l'italien sicilianisé, j'ai donc placé en certains endroits, comme des bornes rappelant à quels niveaux on se trouve, des termes du français du Midi. D'abord, parce que le français occitanisé s'est assez répandu, par diverses voies culturelles, pour que jusqu'à

Calais, on comprenne ce qu'est un « minot ». Ensuite, ces régionalismes apportent en français un parfum de Sud. J'ai par ailleurs choisi le parti de la littéralité, quand il s'est agi de rendre perceptibles certaines particularités de la construction des phrases (inversion sujet verbe : « *Montalbano sono* » : « Montalbano, je suis ») ou ce curieux emploi du passé simple (*chè fu* ? « qu'est-ce qu'il fut ? », pour « qu'est-ce qui se passe ? ») par où passe l'emphase sicilienne, ou bien encore l'usage intempérant de la préposition « à » avec des verbes directs, et le recours très fréquent à des formes pronominales (« se faisait un rêve » pour « faisait un rêve »), etc.

J'ai tenté aussi de transposer certaines des déformations qu'impose le maître de Porto Empedocle à l'italien classique, pour faire entendre la prononciation de sa terre : *pinsare* au lieu de *pensare* (« penser », en italien classique) a été traduit par « pinser », *aricordarsi* au lieu de *ricordarsi* (se rappeler) a été traduit par s'» arappeler », etc. Choix sûrement discutable, mais qui me paraît encore comme la moins mauvaise des solutions, car elle permet de suivre l'évolution du style de notre auteur. En effet, l'abondance des transpositions de déformations orales n'est pas la même dans les premiers Montalbano que dans les derniers (il semble que, son public désormais conquis et habitué, Camilleri hésite moins à faire entendre les singularités de sa musique), et leur présence plus ou moins importante dans tel ou tel passage du même livre n'est pas dépourvue de significations, volontaires ou non.

L'ensemble de ces partis pris de traduction aboutit à une langue assez éloignée de ce qu'il est convenu d'appeler le « bon français » : ma traduction peut paraître peu fluide et s'éloigne souvent délibérément de la correction grammaticale. Mais depuis quelques dizaines d'années, le travail des traducteurs a été orienté par la tentative de mieux rendre la langue de leurs auteurs en échappant à la dictature de la « fluidité » et du « grammaticalement correct » qui avait imposé à des générations de lecteurs français une idée trop vague du style réel de tant d'auteurs. Un tel mouvement rejoint aussi le travail des auteurs francophones qui s'emploient à libérer leur expression du carcan d'une langue sur laquelle on a beaucoup trop légiféré. À l'intérieur de ce cadre, à mon artisanal niveau, l'essentiel était, me semble-t-il, de tenter de restituer auprès du lecteur français la plus grande partie de ce que ressent le lecteur italien non-sicilien à la lecture de Camilleri. Ce sentiment d'étrange familiarité que procure sa langue, écho de ce qu'on éprouve en rencontrant, en même temps qu'une île, une très ancienne et très moderne civilisation.

Serge Quadruppani

UN

Le réveil sonna, comme tous les matins depuis un an, à sept heures et demie. Mais lui, il s'était aréveillé une fraction de seconde avant l'alarme, il lui avait assuffi du déclic du ressort qui mettait en mouvement la sonnerie. Il cut donc, avant de sauter du lit, le temps de tourner les yeux vers la fenêtre ; d'après la lumière, il comprit que la journée s'annonçait bonne, sans nuages. Après, il eut tout juste le temps de se priparer le café, de se boire une cafetière, d'aller faire ses besoins, de se faire la barbe et de se prendre la douche, de se boire une autre cafetière, de s'allumer unc cigarette, s'habiller, sortir, démarrer la voiture, arriver à neuf heures au commissariat : le tout avec la rapidité d'un film comique de Larry Semon ou de Charlot.

Jusqu'à voilà un an, la procédure du réveil matutinal avait en fait suivi des règles différentes et, surtout, sans hâte et sans décarrade de coureur de cent mètres.

D'abord, pas d'utilisation du réveil.

Montalbano avait l'habitude après le sommeil d'ouvrir l'œil de manière naturelle, sans qu'il soit besoin de stimulus externes : il y avait bien une espèce de réveil, mais il était en dedans de lui, caché certainement dans sa coucourde, il lui suffisait de pointer sur lui avant de s'endormir : *Rappelle-toi que demain tu dois t'aréveiller à six heures*, et à six heures pétantes, il s'aretrouvait les yeux ouverts. Il avait toujours considéré le réveil, l'objet de métal, pratiquement comme un instrument de torture : les trois ou quatre fois qu'il avait dû s'aréveiller avec ce bruit de foreuse parce que Livia, qui devait partir, ne s'était pas fiée à son réveil intérieur, il était resté toute la journée avec le mal de tête. Alors, Livia, après une engueulade, avait acheté un réveil de plastique qui, au lieu de sonner, faisait un bruit électronique, une espèce de biiiiiiip qui ne finissait jamais, comme le ronflement d'un moustique coincé dedans l'oreille et resté prisonnier. Un truc à devenir dingue. Il l'avait balancé par la fenêtre, déclenchant une bagarre mémorable.

Ensuite, il s'autoréveillait, volontairement, avec une certaine avance, au grand minimum une dizaine de minutes. Ah, qu'il était bon de rester recroquevillé sous le drap à pinser des conneries ! *Ce livre dont tout le monde disait que c'était un chef-d'œuvre, je me l'achète ou pas ? Aujourd'hui je vais manger à la trattoria ou je reviens à Marinella et je me bâfre ce que m'a priparé Adelina ? Je le lui dis ou je le lui dis pas, à Livia, que la paire de chaussures qu'elle m'a offertes, je peux pas me les mettre passqu'elles sont serrées ?* Voilà, des trucs comme ça. Des *tambasiate*, des pertes de temps volontaires, en pensée. Mais en évitant soigneusement de se faire apparaître mentalement quelque chose qui concerne le sexe ou les gonzesses : ça pouvait, à cette heure, adevenir un terrain dangereux à explorer à moins qu'il y ait Livia endormie à côté, qui serait bien contente d'en subir les conséquences.

Mais un matin d'il y a un an, ça avait changé d'un coup. Il avait à peine rouvert l'œil, en calculant qu'il pouvait consacrer un petit quart d'heure à des *tambasiate* mentales, quand une pinsée soudaine lui passa par la tête, non pas une pinsée complète, mais un début de pinsée, une pinsée qui commençait par ces paroles, exactement :

« Quand viendra le jour de ta mort… »

Et qu'esse-ce qu'elle venait faire cette pinsée au milieu des autres ? C'était un coup en traître ! C'était comme si, pendant qu'on faisait l'amour, on s'arappelait d'un coup qu'on avait pas payé la facture du téléphone. Non pas que l'idée de la mort lui flanque une frousse particulière, mais le matin à six heures et demie, c'était pas sa place à elle, si on acommençait à raisonner sur sa propre mort à sept heures de l'aube, sûr et certain qu'à cinq heures de l'après-déjeuner ou on se tirait une balle ou on se balançait à la mer avec une caillasse au cou. Il aréussit à ne pas la laisser continuer, cette phrase, la bloqua en se mettant à compter précipitamment de 1 à 5000, les yeux et les poings serrés. Après, il comprit qu'il lui restait plus qu'à se mettre à faire les choses qu'il devait faire, en se concentrant sur elles comme si c'était une question de vie ou de mort. Le lendemain matin, l'affaire fut plus traïtresse. La première pinsée qui lui vint fut que la soupe de poisson qu'il avait mangée le soir précédent manquait d'assaisonnements. Mais lesquels ? Et à ce moment précis, par traîtrise, lui revint la maudite pinsée :

« Quand viendra le jour de ta mort… »

De ce moment, il comprit que cette pinsée ne s'en irait jamais plus, si ça se trouvait, elle resterait cachée dans un virage de boyau de sa coucourde pendant un ou deux jours avant de sortir à découvert quand il l'attendrait pas. Va savoir pourquoi, il se convainquit qu'il était nécessaire, pour sa propre survie, que cette phrase ne devait pas arriver à sa fin, que si elle y arrivait, lui, il mourrait d'un coup, avec le dernier mot. Et donc, le réveil. Pour ne pas laisser à cette damnée pinsée la moindre fente temporelle dans laquelle s'enfiler.

Livia, venue passer trois jours à Marinella, pendant qu'elle défaisait sa valise, pointa un doigt vers la table de nuit et demanda :

— Qu'est-ce qu'il fait là, ce réveil ?

Lui, il lui sortit une calembredaine.

— Tu vois, il y a une semaine, j'ai dû me lever très tôt et…

— Et au bout d'une semaine, ce vieux réveil est encore remonté ?

Quand elle s'y mettait, Livia était pire que Sherlock Holmes. Un peu vexé, il lui dit la vérité, toute la vérité, rien que la vérité. Livia entra en fureur.

— Mais t'es dément !

Et elle fit disparaître le réveil en le glissant dedans le tiroir de l'*armuàr*[1].

Le lendemain matin, au lieu du réveille-matin, ce fut Livia qui l'aréveilla. Et ce fut un très bel éveil avec des pinsées de vie et non de mort. Mais dès que Livia repartit, le réveil revint sur la table de nuit.

— *Dottori*, ah, *dottori, dottori* !

— Qu'est-ce qui fut, Catarè ?

— Il y a une dame qui vous attend.

— À moi ?

— À vosseigneurie en pirsonne pirsonnellement, elle l'a pas dit, elle dit qu'elle voulait parler avec quelqu'un de la police.

— Et toi, tu pouvais pas parler avec elle ?

— *Dottori*, elle me dit qu'elle voulait parler avec un supérieur à moi.

— Le *dottor* Augello n'est pas là ?

— Oh que non, *dottori*, il tiliphona qu'il arrivera en retard étant donné qu'il prit du retard.

1. Prononcer « armoire ». *(N.d.T.)*

— Et pourquoi ?

— Il dit que cette nuit, le minot se sentit mal et que ce matin, il va venir le médecin *dottori*.

— Catarè, pas besoin de dire le médecin *dottori*, ça suffit largement de dire le docteur.

— Non, ça n'assuffit pas, *dottori*. On se trompe. Vosseigneurie, par egzemble, vous êtes *dottore* mais vous êtes pas médecin.

— Mais la mère ? Beba ? Elle ne peut pas l'attendre, elle, la visite du doc… du médecin ?

— Oh que oui, *dottori*, Mme Beba est là. Mais il dit qu'il voulait être présent lui aussi.

— Et Fazio ?

— Fazio s'occupe d'un jeune.

— Qu'est-ce qu'il a fait, ce jeune ?

— Lui, rin, *dottori*. Mort, il est.

— Et comment il est mort ?

— Overodose, *dottori*.

— Bon, d'accord, faisons comme ça. Moi, je vais dans mon bureau, tu laisses passer une dizaine de minutes et après tu fais entrer la dame.

Il était enragé contre Mimì Augello. Depuis que le minot était né, il s'en occupait à peu près autant qu'autrefois il s'occupait des gonzesses. Il avait perdu la tête pour son fils Salvo. Eh oui, passque non seulement, il le lui avait fait parrainer, mais il lui avait aussi fait la bonne surprise de l'appeler comme à lui.

— Mimì, mais tu pouvais pas lui donner le nom de ton père ?

— Tu parles, il s'appelle Eusebio.

— Alors, celui du nom du père de Beba.

— Pire que tout. Il s'appelle Adelchi.

— Mimì, explique-moi ça. La vraie raison pour laquelle vous l'appelez comme à moi, c'est parce que les autres noms sont des noms qui vous paraissent zarbis ?

— Mais ne dis pas de conneries ! Avant tout, il y a l'affection que j'ai pour toi qui es pour moi comme un père et puis…

Un père ? Avec un fils comme Mimì ?

— Mais va te faire foutre !

À la nouvelle que le poupard s'appellerait Salvo, Livia, au contraire, avait éclaté en gros sanglots. Il y avait des occasions spéciales qui l'émouvaient beaucoup.

— Qu'est-ce qu'il t'aime bien, Mimì. Et toi, au contraire…

— Ah, il m'aime bien ? Tu le sais qui sont Eusebio et Adelchi ?

Et depuis que le minot était né, Mimì, au commissariat, il y apparaissait et disparaissait en un tourne-vire, tantôt Salvo (junior, naturellement) avait la courante, tantôt c'étaient des taches roses sur son petit derrière, tantôt des reflux, tantôt il ne voulait pas téter…

Il s'en était plaint, au téléphone, auprès de Livia.

— Ah oui ? Et qu'est-ce que tu as à redire sur Mimì ? Ça prouve que c'est un père aimant, un père consciencieux ! Moi, je ne sais pas si toi, à sa place…

Il avait raccroché.

Il mata le courrier du matin que Catarella avait laissé dessus la table. Par un pacte passé avec le fonctionnaire des postes, comme certaines fois il restait deux jours sans rentrer chez lui, son courrier privé adressé à Marinella était apporté au commissariat. Il n'y avait que des lettres officielles et il les mit de côté, il n'avait pas envie de les lire, il les passerait à Fazio dès qu'il serait rentré.

Le téléphone sonna.

— *Dottori*, il y a le *dottori* Lactes avec le c au milieu.

Lactes, le chef de cabinet du Questeur. Avec horreur et stupeur, Montalbano avait découvert, quelque temps auparavant, que Lactes avait un clone en la personne d'un député porte-parole qui apparaissait tout le temps à la télé, le même air de sacristie, la même peau rose porcelaine par défaut de barbe, la même petite bouche en trou du cul de poule, la même onctuosité, comme deux gouttes d'eau.

— Cher Montalbano, comment allez-vous ?

— Bien, *dottore*.

— Et la famille ? Les enfants ? Tout va bien ?

Il le lui avait expliqué un million de fois qu'il n'était pas marié et n'avait pas d'enfants illégitimes mais rien à faire. Il n'en démordait pas.

— Tout va bien.

— Grâce soit rendue à la Madone. Écoutez, Montalbano, M. le Questeur voudrait vous parler cet après-midi à dix-sept heures.

Et pourquoi il voulait lui parler ? M. le Questeur Bonetti-Alderighi évitait soigneusement de le rencontrer, il préférait convoquer Mimì. Il devait s'agir de quelque grandissime tracassin.

La porte fut ouverte avec violence, battit contre le mur, il sauta sur son siège. Apparition de Catarella.

— Veuillassez me pardonner, *dottori*, la main me glissa. Les dix minutes passèrent juste juste à l'instant comme vosscigneurie le dit.

— Ah oui ? Dix minutes sont passées ? Et qu'est-ce qu'on s'en fout ?

— La dame, *dottori*.

Il se l'était complètement oubliée.

— Fazio est revenu ?

— Pas tout à fait, *dottori*.

— Fais-la entrer.

Une presque quadragénaire, à première vue rescapée des Filles de Marie, l'œil baissé derrière les lunettes, chignon, mains serrées sur le sac, fagotée dans une méchante robe large et grise qui ne laissait pas deviner ce qu'il y avait dessous, mais les jambes, malgré les chaussettes épaisses et les chaussures sans talons, étaient longues et belles. Elle resta indécise sur le seuil à fixer la bande de marbre blanc qui séparait les carreaux du couloir de ceux du bureau de Montalbano.

— Entrez, entrez. Fermez la porte et asseyez-vous.

Elle s'exécuta, s'asseyant tout au bord d'une des chaises devant la table.

— Je vous écoute, madame…

— Mademoiselle. Michela Pardo. Et vous, vous êtes le commissaire Montalbano, pas vrai ?

— Nous nous sommes déjà rencontrés ?

— Non, mais je vous ai vu à la télévision.

— Je vous écoute.

Elle parut encore plus embarrassée qu'avant. Elle disposa mieux ses fesses sur le siège, fixa la pointe d'une chaussure, déglutit plusieurs fois, ouvrit la bouche, la ferma, la rouvrit nouvellement.

— Il s'agit de mon frère Angelo.

Et elle s'arrêta, comme s'il assuffisait au commissaire de savoir que son frère s'appelait Angelo pour qu'il saisisse en un éclair toute l'affaire.

— Mademoiselle Michela, vous comprendrez certainement que…

— Je comprends, je comprends. Angelo a… a disparu. Depuis deux jours. Excusez-moi, je suis très inquiète et confuse et…

— Quel âge a votre frère ?

— Quarante-deux ans.

— Il vit avec vous ?

— Non, de son côté. Moi, je vis avec maman.

— Votre frère est marié ?

— Non.

— Il a une fiancée ?

— Non.

— Pourquoi dites-vous qu'il a disparu ?

— Parce qu'il ne se passe pas un jour sans qu'il vienne trouver maman. Et quand il ne peut pas, il téléphone. Et s'il doit partir, il nous avertit. Depuis deux jours, il n'a pas donné de nouvelles.

— Vous avez essayé de l'appeler ?

— Oui. Chez lui et sur le portable. Personne ne répond. Je suis aussi allée chez lui. J'ai sonné longtemps, avant de me décider à ouvrir.

— Vous avez les clés de chez votre frère ?

— Oui.

— Et qu'est-ce que vous avez trouvé ?

— Tout en ordre parfait. J'ai eu peur.

— Votre frère souffre d'une maladie quelconque ?

— Pas du tout.

— Quel travail fait-il ?

— L'informateur.

Montalbano en fut ébahi. Faire l'informateur, l'espion, c'était adevenu un métier reconnu, avec treizième mois et congés payés, comme par exemple les repentis à salaire fixe ? Il éclaircirait ça plus tard.

— Il bouge beaucoup ?

— Oui, mais il s'occupe d'une zone restreinte. Pratiquement, il ne dépasse pas les limites de la province.

— Bref, vous voudriez déposer une plainte pour disparition ?

— Je… je ne saurais dire.

— Mais je dois vous avertir que nous ne pouvons pas nous mettre tout de suite en mouvement.

— Pourquoi non ?

— Parce que votre frère est majeur, indépendant, sain de corps et d'esprit. Il peut avoir pris la décision de s'en aller de son propre chef pour quelques jours, vous comprenez ? Et tant que nous ne sommes pas sûrs que…

— Je comprends. Qu'est-ce que vous me conseillez ?

Et, en posant la question, enfin, elle le mata. Montalbano sentit en dedans de lui une espèce de bourrasque. C'étaient des yeux exactement pareils à des lacs violents et profonds dans lesquels n'importe quel mâle aurait trouvé très beau de se plonger et de se noyer. Heureusement que Mlle Michela gardait presque toujours les yeux baissés. Mentalement, le commissaire donna deux brassées puis revint à la rive.

— Ben, moi, je vous conseillerais de retourner voir chez votre frère.

— Je l'ai fait hier aussi. Je ne suis pas entrée, mais j'ai sonné longtemps.

— Oui, mais il pourrait aussi être en condition de ne pas vous répondre.

— Et pourquoi ?

— Bah… il peut avoir glissé dans la salle de bains et il n'est pas capable de marcher, il peut avoir eu un accès de forte fièvre…

— Commissaire, je n'ai pas fait que sonner. Je l'ai aussi appelé. S'il était tombé dans la salle de bains, il aurait répondu. L'appartement d'Angelo n'est pas si grand.

— Je me permets d'insister.

— Je ne vais pas y aller seule. Pourquoi ne m'accompagnez-vous pas ?

Elle le mata de nouveau. Et, cette fois, Montalbano, d'un coup, s'atrouva à sombrer, l'eau lui arrivait à la gorge. Il réfléchit un peu à la proposition puis s'adécida.

— Écoutez, faisons comme ça. Si, entre-temps, vous n'avez pas eu de nouvelles de votre frère, ce soir, vers sept heures, repassez. Je vous accompagnerai.

— Merci.

Elle se leva et lui tendit la main. Montalbano la prit et n'eut pas le courage de la serrer, on aurait dit un bout de chair sans vie.

Au bout de pas même cinq minutes, Fazio se pointa.

— Un jeunot de dix-sept ans. Il est monté sur la terrasse de l'immeuble et s'est shooté une overdose. Nous n'avons rien pu faire, le pôvre, quand on est arrivés, il était déjà mort. C'est le second en trois jours.

Montalbano le mata, perplexe.

— Le second ? Il y a eu un premier ? Et comment ça se fait que j'en ai rien su ?

— L'ingénieur Fasulo. Mais lui, c'était la cocaïne.

— Cocaïne ? Mais qu'est-ce que tu me racontes ? L'ingénieur est mort d'un infarctus !

— Bien sûr. C'est comme ça que dit le certificat médical, comme ça que dit la famille, comme ça que disent les amis. Mais tout le monde au pays sait qu'il est mort à cause de la drogue.

— De la dope mal coupée ?

— Ça, je saurais pas vous le dire, *dottore*.

— Écoute, tu le connais un certain Angelo Pardo, qui a quarante-deux ans et fait l'informateur ?

Fazio ne s'amontra pas surpris par le métier d'Angelo Pardo. Peut-être n'avait-il pas bien compris.

— Oh que non ! Pourquoi vous me le demandez ?

— Passqu'il a disparu depuis deux jours et que sa sœur est inquiète.

— Vous voulez que…

— Non, plus tard, s'il donne pas de nouvelles, on verra.

— *Dottor* Montalbano ? Lactes à l'appareil.

— Je vous écoute.

— Votre famille va bien ?

— Il me semble que nous en avons déjà parlé, il n'y a pas deux heures.

— Ah oui. Écoutez, je dois vous communiquer que

M. le Questeur ne peut pas vous recevoir aujourd'hui, comme vous l'aviez demandé.

— Écoutez, *dottore*, c'est le Questeur qui m'a convoqué.

— Ah, oui ? C'est pareil. Vous pouvez venir demain à onze heures ?

— Certainement.

À l'idée qu'il ne verrait pas le Questeur, ses poumons enflèrent et il lui vint un puissant pétit que seul pouvait affronter Enzo, le patron de la trattoria.

Il sortit du commissariat. La journée était peinte aux couleurs de l'été, mais sans être très chaude. Il prit ses aises, marchant à petits pas tranquilles, *lève un pied et pose l'autre*, goûtant à l'avance ce qu'il allait manger. Quand il arriva devant la porte de la trattoria, il sentit son cœur tomber à terre. Elle était fermée, verrouillée. Putain, mais qu'est-ce qui se passait ? De colère, il donna un grand coup de pied à la porte, tourna le dos, commença à s'éloigner en jurant. Mais au bout de deux pas, il s'entendit appeler.

— Commissaire ! Qu'est-ce qui vous arriva ? Vous vous l'êtes oublié, qu'aujourd'hui, c'est fermé ?

Il se l'était oublié, hélas !

— Mais si vous voulez manger avec *mia e mè mogliere*, avec ma femme et moi…

Il se précipita. Et il mangea tellement que pendant qu'il mangeait, il lui venait la honte, mais il n'y pouvait rin. À la fin, Enzo le félicita quasiment :

— Et à votre bonne santé, commissaire !

La balade jusqu'au môle fut, nécessairement, longue.

Il se passa que, le reste de l'après-déjeuner de temps en temps, les paupières lui tombaient et la tête commençait à dodeliner sous l'effet des accès de sommeil soudains. Alors il se levait et allait se laver le visage.

À sept heures du soir, Catarella lui communiqua que la dame de la matinée était revenue.

Michela Pardo, à peine entrée, dit un seul mot :

— Rien.

Elle ne s'assit pas, elle était pressée de courir chez son frère et voulait transmettre sa hâte au commissaire.

— Bon, d'accord, dit Montalbano. Allons-y.

En passant devant le cagibi de Catarella, il l'avertit.

— Je vais avec la dame. Après, si vous avez besoin de moi, vous me trouvez à Marinella.

— Vous venez en voiture avec moi ? demanda Michela Pardo en montrant une Polo bleue.

— Il vaut peut-être mieux que je prenne la mienne et que je vous suive. Où habite votre frère ?

— C'est un peu loin. Dans le nouveau quartier. Vous connaissez Vigàta 2 ?

Il connaissait Vigàta 2. Un cauchemar engendré par un agent immobilier en proie aux pires hallucinogènes. Il n'y aurait pas habité même sous forme de *catafero*, de cadavre.

DEUX

Non, par chance pour elle et pour le commissaire qui, jamais au grand jamais ne serait resté plus de cinq minutes tapantes dans une des chambres sombres et de deux mètres sur trois, définies sur les dépliants publicitaires comme « vastes et ensoleillées », de Vigàta 2, Angelo Pardo habitait au-delà du nouvel ensemble résidentiel, dans une petite villa XIXe de deux étages. La porte de l'immeuble était fermée et pendant que Michela l'ouvrait avec sa clé, Montalbano vit que l'interphone avait six plaques avec six noms, ce qui signifiait qu'il y avait en tout six appartements, deux au rez-de-chaussée et quatre dans les autres étages.

— Angelo habite au dernier, il n'y a pas d'ascenseur.

L'escalier était grand et commode, la maison semblait inhabitée, on n'entendait pas de voix, il n'y avait pas de bruit de télévision allumée. Et pourtant, c'était l'heure où les gens s'apprêtaient à manger.

Sur le palier du dernier étage, il y avait deux portes. Michela se dirigea vers celle de gauche. Avant d'ouvrir, elle montra au commissaire un fenestron avec des barreaux, à côté de la porte blindée. Ses volets n'étaient pas fermés.

— Je l'ai appelé d'ici. Il m'aurait certainement entendue.

Elle ouvrit, avec une première clé puis avec une autre, quatre tours, mais elle n'entra pas, se mit de côté.

— Vous pouvez passer devant ?

Montalbano poussa la porte, chercha l'interrupteur, alluma, entra. Il renifla l'air comme un chien. Et se convainquit aussitôt qu'il n'y avait pas, dans l'appartement, de présence d'être humain, mort ou vif.

— Suivez-moi, dit-il à Michela.

De l'entrée partait un long couloir. À main gauche, une chambre à coucher avec un grand lit, une salle de bains, une autre chambre à coucher. À main droite, un bureau, une cuisine, des toilettes, un petit salon. Tout en ordre parfait, nettoyé, étincelant.

— Votre frère a une femme de ménage ?

— Oui.

— Vous êtes venue quand, la dernière fois ?

— Je ne saurais vous dire.

— Écoutez, mademoiselle, vous venez souvent voir votre frère ?

— Oui.

— Pourquoi ?

La demande plongea Michela dans la confusion.

— Comment, pourquoi ? C'est… mon frère !

— D'accord, mais vous avez dit qu'Angelo vient chez vous et votre mère pratiquement un jour sur deux. Alors, c'est vous qui, le deuxième jour, venez le trouver. C'est comme ça ?

— Ben… oui. Mais pas avec cette régularité.

— D'accord. Mais pourquoi avez-vous besoin de vous rencontrer hors de la présence de votre mère ?

— Oh, mon Dieu, commissaire, dit comme ça… Mais c'est une habitude qu'on a depuis qu'on est petits… Entre Angelo et moi, il y a toujours eu une espèce de…

— … complicité ?

— Ben, on pourrait la définir comme ça.

Et elle eut un petit rire. Montalbano adécida de changer de sujet.

— Vous voulez bien voir s'il manque une valise ? Si ses vêtements sont tous là ?

Il la suivit dans la chambre au grand lit. Michela ouvrit l'*armùar*, mata un à un les vêtements et Montalbano remarqua que c'était du sur-mesure, du fin, du coûteux.

— Il y a tout. Même le gris qu'il portait quand il est venu nous voir la dernière fois, il y a trois jours. Je crois qu'il manque seulement un jean.

Au-dessus de l'*armùar*, emballées dans de la Cellophane, il y avait deux valises de cuir, une grande et une autre plus petite.

— Les valises sont là.

— Il a un attaché-case ?

— Oui, en général, il le garde dans son bureau.

Ils y entrèrent. La mallette était à côté de la table de travail. Un mur de la pièce était couvert par des étagères semblables à celles d'une pharmacie, fermées par une porte à glissière transparente. Et dedans, en fait, il y avait une grande quantité de médicaments, en boîtes grandes et petites, en flacons.

— Mais vous ne m'avez pas dit que votre frère est informateur ?

— Exactement. Il est informateur médico-scientifique.

Et Montalbano comprit. Angelo était ce qu'autrefois on appelait un visiteur médical. Mais son métier, comme celui des balayeurs adevenus opérateurs écologiques ou des bonnes promues collaboratrices domestiques, avait été ennobli d'un nom différent, plus adapté à l'élégance des temps. La substance, toutefois, restait la même.

— Il était… il est médecin. Mais il a exercé peu de temps, se sentit en devoir d'ajouter Michela.

— Bien. Comme vous voyez, mademoiselle, votre frère n'est pas ici. Si vous voulez, on peut s'en aller.

— Allons-nous-en.

Elle le dit à contrecœur, en regardant tout autour d'elle comme si elle pinsait découvrir au dernier moment que son frère s'était planqué dedans une boîte de pilules contre le mal au foie.

Cette fois, Montalbano la précéda, attendant qu'elle éteigne diligemment les lumières et qu'elle referme la porte avec les deux clés. Ils descendirent l'escalier sans mot dire dans le grand silence de la maison. Mais elle était vide, ou bien tout le monde était mort ? À peine sorti, Montalbano, la voyant si désolée, en eut soudain bien de la peine.

— Vous verrez que votre frère va se manifester très vite, lui murmura-t-il en lui tendant la main.

Elle ne la prit pas, secoua la tête, plus désolée encore.

— Écoutez… Mais votre frère… il voit une… il a une relation ?

— Pas que je sache.

Et elle le fixa. Et pendant qu'elle le fixait et que Montalbano nageait pour ne pas se noyer, les eaux du lac tout à coup devinrent très sombres comme si la nuit tombait.

— Qu'y a-t-il ? demanda le commissaire.

Elle n'arépondit pas, écarquilla les yeux. Et le lac se changea en haute mer.

Nage, Salvo, nage.

— Qu'y a-t-il ? répéta-t-il entre deux brassées.

Cette fois non plus, elle n'arépondit pas. Elle lui tourna le dos, ouvrit nouvellement la porte, monta les marches, arriva au dernier étage mais ne s'arrêta pas. Alors le commissaire vit que, d'un retrait du mur, partait un escalier en colimaçon qui finissait devant une porte vitrée. Michela glissa la clé, n'aréussit pas à ouvrir.

— Laissez-moi faire.

Il ouvrit et se retrouva sur une terrasse grande comme toute la maison. Michela le poussa de côté et courut vers une pièce, une espèce de gros dé carré, plus ou moins au centre de la terrasse. Il y avait une porte et aussi, sur le côté, une fenêtre. Mais elles étaient fermées.

— Je n'ai pas la clé, dit Michela. Je ne l'ai jamais eue.

— Mais pourquoi voulez-vous… ?

— Ça, autrefois, c'était un lavoir. Angelo l'a loué avec la terrasse et l'a transformé. Il y vient quelquefois pour lire, ou prendre le soleil.

— Bon, bien, mais si vous n'avez pas la clé…

— Je vous en prie, défoncez la porte.

— Mademoiselle, rendez-vous compte que je ne peux en aucune manière…

Elle le fixa. Cela suffit. Montalbano, d'un coup d'épaule, envoya valdinguer la porte de contre-plaqué. Il entra mais avant même de chercher à tâtons l'interrupteur et d'allumer, il cria :

— N'entrez pas !

Parce que dedans la pièce, il avait perçu la puanteur de la mort.

Mais Michela, en dépit de l'obscurité, avait bien dû entrevoir quelque chose parce que Montalbano l'entendit d'abord émettre une espèce de plainte étouffée et puis tomber à terre, évanouie.

Et maintenant, qu'est-ce que je fais ? se demanda-t-il en jurant.

Il se pencha, souleva Michela, la porta jusqu'à la porte vitrée. Mais en la tenant comme ça, comme dans les films où le marié trimballe la mariée dans ses bras, il n'y arriverait jamais à descendre l'escalier en colimaçon.

Trop étroit. Alors, il mit la fille debout, l'étreignit en lui passant les bras derrière le dos et la souleva de terre. Comme ça, et avec prudence, il pouvait y arriver. Certaines fois, il fut contraint de la serrer encore plus contre lui et il eut l'occasion de noter que, dessous cette robe informe, Michela dissimulait un corps ferme de jeunette. Enfin, il arriva devant la porte de l'autre appartement du dernier étage et appuya sur la sonnette, en espérant qu'il y ait quelqu'un de vivant, ou que la sonnerie l'aréveille dans son sarcophage.

— *Cu è*, qui est-ce ? lança une voix d'homme furieux.

— Le commissaire Montalbano, je suis. Vous pouvez ouvrir, s'il vous plaît ?

La porte s'ouvrit et apparut le roi Victor Emanuel III en personne, la même moustache, le même pif. Sauf qu'il était en civil. Il vit à Montalbano embrassant Michela et comprit tout de travers. Il arougit violemment.

— Laissez-moi entrer, s'il vous plaît, lança le commissaire.

— Quoi ?! Vous voulez que je vous laisse entrer ?! Vous êtes fou ! Vous avez la prétention de venir baiser chez moi ?

— Non, écoutez, Majesté, c'est que…

— Vous devriez avoir honte ! J'appelle la police !

Et il referma en faisant claquer la porte.

— Très grand connard ! se soulagea Montalbano en balançant un grand coup de pied dans la porte.

Il s'en fallut d'un rin qu'il ne tombe à terre avec Michela, le poids du corps de la femme le déséquilibrait. Resoulevant à Michela, il acommença à descendre prudemment l'escalier. Frappa à la première porte qui se présenta devant lui.

— Qui est-ce ?

Voix de minot, grand maximum dix ans.

— Je suis un ami de papa. Tu peux ouvrir ?

— Non.

— Et pourquoi ?

— Parce que maman et papa, ils m'ont dit d'ouvrir à personne quand ils sont pas là.

Alors seulement Montalbano se rendit compte que, avant de soulever de terre Michela, il avait glissé son sac à main à son bras à lui. Elle était là, la solution. Il se chargea nouvellement de Michela, monta l'escalier, appuya la femme contre le mur, la tint debout en appuyant avec son propre corps, chose en rin désagréable, ouvrit le sac à main, prit le trousseau de clés, ouvrit la porte de l'appartement d'Angelo, se traîna Michela dans la chambre au grand lit, la déposa sur celui-ci, alla à la salle de bains, prit une serviette, la mouilla sous le robinet, revint, mit la serviette sur le front de Michela et s'écroula lui aussi sur le lit, mort de fatigue. Il avait le souffle court, était trempé de sueur.

Et maintenant ? Il ne pouvait certainement pas laisser la femme seule et aller sur la terrasse voir comment se présentait la chose. Le problème fut tout de suite arésolu.

— Le voilà ! s'écria Sa Majesté en surgissant sur le seuil. Vous le voyez ? Il s'apprête à la violer !

Derrière lui, Fazio, pistolet au poing, se mit à jurer.

— Rentrez chez vous, monsieur.

— Qu'est-ce que vous faites, vous ne l'arrêtez pas ?

— Rentrez chez vous, tout de suite !

Victor Emanuel III eut un autre coup de génie.

— C'est un complice ! Vous êtes un complice ! Alors, là, j'appelle les carabiniers ! lança-t-il en sortant de la chambre au pas de course.

Fazio s'élança derrière lui. Il revint au bout de cinq minutes.

— Je l'ai convaincu. Mais qu'est-ce qui s'est passé ?

Montalbano le lui raconta. Et il nota que Michela acommençait à se réveiller.

— Tu es venu seul ?

— Non, Gallo est en bas dans la voiture.

— Fais-le monter.

Fazio l'appela sur le portable et Gallo arriva en courant.

— Toi, surveille cette femme. Quand elle se remet, ne la laisse pour aucune raison monter sur la terrasse. Tu as compris ?

Suivi de Fazio, il se retapa l'escalier en spirale. Sur la terrasse régnait une obscurité profonde. Il faisait nuit, maintenant.

Il entra dans la pièce, alluma la lumière. Une table couverte de journaux et de revues. Un réfrigérateur. Un canapé-lit à une place. Quatre longues planches fixées au mur du fond servaient de bibliothèque. Un petit meuble avec bouteilles et verres. Un lavabo dans un coin. Un grand fauteuil de bureau en cuir, comme on en utilisait autrefois. Il s'était bien organisé, Angelo. Lequel Angelo était écroulé sur le fauteuil. Le coup qui l'avait tué avait emporté la moitié du visage. Il était en jean et chemise. La braguette du jean était ouverte, le vié lui pendait entre les jambes.

— Qu'est-ce que je fais, j'appelle ? demanda Fazio.

— Appelle, dit Montalbano. Moi, je m'en vais en dessous.

Qu'est-ce qu'il pourrait faire là ? De toute façon, d'ici peu, allait arriver le cirque équestre au grand complet, le légiste, la Scientifique, le nouveau chef de la Criminelle, Giacovazzo, qui se chargerait de l'enquête... S'ils avaient besoin de lui, ils savaient où aller le chercher.

Quand il entra dans la chambre, Michela était assise sur le lit, blême à faire peur. Gallo était debout, à deux pas du lit.

— Toi, va sur la terrasse donner un coup de main à Fazio. Je reste là.

Soulagé, Gallo sortit.

— Il est mort ?

— Oui.

— Comment ?

— On lui a tiré dessus.

— Oh, mon Dieu, mon Dieu, mon Dieu ! dit-elle en se prenant le visage dans les mains.

Mais c'était une femme forte. Elle se but un peu d'eau dans le verre qu'évidemment Gallo lui avait apporté.

— Notre maman ! Oh, mon Dieu ! Comment je vais faire pour le lui dire ?

— Ne le lui dites pas.

— Mais je dois le lui dire !

— Écoutez-moi. Téléphonez-lui. Vous lui dites que nous avons découvert qu'Angelo a eu un terrible accident de la route. Qu'il est hospitalisé dans un état grave. Que vous allez passer la nuit à l'hôpital. Ne lui dites pas lequel. Votre mère a une parente ?

— Oui, une sœur.

— Elle habite à Vigàta ?

— Oui.

— Téléphonez à cette tante, dites-lui la même chose. Et priez-la d'aller tenir compagnie à votre mère. Vous passerez la nuit ici, c'est mieux. Vous verrez que demain matin, vous trouverez la force et les mots qu'il faut pour dire la vérité à votre mère.

— Merci, dit Michela.

Elle se leva, Montalbano l'entendit gagner le bureau, où se trouvait le téléphone.

Lui aussi sortit de la chambre, il passa au salon, s'assit dans un fauteuil, s'alluma une cigarette.

— *Dottore ?* Vous êtes où ?

C'était la voix de Fazio.

— Je suis là. Qu'est-ce qu'il y a ?

— *Dottore*, j'ai prévenu. D'ici une petite demi-heure maximum, ils seront là. Mais le *dottor* Giacovazzo ne vient pas.

— Et pourquoi ça ?

— Il a parlé avec le Questeur et le Questeur l'en a dispensé. Il paraît que le *dottor* Giacovazzo a une affaire délicate sur les bras. Bref, de cette enquête, content pas content, c'est vous qui devez vous en occuper.

— Bon, d'accord. Quand ils arrivent, tu m'appelles.

Il entendit que Michela sortait du bureau et entrait dans la salle de bains entre les deux chambres. Il l'entendit revenir au bout d'une dizaine de minutes. Elle s'était rafraîchie, portait une robe de chambre de femme. Michela nota le regard du commissaire.

— Elle est à moi, expliqua-t-elle. Je suis restée dormir quelquefois.

— Vous avez parlé avec votre mère ?

— Oui, elle a bien encaissé, tout compte fait. Et la tante Jole est déjà en route pour chez elle. Vous savez, maman n'a plus toute sa tête. Certaines fois, elle est très lucide, certaines fois, au contraire, elle est comme absente. Quand je lui ai annoncé pour Angelo, c'est comme si je lui avais parlé d'une connaissance. C'est mieux comme ça. Vous voulez un café ?

— Non, merci. Si vous avez un peu de whisky…

— Bien sûr. J'en prendrai un aussi.

Elle sortit, revint avec un plateau sur lequel étaient disposés deux verres et une bouteille inentamée.

— Je vais voir s'il y a des glaçons.

— Je le bois sec.

— Moi aussi.

N'était qu'il y avait sur la terrasse un homme tué par arme à feu, la scène pouvait passer pour un prélude amoureux. Il ne manquait que la musique en fond sonore. Michela poussa un soupir profond, appuya la tête contre le dossier du fauteuil, ferma les yeux. Et ce fut alors que Montalbano adécida de frapper.

— Votre frère a été tué durant ou à la fin d'un rapport sexuel. Ou d'un acte d'auto-érotisme.

Elle bondit sur ses pieds, une furie.

— Mais qu'est-ce que vous racontez, imbécile ?

Montalbano sembla ne pas avoir entendu l'insulte.

— De quoi vous étonnez-vous ? Votre frère est un homme de quarante-deux ans. Et vous, qui pourtant le fréquentiez quotidiennement, vous m'avez dit qu'il n'a pas d'amitiés féminines. Alors, je pose nouvellement la question : avait-il des amitiés masculines ?

Ce fut pire. Elle acommença à trembler de tout son corps, tendit un bras, l'index pointé comme un revorber contre le commissaire.

— Vous êtes un… vous êtes un…

— Qui voulez-vous couvrir, Michela ?

Elle retomba sur le fauteuil, en chialant, la main sur le visage.

— Angelo… mon pauvre frère… Mon Angelo…

De la porte qui était restée ouverte arriva la rumeur de gens qui montaient l'escalier.

— Moi, je dois y aller, annonça Montalbano. Mais vous, ne vous couchez pas. D'ici peu, je reviens et on reprend la discussion.

— Non.

— Écoutez, Michela, vous ne pouvez pas refuser. Votre frère a été assassiné et nous devons…

— Je ne refuse pas. J'ai dit non au fait que vous reveniez me poser des questions je ne sais quand alors que moi, j'ai besoin de me doucher, de prendre un somnifère et d'aller me coucher.

— Bon, d'accord. Mais je vous avertis que demain, ça

va être une dure journée pour vous. Entre autres, vous devrez identifier le corps.

— Oh, mon Dieu. Oh, mon Dieu. Oh, mon Dieu ! Et pourquoi ?

Il fallait une patience de saint avec cette femme.

— Michela, vous avez reconnu avec certitude votre frère quand j'ai défoncé la porte ?

— Avec certitude ? Il faisait trop sombre. J'ai entrevu… Il m'a semblé voir un corps sur le fauteuil et…

— Et donc, vous ne pouvez affirmer qu'il s'agit de votre frère. Théoriquement, je ne pourrais pas le dire moi non plus. Je me suis fait comprendre ?

— Oui.

De grosses larmes avaient commencé à lui couler sur le visage. Elle murmura quelque chose que le commissaire n'acomprit pas.

— Qu'est-ce que vous avez dit ?

— Elena, répéta-t-elle plus clairement.

— Et qui est-ce ?

— Une femme que mon frère…

— Pourquoi vouliez-vous la couvrir ?

— Elle est mariée.

— Depuis quand avaient-ils une relation ?

— Depuis six mois, pas plus.

— Ils s'entendaient bien ?

— Angelo m'a dit que de temps en temps, ils se disputaient… Elena était… est très jalouse.

— Vous savez tout de cette femme ? Comment s'appelle le mari, où elle habite ?

— Oui.

— Dites-le-moi.

Elle le lui dit.

— Vous avez quel genre de rapports avec cette Elena Sclafani ?

— Je ne la connais que de vue.

— Donc, vous n'avez aucune raison de l'avertir de ce qui est arrivé à votre frère ?

— Non.

— Bien. Allez donc vous coucher. Demain je passerai ici vous prendre vers neuf heures et demie.

TROIS

Querqu'un devait avoir découvert où se trouvait l'interrupteur qui allumait les deux lampes qui donnaient de la lumière à une partie de la terrasse, la plus près de l'ex-lavoir.

Le juge Tommaseo se promenait dans la zone éclairée, évitant soigneusement de déborder dans l'obscurité environnante ; assis sur la balustrade, cigarettes allumées, deux hommes en chemises blanches devaient être ceux de l'ambulance attendant l'autorisation de choper le *catafero* pour se l'emporter à la morgue.

Fazio et Gallo étaient debout près de l'entrée de la pièce. Ils avaient sorti la porte de ses gonds et l'avaient appuyée au mur. Montalbano vit que le Dr Pasquano avait fini l'examen du corps et qu'il était en train de se laver les mains. Il paraissait encore plus furieux que d'habitude, peut-être avait-il été obligé d'interrompre la partie de belote coinchée qu'il se faisait chaque jeudi soir.

Tommaseo s'aprécipita vers le commissaire.

— Qu'est-ce qu'elle a dit, la sœur ?

Ça se voyait que Fazio lui avait expliqué où il s'atrouvait et ce qu'il faisait.

— Rien, je ne l'ai pas interrogée.

— Pourquoi ?

— Je ne me le serais jamais permis en dehors de votre présence, *dottor* Tommaseo.

Le proc' bomba la poitrine, pet gonflé d'autorité, on aurait dit un dindon.

— Qu'est-ce que vous avez fait, alors, pendant tout ce temps, avec elle ?

— Je l'ai mise au lit.

Tommaseo jeta un regard alentour, rapide comme l'éclair, puis se tourna vers le commissaire avec des airs de conspirateur.

— Mignonne ?

— Ce n'est pas le bon adjectif, mais je dirais que oui.

Tommaseo se pourlicha les lèvres.

— Quand pourrais-je... l'interroger ?

— Demain vers dix heures et demie, je l'accompagne à Montelusa à votre bureau. Ça vous convient ? Moi, malheureusement, à onze heures, je suis convoqué chez le Questeur.

— Allez-y donc, peu importe.

Et il recommença à se pourlicher les lèvres. Pasquano arriva.

— Alors ? demanda Tommaseo.

— Alors quoi ? Vous n'avez pas vu vous aussi ? On lui a tiré en pleine tête. Un coup de feu. Ça a suffi.

— Vous savez depuis quand il est mort ? demanda le commissaire.

Pasquano lui lança un regard mauvais et n'arépondit pas.

— À vue de nez, concéda Montalbano.

— Quel jour on est aujourd'hui ?

— Jeudi.

— À vue de nez, je dirais qu'on lui a tiré tard dans la soirée de lundi.

— C'est tout ? intervint encore Tommaseo, déçu.

— Je ne crois pas qu'il y ait d'autres blessures de sagaie ou de boomerang, lança Pasquano sur un ton désagréable.

— Non, non, je me référais au fait que le membre…

— Ah, ça ? Vous voulez savoir pourquoi il était sorti ? Il venait juste d'accomplir un acte sexuel.

— Vous dites qu'on l'a surpris alors qu'il venait juste de finir de se masturber et qu'on l'a tué ?

— Moi, je n'ai pas parlé de masturbation, rétorqua Pasquano. Il a pu s'agir d'un rapport oral.

Les yeux de Tommaseo acommencèrent à briller comme ceux d'un chat. Dans ces histoires, il barbotait, il s'en régalait, il en jouissait.

— Vous dites ? Mais alors, la meurtrière lui a tiré dessus dès qu'ils ont fini de…

— Pourquoi pensez-vous que ce soit une meurtrière ? balança Pasquano qui n'était plus furibond et commençait à se marrer. Il est très possible que ç'ait été un rapport homosexuel.

— C'est vrai, admit Tommaseo, à contrecœur.

Il était clair que l'hypothèse masculine ne lui plaisait pas.

— Et puis, il n'est pas dit qu'il se soit agi seulement d'un rapport oral.

Pasquano avait balancé l'hameçon et l'autre aussitôt pita.

— Vous dites ?

— Eh oui. Peut-être que la femme, admettons même par hypothèse qu'il s'agisse d'une femme, était à califourchon sur l'homme.

Les yeux de Tommaseo étaient devenus complètement félins.

— C'est vrai ! Et la femme, pendant qu'elle le faisait jouir, le regardait dans les yeux, et elle avait déjà en main l'arme qui…

— Excusez-moi, mais pourquoi dites-vous que la femme regardait sa victime dans les yeux ? l'interrompit Pasquano avec un petit air d'angelot séraphin.

Montalbano sentit qu'il n'allait plus tenir devant ce foutage de gueule et qu'il allait éclater de rire.

— Mais ça ne pouvait pas être différent, vu la position ! s'exclama Tommaseo.

— Nous ne sommes pas sûrs que la position était celle-là…

— Mais vous-même vous venez juste de…

— Écoutez, *dottor* Tommaseo, la femme a pu très bien s'être mise à califourchon sur l'homme mais nous ne savons pas comment, si c'était frontalement ou en lui tournant le dos.

— C'est vrai.

— Dans ce second cas, elle n'aurait pas pu regarder sa victime dans les yeux, vous ne croyez pas ? Et entre autres, dans cette position, l'homme n'avait que l'embarras du choix. Ben, moi, j'y vais. Bonne nuit. Je vous tiens au courant.

— Eh non ! Vous devez vous expliquer mieux. Qu'est-ce que ça veut dire, l'embarras du choix ? se récria Tommaseo en se lançant à sa poursuite.

Ils disparurent dans le noir. Montalbano s'approcha de Fazio.

— La Scientifique s'est perdue en route ?

— Ils vont arriver.

— Écoute, moi, je vais à Marinella. Toi, reste ici. On se voit au bureau demain.

Il arriva à temps pour les derniers journaux télévisés locaux. Naturellement, pirsonne ne savait encore rin de la mort d'Angelo Pardo. Mais les deux chaînes, Televigàta et Retelibera, continuaient de parler d'une autre mort, excellente celle-là, ça oui.

Vers huit heures du soir, la veille, mercredi, le député Armando Riccobono était allé trouver son collègue de parti, le sénateur Stefano Nicotra, qui, depuis un peu plus de cinq jours, se trouvait dans sa maison de campagne située entre Vigàta et Montereale pour se prendre un peu d'*abbento*, de repos, après une intense activité politique. Ils s'étaient tiliphoné le dimanche matin et mis d'accord pour se voir le mercredi soir.

Sexagénaire, veuf, sans enfants, le sénateur Nicotra, Vigatais, était une espèce de gloire locale et nationale. Une fois secrétaire à l'Agriculture et deux fois sous-secrétaire d'État, il avait habilement navigué entre tous les courants de la vieille Démocratie chrétienne, aréussissant à surnager même dans les plus épouvantables tempêtes. Au plus fort de l'ouragan de l'opération « Mains Propres[1] », il s'était transformé en sous-marin, naviguant sous la surface, à la quote périscope. Il n'avait émergé qu'au moment où il avait aperçu la possibilité de jeter l'ancre dans un port sûr : celui qui venait tout juste d'être construit par un ex-promoteur immobilier milanais adevenu propriétaire des trois principales télévisions privées italiennes et puis député, chef d'un parti personnel et Premier ministre. En remorque de Nicotra étaient arrivés d'autres survivants du grand naufrage : Armando Riccobono était l'un d'eux.

Arrivé à la villa, le député avait frappé longtemps

1. Série d'enquêtes anti-corruption, à la suite desquelles le paysage politique italien a été complètement transformé – selon certains, conformément au principe sicilien « tout changer pour que rien ne change ». On a l'écho de ces « changements » avec l'allusion au promoteur immobilier milanais en lequel il est aisé de reconnaître Berlusconi. *(N.d.T.)*

sans recevoir aucune réponse. Inquiet, parce qu'il savait que le sénateur était seul, il avait fait le tour de la maison et par une fenêtre, avait su son ami à terre, évanoui ou mort. Étant donné que son âge ne lui permettait pas d'escalader la fenêtre et d'entrer, il avait demandé de l'aide sur son portable.

En bref, le sénateur Nicotra avait été, comme on dit en style journalistique, « emporté par un infarctus », le soir même du dimanche où il avait parlé avec le député Riccobono. Pirsonne n'était venu le voir ni lundi ni mardi : il avait dit à son secrétaire qu'il voulait rester en paix et qu'il allait, de toute façon, débrancher le téléphone. S'il avait besoin de quelque chose, il se manifesterait lui.

Televigàta, par la bouche en cul de poule de son commentateur politique Pippo Ragonese, expliquait à l'urbi et à l'orbo combien immense avait été l'émotion dans l'Italie entière à la nouvelle de la disparition de l'éminent homme politique. Le chef du gouvernement, celui-là même dont le sénateur avait rejoint le parti avec armes et bagages, avait envoyé un message de condoléances à la famille.

— Quelle famille ? se demanda Montalbano.

C'était un fait connu que le sénateur n'en avait pas. Et il eût été excessif de supposer, et même il était certainement à exclure, que le chef du gouvernement eût envoyé un télégramme de condoléances à la famille mafieuse des Sinagra, avec laquelle, à ce qu'il semblait, il avait eu et continuait à avoir de longues et profitables, mais jamais démontrées, relations.

Pippo Ragonese conclut en annonçant que les funérailles solennelles se dérouleraient le lendemain vendredi à Montelusa.

Une fois le téléviseur éteint, le commissaire sentit qu'il n'avait pas envie de manger. Il resta un moment assis sur la véranda à jouir de la fraîcheur de l'air de la mer et puis alla se coucher.

À sept heures et demie, le réveil sonna et Montalbano sauta hors du lit comme éjecté par un mécanisme à ressort. Il n'était pas encore huit heures que le téléphone sonnait.

— *Dottori*, ah, *dottori* ! Juste juste maintenant, le *dottor* Lactes avec le c au milieu vous appela !

— Qu'est-ce qu'il voulait ?

— Il dit comme ça que vu que ce matin, au sénateur qui mourûte, ils y font le service funèbraire et étant donné que M. le Quisteur doit être présent en pirsonne pirsonnalement aux funérailles susdites, M. le Quisteur ne peut arecevoir vosseigneurie comme ça qu'il était décidé. Je fus clair ?

— Très clair, Catarè.

La journée était belle, mais à peine le téléphone raccroché, elle lui parut carrément céleste. La perspective de ne pas devoir rencontrer Bonetti-Alderighi le rendit presque ensuqué de bonheur, au point de lui faire composer un distique absolument ignoble, aussi bien du point de vue de l'intelligence que de celui de la métrique :

Un sénateur mort par jour
Et le Questeur passe son tour.

Michela lui avait dit qu'Emilio Sclafani, professeur de grec, enseignait au lycée classique de Montelusa et donc chaque matin partait en voiture donner son cours. Aussi, quand vers huit heures quarante, il frappa à la porte de l'appartement 16 du 18 de la via Autonomia Siciliana, il était raisonnablement certain que Mme Elena, femme du professeur et maîtresse de feu Angelo Pardo, serait seule chez elle. Le fait est qu'au heurt à la porte, pirsonne n'arépondit. Le commissaire réessaya. Rin. Il acommença à s'inquiéter, si ça se trouvait la dame avait ademandé à son mari de l'emmener à Montelusa. Il frappa une troisième fois. Encore rin. En jurant, il tournait le dos pour reprendre l'escalier quand il entendit une voix de femme arriver de l'intérieur de l'appartement :

— Qui est-ce ?

Voilà une question à laquelle il n'est pas toujours facile de répondre. D'abord parce qu'il peut arriver que celui qui doit répondre soit sur le moment la proie d'une perte d'identité momentanée et ensuite parce que dire qui on est ne facilite pas toujours les choses.

— Administration, annonça-t-il.

Dans la société dite civile, il y a toujours un administrateur qui t'administre, pinsa Montalbano. Ça peut être l'administrateur de la copropriété ou celui de la justice, en substance ça ne fait pas de différence parce que l'important, c'est qu'il existe, et qu'il t'administre plus ou moins soigneusement, prêt à te faire payer l'erreur que peut-être tu ignores avoir commise. Joseph K. en savait quelque chose.

La porte s'ouvrit et apparut une trentenaire brune et belle dans un absurde kimono, lèvres renfrognées d'un absurde rouge feu mais sans un brin de maquillage, yeux célestes ensommeillés. Elle avait quitté le lit pour venir ouvrir, et portait encore le parfum pénétrant du lit. Le commissaire se sentit légèrement mal à l'aise. Surtout, et malgré qu'elle fût pieds nus, parce qu'elle était plus grande que lui.

— Qu'est-ce que vous voulez ?

Le ton de la question fit comprendre qu'elle n'avait pas l'intention de perdre du temps, elle était pressée de retourner se coucher.

— Police. Le commissaire Montalbano, je suis. Bonjour. Vous êtes Mme Elena Sclafani ?

Elle blêmit, fit un pas en arrière.

— Oh, mon Dieu, il est arrivé quelque chose à mon mari ?

Montalbano s'étonna, il ne s'attendait pas à ça.

— À votre mari ? Non. Pourquoi ?

— Parce que chaque matin, il monte en voiture pour aller à Montelusa et moi... Il ne sait pas conduire... Depuis que nous nous sommes mariés, il y a quatre ans, il a eu une dizaine de petits accidents et alors...

— Madame, je ne suis pas venu pour parler de votre mari, mais d'un autre homme. Et j'ai beaucoup de questions à vous poser. Il vaut peut-être mieux qu'on entre...

Elle se mit de côté et conduisit Montalbano vers un salon petit mais assez élégant.

— Installez-vous, j'arrive.

Elle mit dix minutes à se changer. Elle revint en chemisier et jupe un peu au-dessus du genou, chaussures à talons hauts, cheveux en chignon. Elle s'assit sur un fauteuil en face du commissaire. Elle ne manifestait ni curiosité ni la moindre inquiétude.

— Vous voulez un café ?

— S'il est prêt...

— Non, je vais le faire. J'en ai besoin, moi, si je commence pas d'abord par boire une tasse de café, je ne connecte pas.

— Jc vous comprends très bien.

Elle alla s'affairer en cuisine. Un téléphone sonna, elle arépondit. Elle revint avec le café, chacun mit le sucre dans sa tasse, ils ne parlèrent pas jusqu'à ce qu'ils l'aient fini.

— À l'instant, là, c'était mon mari au téléphone. Il m'avertissait qu'il allait commencer le cours. Il le fait chaque jour, pour me rassurer que tout s'est bien passé.

— Je peux fumer ? demanda Montalbano.

— Bien sûr. Moi aussi, je fume. Alors, attaqua Elena en s'appuyant du dos contre le dossier, la cigarette allumée entre les doigts. Qu'est-ce qu'il a fabriqué, Angelo ?

Montalbano la contempla bouche bée, escagassé. Depuis un quart d'heure, il se creusait la coucourde pour savoir comment commencer à parler de l'amant de la femme et celle-là, elle lui balançait direct une question aussi explicite ?

— Comment avez-vous pu comprendre que…

— Commissaire, dans ma vie, actuellement, il y a deux hommes. Vous avez précisé que vous n'êtes pas venu me parler de mon mari, donc, vous ne pouvez être ici que pour Angelo. C'est ça ?

— Oui, c'est ça. Mais, avant d'aller plus loin, je voudrais que vous, vous m'expliquiez un adverbe : actuellement. Qu'est-ce que ça signifie ?

Elena sourit. Elle avait des dents très blanches, de jeune arnimal sauvage.

— Ça signifie qu'en ce moment, il y a Emilio, mon mari, et Angelo. Mais le plus souvent, il n'y en a qu'un : Emilio.

Tandis que Montalbano raisonnait sur le sens de ces mots, Elena demanda :

— Vous connaissez mon mari ?

— Non.

— C'est une personne extraordinaire, il est bon, intelligent, compréhensif. Moi, j'ai vingt-neuf ans, lui soixante. Il pourrait être mon père. Je l'aime. Et j'essaie de lui être fidèle. J'essaie. Mais je n'y réussis pas toujours. Comme vous voyez, je vous parle avec une loyauté absolue, avant même de connaître le motif de votre visite. À propos, qui vous a mis au courant, pour Angelo et moi ?

— Michela Pardo.

— Ah.

Elle éteignit sa cigarette dans le cendrier, en alluma une autre. Maintenant, une ride creusait son front. Elle pensait avec une extrême concentration. En plus d'être belle, elle devait être très intelligente. D'un coup, à côté des lèvres, apparurent deux rides.

— Qu'est-il arrivé à Angelo ?

Elle y était venue d'elle-même.

— Il est mort.

Elle vibra comme sous l'effet d'une forte décharge électrique, plissa les yeux.

— On l'a tué ?

Elle pleurait tranquillement, sans sanglots.

— Pourquoi pensez-vous à un crime ?

— Parce que s'il s'agissait d'un accident ou d'une mort naturelle, un commissaire ne se serait pas présenté à huit heures et demie du matin pour interroger la maîtresse du mort.

Chapeau.

— Oui, on l'a tué.

— Hier soir ?

— Nous l'avons découvert hier, mais la mort remonte à lundi soir.

— Comment ?

On lui a tiré dessus.

— Où ?

— Dans la tête.

Elle eut un sursaut et trembla, comme frissonnant de froid.

— Non, je voulais dire, où ça s'est passé ?

— Chez lui. Vous connaissez cette chambre qu'il avait sur la terrasse ?

— Oui. Une fois, il me l'a fait voir.

— Écoutez, madame, je dois vous poser quelques questions.

— Je suis à votre disposition.

— Votre mari était au courant ?

— De mon histoire avec Angelo ? Oui.

— C'est vous qui le lui avez dit ?

— Oui. Je ne lui ai jamais rien caché.

— Il était jaloux ?

— Bien sûr. Mais il savait se contrôler. Du reste, Angelo n'était pas le premier.

— Où est-ce que vous vous voyiez ?

— Chez lui.

— Dans la chambre sur la terrasse ?

— Non, là jamais. Une fois, je vous l'ai dit, il me l'a montrée. Il m'a dit qu'il y allait pour lire et prendre le soleil.

— Quelle était la fréquence de vos rencontres ?

— Ça dépendait. En réalité, quand un de nous deux en avait envie, il téléphonait. Certaines fois, on laissait même passer quatre ou cinq jours sans se voir, soit parce qu'il avait des engagements, soit parce qu'il était parti pour ses tournées en province…

— Vous étiez jalouse ?

— D'Angelo ? Non.

— Et pourtant Michela m'a dit que vous l'étiez. Et que souvent, les derniers temps, entre vous deux, il y avait des disputes.

— Michela, moi je ne la connais pas, je ne l'ai jamais rencontrée. Angelo m'en parlait. Je crois qu'elle s'est trompée.

— Sur quoi ?

— Sur les disputes. Ce n'était pas pour des raisons de jalousie.

— Pourquoi, alors ?

— Parce que je voulais le quitter.

— Vous ?!

— Pourquoi est-ce que vous vous étonnez tant ? L'envie s'en allait, voilà tout. Et puis…

— Et puis ?

— Et puis je me rendais compte qu'Emilio souffrait trop, même s'il ne le montrait pas. C'était la première fois qu'il allait si mal.

— Angelo ne voulait pas que vous le quittiez ?

— Non. Je crois qu'il avait commencé à nourrir pour moi un sentiment qu'il n'avait pas mis en jeu au début. Vous savez quoi ? Angelo, en fait de femmes, était très inexpert.

— Pardonnez-moi la question. Où étiez-vous lundi soir ?

Elle sourit.

— Je me demandais quand vous me le demanderiez. Je n'ai pas d'alibi.

— Vous pouvez me dire ce que vous avez fait ? Vous êtes restée chez vous ? Vous avez vu des amis ?

— Je suis sortie. Nous nous étions mis d'accord, avec Angelo, que nous devions nous voir lundi soir vers neuf heures. Je suis sortie, mais pendant que je conduisais, presque inconsciemment, j'ai pris une autre route. J'ai poursuivi en m'imposant de ne pas revenir en arrière. Je voulais comprendre si j'y arriverais à renoncer vraiment à Angelo qui m'attendait pour faire l'amour. J'ai tourné au hasard pendant deux heures, puis je suis rentrée.

Vous ne vous êtes pas étonnée qu'Angelo ne se soit pas manifesté ni le lendemain matin ni les jours suivants ?

— Non. J'ai pensé qu'il ne me téléphonait pas par dépit.

— Vous n'avez pas essayé de l'appeler, vous ?

— Je ne l'aurais jamais fait. Ça aurait été une erreur. Peut-être que c'était vraiment fini entre nous deux. Et ça me soulageait.

QUATRE

La sonnerie du téléphone se fit de nouveau entendre.

— Excusez-moi, dit Elena en se levant.

Mais avant de sortir de la chambre, elle demanda :

— Vous avez encore beaucoup de questions à me poser ? Parce que c'est sûrement une amie avec laquelle je dois…

— Une dizaine de minutes, maximum.

Elena sortit, alla répondre, revint, s'assit. À la façon dont elle marchait, dont elle parlait, elle semblait complètement détendue. Elle avait vite fait de digérer la nouvelle de la mort violente de son amant, peut-être était-il vrai qu'elle n'en avait plus rien à foutre de cet homme. Tant mieux, elle n'aurait ni pudeur, ni réticences.

— Il y a une chose qui m'apparaît maintenant, comment dire, singulier, pardonnez-moi, je ne m'en sors pas avec les adjectifs, ou peut-être que ça me paraît singulier seulement à moi qui suis… qui ne pourrais…

Il était vraiment embarrassé, il ne savait pas comment exposer la question devant cette belle petite qui donnait du plaisir rien qu'à la regarder.

— Dites-moi, l'encouragea-t-elle avec un petit sourire.

— Voilà. Vous m'avez dit que lundi soir, vous êtes

sortie de chez vous pour aller chez Angelo qui vous attendait pour faire l'amour. C'est ça ?

— C'est ça.

— Vous aviez l'intention de passer la nuit avec lui ?

— Mais non ! Je ne l'ai jamais fait ! Vers minuit, je serais rentrée à la maison.

— Donc, vous seriez restée dans les trois heures avec Angelo.

— Environ. Mais pourquoi… ?

— Il vous est déjà arrivé d'être en retard à un rendez-vous avec lui ?

— Quelquefois.

— Et Angelo, dans ces cas-là, comment s'est-il comporté ?

— Comment voulez-vous qu'il se comporte ? Je l'ai trouvé nerveux, irrité, puis peu à peu, il se calmait et…

Elle sourit d'une manière complètement différente de la façon dont elle avait souri jusque-là, un sourire à demi dissimulé, secret, adressé à elle-même, ses yeux brillaient, amusés.

— … et il essayait de rattraper le temps perdu.

— Si je vous disais qu'Angelo, ce soir-là, ne vous a pas attendue ?

— En quel sens, excusez-moi ? Je ne crois pas qu'il soit sorti puisque vous avez dit qu'on l'a trouvé sur la terrasse…

— Il a été tué tout de suite après un rapport sexuel.

Ou c'était une grande actrice à la Duse ou elle fut vraiment bouleversée. Elle fit rapidement une quantité de gestes dépourvus de sens, se leva et s'assit, porta à ses lèvres la tasse à café vide, la posa comme si elle avait bu, tira du paquet une cigarette mais ne l'alluma pas, se leva et s'assit, retourna une boîte en bois posée sur la table basse, la regarda, la posa.

— C'est absurde, dit-elle à la fin.

— Voyez-vous, Angelo s'est comporté comme s'il avait eu la certitude absolue, lundi, que vous ne viendriez plus chez lui. Par une sorte de ressentiment envers vous, par vengeance, par envie de blesser, il a peut-être appelé une autre femme. Maintenant, vous devez me répondre avec sincérité : ce soir-là, pendant que vous erriez en voiture, vous avez téléphoné à Angelo en lui disant que vous n'iriez pas chez lui ?

— Non. C'est pour ça que c'est absurde. Une fois, je suis arrivée avec deux heures de retard, vous voyez ? Et lui, il était hors de lui, mais il m'attendait. Lundi soir, il n'avait aucun moyen de connaître ma décision, je pouvais me pointer chez lui à n'importe quel moment et le surprendre !

— Ça non, dit Montalbano.

— Pourquoi ?

— D'une certaine façon, Angelo avait bien pris ses précautions, il était monté dans la pièce sur la terrasse. Et la porte vitrée qui donne sur la terrasse était fermée à clé. Vous l'avez, cette clé ?

— Non.

— Vous voyez ? Même si vous étiez arrivée à l'improviste, vous n'aviez aucune possibilité de le surprendre. Vous avez les clés de l'appartement ?

— Pas même celles-là.

— Et donc, vous n'auriez pu rien faire d'autre que de frapper à la porte de l'appartement sans que personne ne vienne vous ouvrir. Au bout d'un moment, vous auriez conclu qu'Angelo n'était pas chez lui, qu'il était sorti, peut-être pour passer sa colère, et vous auriez abandonné. Dans la chambre sur la terrasse, Angelo était en sécurité par rapport à vous.

— Mais pas par rapport à l'assassin, dit Elena, presque furieuse.

— Ça, c'est autre chose, observa Montalbano. Et vous pouvez m'être utile.

— De quelle manière ?

— Depuis quand durait cette relation entre Angelo et vous ?

— Depuis six mois.

— Durant cette période, il a eu l'occasion de vous faire connaître quelques-uns de ses amis, hommes ou femmes ?

— Commissaire, peut-être n'ai-je pas été assez claire. Nos rencontres étaient, comment dire, à but unique. J'allais chez lui, nous buvions un whisky, on se déshabillait, on allait au lit. Nous n'avons jamais été ensemble dans un cinéma, dans un restaurant. Ces derniers temps, il l'aurait voulu, moi non. Et ça aussi, ça nous a fait nous disputer.

— Pourquoi est-ce que vous ne vouliez pas sortir avec lui ?

— Pour ne pas donner aux gens l'occasion de rire d'Emilio.

— Mais il a bien dû vous parler d'une amie ou d'un ami !

— Ça, oui. Il m'a dit que, quand nous nous sommes connus, il avait depuis peu interrompu une histoire avec une certaine Paola, la rousse, comme il l'appelait, lui, il m'a parlé aussi d'un certain Martino avec lequel il allait souvent déjeuner et dîner, mais surtout, il me parlait de sa sœur Michela. Ils étaient très liés, depuis leur enfance.

— Qu'est-ce que vous savez de cette Paola ?

— Tout ce que je sais, je vous l'ai déjà dit. Paola, une rousse.

— De son travail, il vous en parlait ?

— Non. Une fois, il m'a dit qu'il gagnait bien, mais que c'était ennuyeux.

— Vous savez que pendant une certaine période, il avait exercé comme médecin avant d'abandonner ?

— Oui. Mais il n'avait pas abandonné, la seule fois où il m'en a parlé, il a fait allusion à une histoire confuse, je n'y ai rien compris et je n'ai pas approfondi parce que ça ne m'intéressait pas, à cause de quoi il avait été contraint de ne plus exercer.

Ça, c'était une nouveauté absolue. Sur laquelle il avait besoin d'en savoir plus.

Montalbano se dressa.

— Je vous remercie de votre disponibilité. Rare, croyez-moi. Mais je pense que j'aurai besoin d'une autre entrevue avec vous.

— Comme vous voulez, commissaire. Mais rendez-moi un service.

— À votre disposition.

— La prochaine fois, ne vous présentez pas si tôt le matin. Vous pouvez venir aussi dans l'après-midi. Mon mari, comme je vous l'ai dit, sait tout. Excusez-moi, mais je suis une grosse dormeuse.

Il arriva devant le logement d'Angelo Pardo avec plus d'une demi-heure de retard. Il n'avait pas à se dépêcher, de toute façon la convocation du Questeur avait été renvoyée. Il appela à l'interphone, Michela lui ouvrit. Il monta l'escalier, la maison lui parut encore morte, pas de voix, pas de bruit. Dieu sait si Elena, en venant trouver Angelo, avait jamais rencontré l'un ou l'autre des locataires. Michela l'attendait à la porte.

— Vous êtes en retard.

Montalbano remarqua qu'elle portait une robe différente, quoique toujours faite pour cacher l'incachable. Elle avait même changé de chaussures.

Mais alors, à l'appartement de son frère, elle gardait une garde-robe entière ?

Michela comprit ce qui lui passait par la tête.

— Ce matin, tôt, je suis allée chez moi. Je voulais savoir comment maman avait passé la nuit. J'en ai profité pour me changer.

— Écoutez, ce matin, vous devez aller chez le procureur Tommaseo. J'avais pensé vous accompagner mais je considère que ma présence est inutile.

— Qu'est-ce qu'il veut de moi, ce monsieur ?

— Vous poser quelques questions sur votre frère. Je peux utiliser le téléphone ? Je préviens Tommaseo que vous allez arriver.

— Mais où dois-je aller ?

— À Montelusa, au palais de justice.

Il entra dans le bureau et tout de suite, sentit qu'il y avait quelque chose d'étrange, de changé. Mais il n'acomprit pas quoi. Il téléphona à Tommaseo, l'avertit qu'il ne pourrait être présent à la rencontre avec la femme. Le proc', naturellement, s'il ne le dit pas ouvertement, en fut content. Dans le couloir, Michela était déjà prête.

— S'il vous plaît, vous me donnez les clés de cet appartement ?

Elle eut un moment d'incertitude puis ouvrit son sac à main et lui tendit le trousseau.

— Et si j'ai besoin de revenir ici ?

— Vous viendrez au commissariat et je vous donnerai les clés. Cet après-midi, où est-ce que je peux vous trouver ?

— Chez moi.

Il ferma la porte derrière Michela, courut vers le bureau.

Depuis toujours, le commissaire avait une espèce de coup d'œil photographique incorporé : quand il entrait par exemple dans une chambre qu'il ne connaissait pas, il était capable de photographier d'un coup d'œil non seulement la disposition des meubles, mais aussi celle des objets qui étaient dessus. Et de s'en rappeler même si le temps avait passé.

Il s'arrêta sur le seuil, s'appuya de l'épaule droite au montant, regarda attentivement et tout à coup découvrit ce qui ne cadrait pas.

La mallette.

Le soir précédent, la mallette était posée à la verticale sur le sol à côté du bureau, maintenant, elle était au contraire entièrement sous le meuble. Il n'y avait aucune raison pour la déplacer, elle ne gênait en rien même quand on devait utiliser le téléphone. Donc, Michela l'avait prise pour voir ce qu'il y avait à l'intérieur et ensuite, l'avait remise en place.

Il jura. Putain, quelle grosse connerie il avait faite ! Il n'aurait pas dû laisser la femme seule dans la maison d'un homme mort de mort violente. Il lui avait donné toute commodité pour faire disparaître tout ce qui pouvait apparaître en quelque manière compromettant pour son frère.

Il prit la mallette, la posa sur le bureau, l'attaché-case s'ouvrit aussitôt, il n'était pas fermé à clé. Dedans, une grande quantité de papiers à en-tête de diverses firmes pharmaceutiques, brochures de médicaments, dépliants publicitaires, bons de commande, reçus.

Il y avait aussi deux agendas, un gros et un petit. Il mata d'abord le gros. La rubrique des adresses était remplie de noms et de numéros de téléphone de médecins de toute la province, d'hôpitaux, de pharmacies. En outre, Angelo Pardo notait scrupuleusement tous les rendez-vous de besogne.

Il le mit à part et feuilleta le plus petit. C'était l'agenda privé. Il y avait le nom et le numéro de téléphone d'Elena Sclafani, celui de sa sœur Michela et de tant d'autres qu'il n'aconnaissait pas. Il mata la page qui se rapportait au lundi précédent. Il y avait écrit : « 21 h,

E ». Donc, ce qu'Elena lui avait dit sur le rendez-vous avec Angelo était vrai. Il mit à part aussi le petit agenda et prit en main le téléphone.

— Catarè, Montalbano je suis. Passe-moi Fazio.

— Subitement, *dottori*.

— Fazio, tu peux me rejoindre immédiatement chez Angelo Pardo ?

— Sur la terrasse ?

— Non, dans son appartement.

— J'arrive.

— Ah, amène aussi Catarella.

— Catarella ?!

— Pourquoi, il est intransportable ?

Le bureau avait trois tiroirs. Il ouvrit celui de droite. Là aussi des papiers et des documents qui concernaient son métier de, comment on disait maintenant ? ah, d'« informateur médico-scientifique ». Le tiroir central ne s'ouvrit pas, il était fermé à clé et la clé était invisible. Michela se l'était probablement emportée. Quel grandissime connard il avait été ! Il allait ouvrir le tiroir de gauche et la sonnerie du téléphone sur le bureau fut si soudaine et forte qu'elle lui flanqua la frousse. Il souleva le combiné.

— Oui ? dit-il en se pinçant les narines entre pouce et index, de manière à se changer la voix.

— Enrhumé, tu es ?

— Oui.

— C'est pour ça que tu vins pas, à hier soir, bâtard ? Je t'attends ce soir. Et gaffe de venir même si tu te chopes la pormonite.

Fin du coup de fil. Une voix d'homme à la parole rare et dangereuse, une voix de commandement. C'est sûr, un médecin qui ne voit pas arriver son informateur médico-scientifique ne le traite pas de bâtard. Montalbano saisit le gros agenda, mata la page correspondant à la veille, jeudi. Dans la partie du soir, elle était blanche, il n'y avait rin d'écrit, alors que dans la matinée, était noté un rendez-vous à Fanara avec un certain Dr Caruana.

Il allait ouvrir le tiroir de gauche et le téléphone sonna nouvellement. Montalbano sentit poindre le soupçon que tiroir et téléphone fussent en quelque manière reliés.

— Oui ? dit-il en faisant l'habituelle comédie avec les narines.

— Le Dr Angelo Pardo ?

Une voix de femme, quinquagénaire et sévère.

— Oui, c'est moi.

— Vous avez une voix étrange.

— Enrhumé.

— Ah. Je suis l'assistante du Dr Caruana de Fanara. Le docteur vous a attendu longtemps et vous ne nous avez même pas avertis que vous ne passeriez pas.

— Présentez mes excuses au docteur, mais ce refroidissement… je viendr…

Il s'interrompit. Mais s'il parlait au nom d'un mort, comment ce mort pouvait-il venir quelque part ?

— Allô ? fit l'infirmière.

— Dès que je pourrai, j'appellerai. Au revoir.

Il raccrocha. C'était tout autre chose que le ton adopté par l'inconnu du premier coup de fil. Qui était très intéressant. Mais est-ce qu'il y arriverait jamais à ouvrir le tiroir ? Il déplaça prudemment la main en la tenant hors de vue du téléphone.

Cette fois, il aréussit.

Le tiroir était rempli à ras bord de papiers. Tous les reçus possibles et imaginables, de ceux qui servent à faire tourner une maison, loyer, électricité, gaz, téléphone, copropriété. Mais rien qui le regardât lui, Angelo, en pirsonne pirsonnalement, comme dirait Catarella. Peut-être les papiers ou les choses qui le concernaient le plus directement étaient-ils conservés dans le tiroir central.

Il repoussa le tiroir et le téléphone sonna. Peut-être l'appareil s'était-il aperçu en retard que Montalbano l'avait banané et qu'il prenait maintenant sa revanche.

— Oui ?

Toujours avec les narines bouchées.

— Mais on peut savoir où t'es passé, connard ?

Voix de quadragénaire furieux. Il allait arépondre, mais l'autre continua :

— Attends un moment, que j'ai un appel sur l'autre ligne.

Montalbano tendit les esgourdes, mais il ne lui arriva que des murmures confus. Puis une seule parole claire :

— Merde !

Et à l'autre bout, on raccrocha. Qu'est-ce que ça pouvait signifier ? Bâtard et con. Va savoir comment on définirait Angelo au troisième coup de fil anonyme. À ce moment, l'interphone à côté de la porte d'entrée sonna. Le commissaire alla ouvrir. C'étaient Fazio et Catarella.

— *Dottori*, ah, *dottori* ! Fazio me dit que c'est juste juste de *mia*, de moi en pirsonne pirsonnalement que vous avez abesoin !

Il était ému et transpirant pour le grand honneur que le commissaire lui faisait en l'appelant à participer à l'enquête.

— Suivez-moi.

Il les conduisit dans le bureau.

— Toi, Catarè, tu prends ce portable qu'il y a sur la table et tu vas me dire tout ce qu'il y a dedans. Mais ne le fais pas ici, va-t'en au salon.

— *Dottori*, je peux aussi m'emmener l'imprimante ?

— Prends ce qui te sert.

Catarella sorti, Montalbano raconta tout à Fazio, depuis la connerie qu'il avait faite en laissant seule

Michela chez Angelo, jusqu'à ce que lui avait raconté Elena Sclafani. Et il lui rapporta aussi les coups de fil. Fazio resta pensif.

— Dites-moi nouvellement le deuxième coup de fil, dit-il au bout d'un moment.

Montalbano le lui raconta encore.

— Je fais une hypothèse, avança Fazio. Mettons que l'homme qui a téléphoné en deuxième s'appelle Giacomo. Alors, ce Giacomo ne sait pas qu'Angelo s'est pris une balle. Il l'appelle et entend qu'on lui arépond. Giacomo est furieux parce que depuis quelques jours, il n'arrive pas à entrer en contact avec Angelo. Quand il est sur le point de lui parler, il dit à Angelo d'attendre un moment à l'appareil parce qu'il a un appel sur une autre ligne. C'est ça ?

— C'est ça.

— Il parle sur l'autre ligne et on lui dit quelque chose qui, non seulement impressionne Giacomo, mais lui fait interrompre la communication. La question est : qu'est-ce qu'on lui a dit ?

— Qu'Angelo a été tué, dit Montalbano.

— Moi aussi, je pense comme ça.

— Écoute, Fazio, la nouvelle du meurtre est arrivée aux journalistes ?

— Ben, quelque chose est en train de transpirer. Mais pour en revenir à ce qu'on disait, quand Giacomo se rend compte qu'il est en train de parler avec un faux Angelo, il raccroche tout de suite.

— La question est : pourquoi a-t-il raccroché ? dit Montalbano. Pinsons-y un instant. Mettons que Giacomo est quelqu'un qui n'a rien à cacher, un innocent compagnon de resto et d'aventures féminines. Alors qu'il est en train de parler avec Angelo, on lui apprend que celui-ci a été assassiné. Un vrai ami n'aurait pas raccroché mais aurait demandé au faux Angelo qui il était vraiment et pourquoi il se faisait passer pour Angelo. Alors, il faut en venir à une autre pinsée. À savoir que Giacomo, dès qu'il a su pour la mort d'Angelo, dit « merde » et raccroche parce qu'il a la frousse de se trahir, de se faire identifier en continuant à parler. Donc, il ne s'agit pas d'une amitié 'nnocente, mais de quelque chose de louche. Et le premier appel, je le sens pas non plus.

— Qu'est-ce qu'on peut faire ?

— On peut tenter de savoir d'où proviennent les coups de fil. Fais-toi donner les autorisations et vois avec la société de téléphonie. Il n'est pas dit que ce soit possible, mais il faut essayer.

— J'essaie tout de suite.

— Attends, c'est pas fini. Il faut tout savoir sur Angelo Pardo. D'après ce que m'a laissé entendre Mme Sclafani, il a dû être rayé de l'Ordre des médecins il y a quelques années. Ce n'est pas une mesure qu'on prend pour des conneries.

— Bon, d'accord, j'essaie.

— Attends. On peut savoir pourquoi t'es si pressé ? Je veux aussi savoir vie, mort et miracles du professeur Emilio Sclafani qui enseigne le grec au lycée de Montelusa. L'adresse, tu la trouves dans l'annuaire.

— Bon, d'accord, dit Fazio, sans plus faire mine de bouger.

— Dis-moi une chose. Le portefeuille d'Angelo ?

— Il l'avait dans la poche de derrière du jean. La Scientifique se l'est pris.

— La Scientifique s'est pris autre chose ?

— Oh que oui. Un trousseau de clés et le téléphone cellulaire qu'il y avait sur la tablette.

— Aujourd'hui même, je veux récupérer les clés, le portable et le portefeuille.

— Très bien. Je peux y aller ?

— Non. Essaie d'ouvrir le tiroir central du bureau. Il

est fermé à clé. Tu dois faire en sorte de pouvoir l'ouvrir et le refermer comme si personne n'y avait mis la main.

— Il faut un peu de temps.

— Et toi, t'en as tant que tu veux, du temps.

Tandis que Fazio commençait à farfouiller la serrure, le commissaire gagna le salon. Catarella avait allumé l'ordinateur et lui aussi farfouillait.

— *Dottori*, très difficile, c'est.

— Pourquoi ?

— Passqu'y a la garde à la porte.

Montalbano s'étonna. Quelle garde ? Quelle porte ?

— Catarè, qu'est-ce que tu racontes, merde ?

— *Dottori*, maintenant, je vais vous expliquer. Quand querqu'un veut pas que querqu'un regarde les choses intimes qu'il a dedans, il met une garde à la porte.

Montalbano acomprit.

— Un *password* ?

— Et alors, qu'est-ce que j'ai dit ? La même chose, j'ai dit. Et si querqu'un y lui dit pas le mot de passe, la garde le laisse pas passer !

— Alors, on est baisés ?

— C'est pas dit, *dottori*. Là, y lui faudrait une feuille où qu'y serait écrit nom et prénom du propriétaire, date de naissance, nom de la femme ou de la fiancée et du frère et de la sœur et de la mère et du père, du fils s'il en a, de la fille s'il en a…

— Bon, bon, aujourd'hui, après déjeuner, je te fais avoir tout ça. En attendant, emporte-toi l'ordinateur au commissariat. Tu la donnes à qui la feuille ?

— À qui je dois la donner, *dottori* ?

— Catarès, tu as dit « y lui faudrait ». Qui est ce « lui » ?

— Lui, c'est moi, *dottori*.

Fazio l'appelait du bureau.

CINQ

— J'eus de la chance, *dottore*. Je trouvai une clé à moi qui avait l'air faite exprès. Personne ne s'apercevra qu'on l'a ouvert.

Le tiroir s'aprésentait maintenu bien en ordre.

Passeport, dont le commissaire nota les données pour Catarella ; contrats qui fixaient des pourcentages sur les produits vendus ; deux documents notariés sur lesquels Montalbano copia, toujours au bénéfice de Catarella, noms et dates de naissance de Michela et de sa mère, prénommée Assunta, le diplôme de doctorat, plié en quatre, qui remontait à seize ans auparavant ; la lettre de l'Ordre, d'il y a dix ans, qui communiquait à l'ex-docteur Angelo Pardo la radiation sans préciser ni le pourquoi ni le comment ; une enveloppe contenant mille euros en billets de cinquante ; deux albums de photos souvenirs d'un voyage en Inde et d'un autre en Russie ; trois lettres de Mme Assunta à son fils, où elle se lamentait de la vie commune avec Michela et d'autres choses comme ça, toutes personnelles mais toutes, comment dire, absolument inutiles aux yeux de Montalbano. Il y avait aussi une vieille déclaration de détention d'arme à domicile d'un revorber ayant appartenu au père. Mais de l'arme, pas trace, peut-être Angelo s'en était-il débarrassé.

— Mais ce monsieur n'avait pas de compte courant ? demanda Fazio. Comment ça se fait qu'il n'y ait pas de chéquier, ni même les talons des chéquiers ou un relevé quelconque ?

La question n'obtint pas de réponse par le fait que Montalbano était en train de se poser la même et ne savait que répondre, à lui comme à Fazio.

En revanche, quelque chose étonna le commissaire, et beaucoup, et fit hausser les sourcils aussi à Fazio, ce fut la découverte d'un livret usagé intitulé *Les plus belles chansons italiennes de tous les temps*. Au salon, il y avait la télévision, mais alentour, on ne voyait ni disques ni lecteurs de CD et pas de radio non plus.

— Dans la pièce sur la terrasse, il y avait des disques, des écouteurs, des appareils ?

— Rin, *dottore*.

Alors pourquoi garder dans un tiroir fermé à clé un livret de paroles de chansons ? Surtout qu'il paraissait avoir été souvent consulté, deux pages détachées avaient été soigneusement recollées à leur place avec du ruban adhésif transparent. En plus, dans les marges étroites avaient été écrits des chiffres. Montalbano les étudia et il ne lui fallut pas longtemps pour comprendre qu'Angelo avait aussi noté la métrique des vers.

— Ça, on l'emmène en même temps que les agendas, arrêta-t-il. Tu peux refermer. À propos, tu as dit que vous avez trouvé dans la pièce d'en haut un trousseau de clés ?

— Oh que oui, *dottori*. La Scientifique se le prit.

— Je te le répète : aujourd'hui après déjeuner, je veux le portefeuille, le portable et les clés. Qu'est-ce que tu fais ?

Fazio, au lieu de refermer nouvellement le tiroir, le

vidait en mettant sur le bureau, en bon ordre, les objets qui s'y trouvaient.

— Juste un instant, *dottore*. Je veux voir un truc.

Quand le tiroir fut complètement vide, Fazio le tira hors des supports, le retourna. Au-dessous, à l'extérieur de la planchette, il y avait une clé chromée, épaisse et dentée, fixée par deux bouts de ruban adhésif en croix.

— Bravo, Fazio.

Tandis que le commissaire examinait la clé qu'il avait détachée, Fazio replaça tout dedans le tiroir, dans le même ordre qu'auparavant, le ferma avec sa clé qu'il empocha ensuite.

— D'après moi, c'est la clé qui ouvre un petit coffre-fort mural, conclut le commissaire.

— D'après moi aussi, dit Fazio.

— Et tu sais ce que ça signifie ?

— Qu'il va falloir se mettre à besogner, annonça Fazio en retirant la veste et en retroussant ses manches.

Après avoir passé deux heures à déplacer des cadres, des miroirs, des meubles, des tapis, des médicaments, des livres, la lapidaire conclusion du commissaire Montalbano fut :

— Ici, y a que dalle, merde.

Ils s'assirent, escagassés, dans le divan du salon. Se matèrent. Et à tous deux vint la même pensée.

— La pièce d'en haut.

Ils montèrent l'escalier en colimaçon. Montalbano ouvrit, ils s'atrouvèrent sur la terrasse. La porte de la chambre n'avait pas été remise dans ses gonds, elle était seulement appuyée à sa place, avec un papier collé qui annonçait que l'entrée était interdite et que l'ensemble était sous scellés judiciaires. Fazio déplaça la porte et ils entrèrent.

Ils eurent deux chances. La première, que la pièce fût

petite et donc qu'ils ne se démenèrent pas trop à déplacer des meubles. La seconde, que la table n'eût pas de tiroir. Comme ça, ils ne perdirent pas trop de temps. Mais le résultat fut du pareil au même que dans l'appartement du dessous et que le commissaire avait brillamment, sinon élégamment, commenté en quelques mots. Sauf qu'ils suèrent un grand coup vu que dans cette pièce, le soleil cognait fort.

— Et si c'était plutôt la clé d'un coffre de banque ? hasarda Fazio quand ils retournèrent à l'appartement.

— Je ne crois pas. En général, sur ces clés, il y a un numéro, un sigle, quelque chose qui les fait reconnaître aux gens du métier. Celle-là, en revanche, est lisse, anonyme.

— Et alors, qu'est-ce qu'on fait ?

— On fait qu'on va tous bouffer, dit Montalbano dans un élan poétique.

Après une bouffe exhaustive et une lente promenade méditativo-digestive, un pied après l'autre jusqu'à arriver au phare et retour, il alla au bureau.

— *Dottori*, vous me le portiez le papier qu'il a besoin ? demanda Catarella dès qu'il le vit.

— Oui, donne-le-lui.

« Lui », dans le complexe langage catarellien, c'était lui-même, Catarella.

Il s'assit, tira la clé trouvée par Fazio, la posa sur le bureau, commença à la fixer, on eût dit qu'il voulait la pnotiser. En fait, ce fut l'inverse qui arriva, à savoir que ce fut la clé qui le pnotisa. En fait, au bout d'un petit moment, il s'aretrouva l'œil fermé, envahi d'une grande envie de dormir. Il se leva, alla se laver le visage et ce fut alors qu'il eut une belle petite pinsée. Il appela Galluzzo.

— Écoute, tu le sais où habite Orazio Genco ?

— Le voleur ? Bien sûr que je le sais, je suis allé l'arrêter deux ou trois fois.

— Il faut que t'ailles le voir, demande-lui comment il va et tu lui donnes le bonjour de ma part. Tu sais que ça fait un an qu'Orazio ne quitte plus le lit ? Je ne me sens pas de voir dans quel état il est.

Galluzzo ne fut pas étonné, il savait que le commissaire et le vieux cambrioleur se plaisaient ; à leur manière, ils étaient amis.

— Je dois juste aller lui dire bonjour de votre part ?

— Non, fais-lui voir aussi cette clé.

Il la prit, la lui tendit.

— Fais-toi dire qu'est-ce que c'est comme clé, et qu'est-ce qu'elle ouvre, d'après lui.

— Bah, fit Galluzzo, dubitatif. C'est une clé moderne.

— Eh beh ?

— Orazio est vieux, et il n'exerce plus depuis des années.

— Ne t'inquiète pas, je sais qu'il se tient au courant.

Comme le sommeil le reprenait, Fazio apparut soudain avec un sachet de plastique à la main.

— T'es allé faire les commissions ?

— Oh que non, *dottore*, je suis allé à Montelusa me faire remettre par la Scientifique ce que vous vouliez. Tout est là.

Il posa le sac sur la table.

— Et je veux vous dire aussi que j'ai parlé avec la société du téléphone. J'ai obtenu l'autorisation. Ils disent qu'ils vont essayer d'identifier de quels appareils sont venus les coups de fil.

— Et les informations sur Angelo Pardo et Emilio Sclafani ?

— *Dottore*, malheureusement, je ne suis pas le Père éternel. J'aréussis à faire qu'une chose à la fois. Maintenant je vais aller à droite et à gauche pour m'informer. Ah, je voulais vous dire une chose. Trois.

Et il lui montra le pouce, l'index et le médium de la main droite.

Montalbano le mata, pris par les Turcs.

— Tu te mets à balancer des chiffres ? Tu veux jouer à la mourre ?

— *Dottore*, vous vous rappelez du jeune qui est mort d'une overodose et vous vous rappelez que je vous ai dit que l'ingénieur Fasulo, lui aussi, même si c'est passé pour un infarctus, était mort à cause de la drogue ?

— Oui, je m'en souviens. Et le troisième, qui est-ce ?

— Le sénateur Nicotra.

La bouche de Montalbano adopta la forme d'un O.

— Tu veux galéger ?

— Oh que non, *dottore*. Ça se savait que le sénateur tâtait de la drogue. De temps en temps, il s'enfermait dans sa villa et se faisait trois jours de voyage en solitaire. Cette fois, visiblement, il a oublié de se prendre le billet de retour.

— Mais c'est sûr ?

— Parole de Vangile.

— Voyez-vous ça ! Un type qui ne faisait que parler de morale et de moralité ! Dis-moi, par curiosité : quand vous êtes allés chez le jeune, vous avez trouvé les trucs habituels, le lacet, la seringue ?

— Oh que oui, *dottore*.

— Pour Nicotra, ça devait être un autre truc, peut-être mal taillé. Mais moi, j'y comprends rien, à ces histoires. En tout cas, paix à son âme.

En sortant, Fazio faillit heurter Augello sur le seuil.

— Mimì ! *La billizza!* Formidable ! Heureux les yeux qui te virent !

— Laisse tomber, Salvo, ça fait deux nuits que je dors pas.

— Le minot va mal ?

— Non, mais il pleure toujours. Sans raison.

— Ça, c'est toi qui le dis.

— Mais les médecins…

— Laisse tomber les médecins. Visiblement le minot n'était pas d'accord avec vous sur le fait d'être mis au monde. Et voyant comment est le monde, je ne me sens pas de lui donner tort.

— Écoute, par pitié, ne te mets pas à faire le malin. Je voulais te faire savoir qu'il y a cinq minutes, le Questeur a téléphoné.

— Et *a mia*, à moi, qu'est-ce que ça peut me foutre, tes coups de fil amoureux ? Maintenant, Bonetti-Alderighi et toi, vous êtes cul et chemise, sauf qu'on comprend pas encore qui est le cul et qui est la chemise.

— Ça y est, tu t'es soulagé ? Je peux parler ? Oui ? Le Questeur m'a dit que demain matin, vers onze heures, le commissaire Liguori va venir chez nous.

Montalbano se rembrunit.

— Ce con de l'antidrogue ?

— Ce con de l'antidrogue.

— Et que veut-il ?

— Je sais pas.

— Moi je veux même pas le voir en peinture.

— C'est justement pour ça que je suis venu te le dire. Toi, demain, après onze heures, tu dois pas te montrer par ici. Je lui parlerai, moi.

— Je te remercie. Donne mon bonjour à Beba.

Il appela Michela Pardo. Il voulait la rencontrer non seulement parce qu'il avait des questions à lui poser, mais aussi pour comprendre si elle avait fait disparaître quelque chose de l'appartement de son frère. Elle lui pesait beaucoup, la connerie qu'il avait faite en lui consentant de dormir chez Angelo.

— Comment ça s'est passé, ce matin, avec le proc' Tommaseo ?

— Il m'a fait attendre une demi-heure dans une antichambre et puis il m'a fait dire que la convocation était déplacée à demain, même heure. Commissaire, vous avez bien fait d'appeler, je vous aurais téléphoné, moi.

— Qu'est-ce qu'il y a ?

— Je voulais savoir quand nous pourrons ravoir Angelo. Pour les funérailles.

— Sincèrement, je ne saurais vous le dire. Je vais m'informer. Écoutez, vous pouvez passer au commissariat ?

— *Dottor* Montalbano, j'ai pensé qu'il valait mieux dire à maman qu'Angelo est mort. Je lui ai raconté que c'était un accident de voiture. Elle a eu un contrecoup violent, j'ai dû appeler notre médecin. Il lui a donné des sédatifs, elle se repose. Je ne me sens pas de la laisser seule. Vous ne pourriez pas passer, vous, chez moi ?

— Oui. Quand ?

— Quand vous voulez, de toute façon, je ne peux pas bouger de la maison.

— Je serai chez vous vers dix-neuf heures. Donnez-moi l'adresse.

Une heure plus tard, Galluzzo se pointa.

— Comment va Orazio ?

— *Dottore*, il a un pied dans la tombe. Il attend votre visite.

Il tira de la poche la clé, la donna au commissaire.

— D'après Orazio, c'est la clé d'un coffre blindé portable de marque Exeter de 45 centimètres sur 30 et 20 centimètres de hauteur. Il dit que ce sont des cassettes qu'on n'ouvre pas même avec une mine antichar. À moins d'en avoir la clé.

Fazio et lui avaient perquisitionné l'appartement et la pièce sur la terrasse, à la recherche d'un coffre mural.

Mais une cassette blindée de ces dimensions, ils l'auraient sûrement vue. Et ça signifiait une chose, à savoir que quelqu'un se l'était emportée. Mais pour en faire quoi, s'il n'en avait pas la clé ? À moins que celui qui l'ait prise ne soit en possession d'une copie de la clé ? Et Michela n'en savait rin ? Il adevenait toujours plus nécessaire de parler avec cette fille. Il lui avait promis de s'informer pour les funérailles et donc téléphona à Pasquano.

— Docteur, je vous dérange ?

Avec Pasquano, il fallait y aller mollo, il avait un caractère décidément dégueulasse et instable.

— Bien sûr que vous me dérangez. Et pour être plus précis : vous me cassez les burnes. Vous me faites dégueulasser de sang le combiné.

Un autre qui ne le connaissait pas aurait raccroché, embarrassé, en se répandant en excuses. Mais le commissaire le pratiquait depuis de nombreuses années et savait que parfois, il valait mieux en rajouter une louche.

— Docteur, je m'en fous.

— De quoi ?

— Si je vous ai dérangé ou pas.

Il mit dans le mille. Pasquano éclata d'un grand et gros rire.

— Qu'est-ce que vous voulez ?

— La famille d'Angelo Pardo voudrait savoir quand nous pourrons leur restituer le corps pour l'enterrement.

— Cinq, dit Pasquano.

Mais qu'est-ce qu'il leur prenait, à Fazio et au docteur ? Ils étaient adevenus sibylles de Cumes ? Pourquoi se mettaient-ils à délirer, à balancer des chiffres ?

— Qu'est-ce que ça signifie ?

— Je vais vous l'expliquer, ce que ça signifie. Ça signifie qu'avant celle de Pardo, je dois faire cinq autopsies. Donc, les gens de la famille doivent encore attendre.

Dites-leur que le cher conjoint n'est pas trop mal dans son frigo. Ah, tant qu'on y est, je vous dis que je me suis trompé.

Madonuzza santa, petite madone sainte, qu'est-ce qu'il fallait comme patience !

— À quel sujet, Docteur ?

— Sur le fait que Pardo avait eu un rapport sexuel un peu avant d'être tué. Je suis désolé de décevoir le *dottor* Tommaseo qui était parti sur les chapeaux de roues.

— Alors, vous l'avez examiné !

— Superficiellement et seulement dans la partie qui avait attiré ma curiosité.

— Mais alors, pourquoi ?…

— Pourquoi il l'avait sortie, vous dites ?

— Exactement.

— Bah, si ça se trouve il est allé pisser dans un coin de la terrasse et on ne lui a pas donné le temps de la rentrer. Ou bien peut-être qu'il avait l'intention de se donner un peu de plaisir solitaire mais qu'on ne lui a pas laissé le temps, on lui a tiré dessus. Et puis, ça, ça me regarde pas. C'est vous, monsieur le commissaire, qui faites l'enquête, non ?

Il raccrocha sans dire au revoir.

À y bien réfléchir, Elena avait raison, alors, de ne pas vouloir croire qu'Angelo eût rencontré une autre femme pendant qu'il l'attendait. Mais même l'hypothèse du Dr Pasquano ne tenait pas.

Dans l'ex-lavoir, il n'y avait pas de toilettes, juste un lavabo. Si Angelo avait une envie pressante et la flemme de descendre dans l'appartement, il n'y avait pas besoin d'aller se soulager dans un coin sombre de la terrasse, il pouvait utiliser le lavabo.

Et l'hypothèse masturbatoire ne le convainquait pas davantage.

Mais dans un cas comme dans l'autre, il était très

bizarre qu'il n'ait pas eu le temps de se rajuster. Non, il devait y avoir une autre explication. Et certainement pas aussi simple que celle de Pasquano.

Sur le seuil apparut Mimì Augello.

— Qu'est-ce que tu veux ?

Il avait des calamars sous les yeux, pire que quand il courait la gueuse.

— Sept, dit Mimì.

D'un coup, Montalbano parut complètement dingue. Il se leva d'un bond, le visage rouge, et cria comme pour se faire entendre jusqu'au port :

— Dix-huit, vingt-quatre et trente-six ! Putain ! Et même soixante !

Augello eut la frousse, tandis que dans le commissariat se déclenchait un brouhaha, portes claquées, pas de course. En un instant, apparurent Galluzzo, Gallo, Catarella.

— Qu'est-ce qui fut ?

— Que se passa-t-il ?

— Qu'arriva-t-il ?

— Rin, rin, dit Montalbano en s'asseyant. Retournez à votre poste, j'ai eu une crise de nerfs. C'est passé.

Les trois s'en allèrent. Mimì le fixait *ammamaloccuto*, l'air ahuri.

— Qu'est-ce qui te prend ? Qu'est ce que ça signifie les chiffres que t'as balancés ?

— Ah, moi j'ai balancé des chiffres ? Moi ? Et toi, t'es pas entré en disant « sept » ?

— Et alors, c'est un péché mortel ?

— Laissons tomber. Qu'est-ce que tu voulais me dire ?

— Qu'étant donné que demain Liguori arrive, je me suis documenté. Tu sais combien il y en a eu de morts d'overdose dans la province, ces derniers jours ?

— Sept, dit Montalbano.

— Exact. Comment le sais-tu ?

— Mimì, c'est toi qui me l'as dit. Ne faisons pas un dialogue à la Campanile.

— Quel campanile ?

— Laissons tomber, Mimì, que sinon, je me reprends les nerfs.

— Et tu sais ce qu'on dit du sénateur Nicotra ?

— Qu'il est mort de la même maladie que les six autres.

— Et ça, ça explique que l'antidrogue de Montelusa ait décidé de commencer à se bouger le cul. Tu n'as aucune idée là-dessus.

— Non. Et j'ai pas envie d'en avoir.

Mimì sortit, le téléphone sonna.

— *Dottor* Montalbano ? Ici Lactes. Tout va bien ?

— Tout va bien, *dottore*, grâces soient rendues à la Madone.

— La nichée ?

Mais de quoi parlait-il ? Des enfants ? Et combien pensait-il qu'il en avait ? De toute façon, qu'est-ce que c'était cette histoire de nichée ?

— Ça grandit, *dottore*.

— Bien, bien. Je voulais vous dire que M. le Questeur vous attend demain après-midi entre dix-sept et dix-huit heures.

— J'y serai sans faute.

Il s'était fait l'heure de s'en aller voir Michela.

En passant devant le cagibi de Catarella, il le vit la tête enfoncée dans l'ordinateur d'Angelo Pardo.

— À quel point on en est, Catarè ?

Catarella sursauta, bondit même.

— *Dottori*, ah, *dottori* ! On a de l'eau jusqu'au cou, *dottori*. La garde à la porte me laisse pas passer ! Impénétrabillissime, elle est !

— Tu penses ne pas y arriver ?

— *Dottori*, même s'il faut y passer toute la nuit en ristant réveillé sans fermer l'œil, moi le mot secret pour le premier, je vais l'atrouver !

— Catarè, pourquoi tu dis pour le premier ?

— *Dottori*, les faÿless avec la garde à la porte, ils sont trois.

— Explique-moi ça. Si tu mets une dizaine d'heures pour trouver le *password* d'un *file*, ça veut dire que tu as besoin, minimum, d'une trentaine d'heures pour les trouver tous les trois ?

— Egzatement précis comme vosseigneurie le dit, *dottori*.

— Bonne chance. Ah, si tu trouves le premier, téléphone-moi à n'importe quelle heure de la nuit, n'hésite pas.

SIX

Il monta en voiture, partit, au bout d'une centaine de mètres, se flanqua une claque sur le front, jura, commença un dangereux demi-tour en fer à cheval tandis que les automobilistes derrière lui révélaient à grands cris que :

d'abord, c'était un grandissime cornard,

ensuite, *sò matre*, sa mère était une femme de mœurs faciles,

tercio, *sò soro*, sa sœur, était pire que sa mère.

Revenu au commissariat, il passa devant Catarella sans que celui-ci le remarque, perdu comme il était dans l'ordinateur. Pratiquement, un régiment de malfrats aurait pu pénétrer dans ces bureaux sans coup férir.

Dans son bureau, il ouvrit le sac que lui avait apporté Fazio et prit le trousseau de clés qui avait appartenu à Angelo. Il remarqua tout de suite une clé qui ressemblait comme deux gouttes d'eau à celle qu'il avait en poche et qui servait à ouvrir la cassette blindée. En général, ces cassettes étaient vendues avec deux clés seulement. Donc, celle qu'il avait trouvée sous le tiroir était la clé de réserve qu'Angelo gardait cachée.

En conséquence, il avait eu une pinsée erronée à

propos de Michela, ce n'était pas elle qui avait fait disparaître la cassette, elle n'aurait pas eu la possibilité de l'ouvrir.

Peut-être la cassette avait-elle été introuvable dans l'appartement d'Angelo parce qu'elle ne s'y était jamais trouvée, il la gardait ailleurs.

Ailleurs, où ?

Et là, il se donna une autre grande claque sur le front. Il menait cette enquête comme un véritable abruti, un type qui se rappelait pas les trucs élémentaires. Angelo faisait le représentant et il quadrillait la province entière, non ? Comment ne lui était-il pas venu à l'esprit que, nicessairement, Angelo devait avoir une voiture et peut-être aussi un garage ?

Il vida le sac sur la table. Le téléphone portable. Le portefeuille. Et les clés d'une auto. Ce qu'il fallait démontrer : il était gaga.

Il remit tout dedans le sac et se l'emmena. Cette fois encore, Catarella ne le remarqua pas.

Michela portait une espèce de robe de chambre ample et déformée, qu'un nœud large et peu serré changeait en une sorte de grosse chemise de détenue, et des savates. Elle gardait baissés ses yeux dangereux. Mais quels péchés, ou plutôt quelles mauvaises intentions avait son corps pour devoir le châtier en le cachant de cette façon ?

Elle le fit asseoir au salon. Meubles de bonne facture mais vieux, ils étaient certainement de famille, transmis de père en fils.

— Excusez-moi si je vous reçois dans cette tenue, mais comme je dois constamment m'occuper de maman...

— Je vous en prie ! Comment va votre mère ?

— Heureusement, en ce moment, elle se repose. C'est l'effet des sédatifs. C'est le docteur qui le veut. Mais le sommeil est agité, comme si elle avait des cauchemars, elle se plaint.

— Je suis désolé, dit Montalbano qui, dans ces cas-là, ne savait pas quoi dire et restait dans les généralités.

Ce fut elle qui attaqua le sujet. Directement.

— Vous avez trouvé quelque chose chez Angelo ?

— Quelque chose en quel sens ?

— Quelque chose qui puisse vous aider à comprendre qui a…

— Non, rien encore.

— Vous m'aviez fait une promesse.

Montalbano comprit au vol.

— J'ai téléphoné à Montelusa. Il va falloir encore au moins trois jours avant que soit donnée l'autorisation pour la remise de la dépouille. N'en doutez pas : je vous tiendrai au courant.

— Merci.

— À l'instant, vous m'avez demandé si nous avions trouvé quelque chose dans l'appartement de votre frère et moi je vous ai répondu que nous n'avons rien trouvé. Mais nous n'avons pas trouvé non plus ce qui aurait dû y être.

Il avait jeté l'appât et l'hameçon. Mais elle ne pita pas. Elle resta un peu étonnée, comme de juste.

— Par exemple ? demanda-t-elle.

— Votre frère gagnait bien sa vie ?

— Oui, bien. Mais ne vous méprenez pas, commissaire. Peut-être mieux vaut-il dire : suffisamment pour ses besoins et les nôtres.

— Où gardait-il son argent ?

Michela le fixa, juste un instant heureusement, surprise par la question.

— À la banque.

— Et comment expliquez-vous que nous n'ayons pas un chéquier, un extrait de compte, rien ?

De manière inattendue, Michela sourit et se leva.

— Je reviens de suite, dit-elle.

Quand elle se représenta, elle tenait en main une grosse chemise qu'elle posa sur la table basse. Elle l'ouvrit, en tira un chéquier de la Banca dell'Isola, chercha encore, prit une feuille qu'elle tendit avec le chéquier au commissaire.

— Angelo a un compte courant dans cette banque, je vous ai mis aussi le dernier extrait de compte.

Montalbano mata le chiffre correspondant à la colonne « crédit » : 91 000 euros.

Il rendit le tout à Michela qui le rangea dans le dossier.

— Cet argent ne provient pas seulement des revenus d'Angelo. Environ 50 000 euros sont à moi, un héritage d'un oncle qui m'aimait particulièrement. Comme vous voyez, nous avions, mon frère et moi, un compte commun.

— Comment se fait il que vous conserviez tout ?

— Vous savez, Angelo était souvent parti pour son travail et il ne pouvait pas respecter certaines échéances. Je m'en occupais, moi, et puis je lui donnais les reçus. Vous les avez trouvés ?

— Ça oui. À part l'appartement et la pièce sur la terrasse, il avait aussi un garage ?

— Bien sûr. Sur l'arrière de la maison, il y a trois garages. Le premier à gauche est à lui.

Tu vois que t'es un vieux gâteux, mon cher Montalbano ?

— Pourquoi dites-vous que souvent Angelo ne pouvait se trouver à Vigàta pour certaines échéances ? Il ne faisait pas que des voyages brefs, à l'intérieur des limites de la province ?

— C'est pas exactement ça. Une fois par trimestre au moins, il allait à l'étranger.

— Où ça ?

— Bah, Allemagne, Suisse, France... Où en général se trouvent les grandes firmes pharmaceutiques. On le convoquait.

— Je comprends. Il était parti longtemps ?

— Ça dépend. De trois jours à une semaine. Pas plus.

— Parmi les clés de votre frère, nous en avons trouvé une très particulière.

Il tira celle qu'il avait en poche, la tendit à la femme.

— Vous la reconnaissez ?

Elle la fixa avec curiosité.

— La reconnaître vraiment, je dirais que non. Mais je dois en avoir entrevu une presque pareille parmi ses clés.

— Vous ne lui avez pas demandé à quoi elle servait ?

— Non.

— Cette clé ouvre une cassette blindée portable.

— Vraiment ?!

Il la mata. Eaux claires, accueillantes, à l'apparence nullement périlleuse. *Mais attention, Montalbano, en dessous, dissimulées, grouillent des algues géantes dont tu ne réussiras plus à ressortir les pieds.*

— Je n'ai jamais su qu'Angelo avait une cassette blindée. Il ne me l'a jamais dit et je ne l'ai jamais vue dans son appartement.

Montalbano s'obstina à fixer la pointe de sa chaussure gauche.

— Vous l'avez trouvée ?

— Non. Nous avons trouvé les clés mais pas la cassette. Ça ne vous paraît pas bizarre ?

— Effectivement.

— Et ça, c'est un autre des objets qui auraient dû se trouver dans l'appartement et qui, en fait, n'y sont pas.

Michela manifesta avoir compris où Montalbano

voulait en venir. Elle pencha la tête en arrière, elle avait un cou très beau, modiglianesque, et elle le fixa de ses yeux heureusement mi-clos.

— Vous ne pensez pas que je l'ai prise, moi ?

— Ben, vous voyez, j'ai commis une erreur.

— Laquelle ?

— Je vous ai laissée seule pour une nuit chez votre frère. Je n'aurais pas dû. Vous, comme ça, vous avez eu tout le temps de...

— De faire disparaître des choses ? Et pourquoi ?

— Parce que vous, vous savez beaucoup plus de choses sur Angelo que nous.

— Bien sûr ! Quelle découverte ! Nous avons grandi ensemble. Nous sommes frère et sœur.

— Et donc vous tendez à le couvrir, même inconsciemment. Vous m'avez dit que votre frère, à un certain moment, a décidé de ne plus exercer la médecine. Mais ce n'est pas ainsi, exactement, que les choses se sont passées. Votre frère a été radié.

— Qui vous l'a dit ?

— Elena Sclafani. Je lui ai parlé ce matin, avant de venir vous voir.

— Elle vous a expliqué le motif ?

— Non. Parce qu'elle l'ignorait. Angelo a fait allusion à sa radiation mais cette histoire ne l'intéressait pas et donc, elle n'a rien demandé d'autre.

— Pauvre angelot ! L'histoire ne l'intéressait pas, mais elle s'est empressée d'éveiller vos soupçons. Elle jette un caillou et elle cache sa main.

Elle avait parlé d'une voix que le commissaire ne lui aconnaissait pas, une voix qui semblait produite non par des cordes vocales mais par deux feuilles de papier de verre frottées avec force l'une contre l'autre.

— Dites-le-moi, vous, le motif.

— Avortement.

— Dites-m'en davantage.

— Angelo a mis enceinte une gamine mineure, une patiente, par ailleurs. La gamine, qui était d'une famille d'un certain genre, n'osait rien dire chez elle et elle ne pouvait pas non plus recourir à un établissement public. Il ne lui restait que l'avortement clandestin. Sinon que la jeune fille, revenue chez elle, eut une violente hémorragie. Le père l'accompagna à l'hôpital et on sut la vérité. Angelo prit sur lui toute la responsabilité.

— Qu'est-ce que ça veut dire qu'il prit sur lui toute la responsabilité ? Il me paraît évident qu'il était entièrement responsable !

— Non, pas entièrement. Il avait demandé à un collègue et ami du temps de l'université de faire avorter la fille. Il ne voulait pas, mais Angelo réussit à le convaincre. Alors, quand l'affaire a éclaté, mon frère déclara que c'était lui qui avait pratiqué l'avortement. Et donc, il fut condamné et radié.

— Dites-moi les nom et prénom de la fille.

— Mais commissaire, plus de dix ans ont passé ! Je sais qu'elle s'est mariée, elle ne vit plus à Vigàta... Pourquoi voulez-vous... ?

— Il n'est pas dit que je doive l'interroger, mais si c'est nécessaire, je ferai preuve de la plus grande discrétion, je vous le promets.

— Teresa Cacciatore. Elle a épousé un entrepreneur, Mario Sciacca. Elle vit à Palerme. A un enfant.

— Mme Sclafani m'a dit que les rencontres avec votre frère avaient lieu dans son appartement à lui.

— Oui, c'est ça.

— Comment se fait-il que vous l'ayez jamais croisée ?

— C'était moi qui ne voulais pas la rencontrer. Même par hasard. J'avais prié Angelo de me prévenir chaque fois qu'Elena venait chez lui.

— Pourquoi est-ce que vous ne vouliez pas ?

— Antipathie. Aversion. À vous de décider.

— Mais vous ne l'avez vue qu'une fois !

— Ça m'a suffi. Et puis Angelo me parlait souvent d'elle.

— Qu'est-ce qu'il vous disait ?

— Qu'au lit, elle était inégalable, mais trop avide d'argent.

— Votre frère la payait ?

— Il lui faisait des cadeaux très coûteux.

— Par exemple ?

— Une bague. Un collier. Une voiture deux-places.

— Elena m'a confié qu'elle était décidée à quitter Angelo.

— Ne le croyez pas. Elle ne l'avait pas encore pressuré à fond. Elle lui faisait sans arrêt des scènes de jalousie pour le tenir serré.

— Paola aussi vous était antipathique ?

Elle bondit, littéralement, sur son fauteuil.

— Qui… qui vous a parlé de Paola ?

— Elena Sclafani.

— La salope !

La voix de papier de verre était revenue.

— Excusez-moi, de qui voulez-vous parler ? demanda le commissaire, angélique. De Paola ou bien d'Elena ?

— D'Elena qui l'a mêlée à ça. Paola était… est une femme bien qui était vraiment tombée amoureuse d'Angelo.

— Pourquoi votre frère l'a-t-il quittée ?

— L'histoire avec Paola durait depuis trop longtemps… La rencontre d'Elena est survenue à un moment de lassitude… Elle a représenté pour Angelo une nouveauté, une curiosité à laquelle il n'a pas su résister, malgré que moi…

— Dites-moi le nom et l'adresse de Paola.

— Commissaire ! Mais vous prétendez que je vous donne les coordonnées de toutes les femmes qui ont fréquenté Angelo ? De Maria Martino ? De Stella Lojacono ?

— Non, pas de toutes. De celles que vous avez mentionnées.

— Paola Torrisi-Blanco habite à Montelusa, au 26 via Millefiori. Elle est professeur d'italien au lycée.

— Mariée ?

— Non. Ç'aurait été une épouse idéale pour mon frère.

— À ce qu'il paraît, vous avez bien connu Paola.

— Oui. Nous sommes devenues amies. Et j'ai continué à la fréquenter même après que mon frère l'a quittée. Ce matin, je lui ai téléphoné et je lui ai dit qu'Angelo avait été assassiné.

— À propos, est-ce que des journalistes se sont manifestés auprès de vous ?

— Non. Ils sont au courant ?

— L'information commence à filtrer. Refusez de répondre.

— Bien sûr.

— Donnez-moi les adresses, si vous les avez, ou les numéros de téléphone des deux autres femmes dont vous vous souvenez.

— Je ne les ai pas en tête, je dois chercher dans mes vieux carnets. Ça vous va si je vous les fais avoir demain ?

— D'accord.

— Commissaire, je peux vous poser une question ?

— Allez-y.

— Pourquoi concentrez-vous l'enquête sur les amitiés féminines d'Angelo ?

Parce qu'Elena et toi vous n'arrêtez pas de me fournir des noms de femmes sur un plateau, ou plutôt sur un lit, aurait-il voulu répondre mais il s'en abstint.

— Vous pensez que c'est une erreur ? demanda-t-il au contraire.

— Je ne sais pas si c'est une erreur ou pas. Mais il est sûr qu'il y a beaucoup d'autres hypothèses à faire sur le mobile possible de l'assassin de mon frère.

— Lesquels ?

— Bah, qu'est-ce que j'en sais… Quelque chose qui concerne ses affaires… un concurrent envieux, peut-être…

À ce point, le commissaire adécida de tricher, en jetant sur la table une carte truquée. Il prit l'air embarrassé, de quelqu'un qui voudrait dire quelque chose mais ne se sent pas de le faire.

— Ce qui nous fait privilégier, hum, hum, la piste féminine…

Il se félicita, les mots justes lui étaient venus, même les hum hum de policier 'nglais lui étaient sortis de la gorge à la perfection. Il poursuivit son chef-d'œuvre de tiâtre.

— … c'est justement un hum hum détail que hum hum mais peut-être vaut-il mieux que je ne…

— Allez-y, allez-y, dit Michela, prenant l'air de celle qui est prête à entendre le pire.

— Voilà, votre frère, quand il a été tué, venait juste d'avoir un hum hum rapport sexuel.

C'était une calembredaine, le Dr Pasquano lui avait raconté autre chose. Mais lui, il voulait voir quel effet cela faisait sur Michela. Et effet, il y eut.

La femme bondit sur ses pieds. La robe de chambre s'ouvrit. Dessous, elle était complètement nue, pas de culotte, pas de soutien-gorge, un corps splendide, *citrigno*, compact. Qui s'arqua. Dans le mouvement, ses cheveux aussi se dénouèrent, tombant sur ses épaules. Elle gardait les poings serrés, les bras tendus le long des flancs. Les yeux s'écarquillaient. Par chance, ils ne fixaient pas le commissaire. Montalbano, comme par une fenêtre, vit dans ces yeux se déchaîner une grande mer en tempête, des vagues de rage de force huit s'élevaient à pic, en montagnes, retombaient dans des avalanches d'écume, retombaient. Le commissaire eut la frousse, il lui revint à l'esprit un souvenir d'école, l'histoire des trois terribles Érinyes. Puis il pensa que son souvenir ne collait pas, les Érinyes étaient laides et vieilles. En tout cas, il s'accrocha fermement aux accoudoirs du fauteuil. Michela eut du mal à parler, la fureur lui maintenait les dents serrées.

— C'est elle !

Les deux feuilles de papier de verre s'étaient changées en deux meules de pierre.

— C'est Elena qui l'a tué !

Sa poitrine était devenue un soufflet de forge. Et tout à coup, la femme tomba en arrière, cognant de la tête contre le fauteuil et rebondissant violemment avant de s'abandonner, complètement inconsciente.

Trempé de sueur par la scène qu'il venait de voir, Montalbano sortit du salon, vit une porte entrouverte, comprit que c'était une salle de bains, entra, mouilla une serviette, revint, s'agenouilla à côté de Michela, commença à lui passer la serviette sur le visage. Désormais, c'était une habitude. Peu à peu, la femme parut se calmer, ouvrit les yeux et la première chose qu'elle fit fut d'arranger sa robe de chambre.

— Ça va mieux ?

— Oui. Excusez-moi.

Elle avait une incroyable capacité de récupération. Elle se leva.

— Je vais boire.

Elle revint et s'assit, tranquille, froide, comme si un instant plus tôt elle n'avait pas eu cet incroyable, effrayant accès de rage, à la limite d'une véritable attaque épileptique.

— Vous saviez que lundi soir, Elena et votre frère devaient se voir ?

— Oui. Angelo m'avait téléphoné pour m'avertir.

— Elena dit que cette rencontre n'a pas eu lieu.

— Qu'est-ce qu'elle vous a raconté, comme histoire ?

— Qu'elle est bien sortie de chez elle, mais pendant qu'elle roulait, elle a décidé de ne pas aller au rendez-vous. Elle voulait vérifier si elle arrivait à quitter votre frère pour toujours.

— Et vous y croyez ?

— Elle a un alibi que j'ai contrôlé.

C'était encore une de ses calembredaines de gros calibre, mais il voulait éviter que Michela se laisse prendre d'un autre accès de rage devant quelque journaliste et balance le nom d'Elena.

— Faux, sûrement.

— Vous m'avez rapporté qu'Angelo faisait des cadeaux coûteux à Elena.

— En effet. Vous croyez que le mari, avec son salaire, peut se permettre de lui offrir une voiture pareille ?

— Alors, si c'était comme ça, quel motif avait Elena de le tuer ?

— Commissaire, c'était Angelo qui voulait rompre la relation. Il n'en pouvait plus. Elena le persécutait avec sa jalousie. Angelo m'a dit qu'une fois elle lui avait écrit en le menaçant de mort.

— Elle lui a envoyé une lettre ?

— Deux ou trois fois, si vous voulez savoir.

— Vous les avez lues ?

— Non.

— Nous n'avons pas trouvé de lettres d'Elena dans l'appartement de votre frère.

— Angelo a dû les jeter.

— Je crois vous avoir dérangé trop longtemps, annonça Montalbano en se levant.

Michela aussi se leva. D'un coup, elle parut escagassée, se passa une main sur le front comme sous l'effet d'une extrême lassitude, trembla légèrement.

— Une dernière chose, dit le commissaire. Votre frère aimait les chansonnettes ?

Peut-être était-elle trop exténuée pour s'étonner de cette question.

— De temps en temps, il en écoutait.

— Mais chez lui, il n'y avait rien pour écouter de la musique.

— Et de fait, il ne les écoutait pas chez lui.

— Et où, alors ?

— En voiture, quand il voyageait. Ça lui tenait compagnie. Il avait beaucoup de cassettes.

SEPT

Michela avait dit que le garage de son frère était le premier à gauche. À droite et à gauche du rideau de fer, il y avait deux serrures, le commissaire ne mit pas longtemps à trouver les clés dans le trousseau qu'il avait emporté.

Il ouvrit puis glissa une petite clé dans une autre serrure placée sur le mur à côté du rideau et celui-ci commença à se soulever lentement, trop lentement pour la curiosité du commissaire. Quand le rideau finit de s'élever, Montalbano entra et trouva tout de suite l'interrupteur. La lumière au néon était forte. Le garage, spacieux, était tenu dans un ordre parfait. D'un rapide coup d'œil circulaire, le commissaire se rendit compte qu'il n'y avait aucune cassette blindée et aucune possibilité de la cacher.

La voiture était une Mercedes assez neuve, de celles qu'en général on loue avec un chauffeur. Dans la boîte à gants, il y avait une douzaine de cassettes de chansons. Dans le compartiment du chauffeur, les papiers de la voiture et une grande quantité de cartes routières. Par scrupule, il ouvrit aussi le coffre qui était très propre, la roue de secours, le cric, le triangle.

Un peu déçu, Montalbano refit dans l'autre sens tout le

bataclan de gestes déjà faits pour ouvrir et il s'aretrouva nouvellement dans sa voiture en route pour Marinella.

Il était neuf heures et quart du soir et il n'avait pas de pétit. Il ôta ses vêtements, enfila une chemise et un jean et, pieds nus, descendit de la véranda sur la plage.

La lumière de la lune était faible; les lumières de sa maison, en fait, brillaient comme si chaque pièce était illuminée non par des lampes, mais par des projecteurs de cinéma. Arrivé au bord de l'eau, il resta un moment comme ça, avec la mer qui lui baignait les pieds et le froid qui lui montait le long du corps jusqu'à arriver à la tête.

Au bord de l'horizon, la lumière de quelques lamparos perdus. Très loin, une voix plaintive de femme appelait deux fois :

— Stefanu ! Stefanu !

Paresseusement, un chien arépondit.

Immobile, Montalbano attendit que le ressac lui entre dans la coucourde et, en clapotant, la lui nettoie à chaque passage. Et enfin, lui arriva la première vague légère comme une caresse, tchaaaaf, et emportant, en se retirant, glouglouglou, Elena Sclafani et sa beauté, tchaaaaf glouglouglou et disparurent les seins, le corps arqué, les yeux de Michela Pardo. Une fois effacé l'homme Montalbano, ne devait rester que le commissaire Montalbano, une fonction presque abstraite, celui qui est préposé à résoudre l'affaire, sans sentiments pirsonnels. Mais pendant qu'il se le disait, il savait très bien qu'il n'en serait jamais capable.

Il revint chez lui, ouvrit le réfrigérateur. Adelina devait avoir été frappée d'une forme aiguë de végétarisme. Caponatina[1] et un sublime gratin d'artichaut et d'épinard.

1. Il s'agit de la variante agrigentine de la caponata, sorte de ratatouille à laquelle on retire courgettes et tomates et on ajoute du céleri, des câpres et du vinaigre. *(N.d.T.)*

Il mit le couvert sur la petite table de la véranda et se bâfra la caponatina pendant que le gratin se réchauffait. Ensuite, il se régala de ce dernier. Il débarrassa et alla prendre le portefeuille d'Angelo dans le sac de plastique. Il le vida en le renversant et en glissant les doigts dans les compartiments. Carte d'identité. Permis de conduire. Code fiscal. Carte de crédit de la Banca dell'Isola. *Tu le vois que t'es devenu ensuqué ? Pourquoi t'as pas maté dans le portefeuille ? Tu te serais évité de manquer devant Michela.* Deux cartes de visite, une du Dr Benedetto Mammuccari, chirurgien à Palma et l'autre de Valentina Bonito, obstétricienne à Fanara. Trois timbres-poste, deux normaux et un de lettre prioritaire. Une photographie d'Elena en topless. 250 euros en billets de 50. Le reçu d'un plein d'essence.

Et suffit. Et stop. Et tu t'arrêtes.

Tout évident, tout normal. Tout trop évident, trop normal pour un homme qu'on vient de trouver abattu d'une balle dans la tête et avec son machin à l'air, qu'il lui ait servi pour un usage ou un autre. Bon, d'accord, de nos jours, se faire surprendre avec le vié dehors n'étonnait plus personne et il y avait même eu un député, parvenu par la suite à une haute charge d'État, qui l'avait montré à l'urbi et à l'orbo dans une photo publiée sur quelques feuilles à scandale, bon d'accord, mais c'étaient les deux choses en même temps, le meurtre et l'exhibition, qui rendaient le cas particulier.

Qui rendaient particulier le cas. Ou mieux, particulière la queue. Absorbé ainsi dans de complexes variations sur le thème, le commissaire, qui était en train de tout renfiler dans le portefeuille, arrivé aux cinq billets de cinquante, s'arrêta d'un coup.

Combien y avait-il dans le compte courant que lui avait montré Michela ? Environ 90 000 euros, sur lesquels toutefois 50 000 appartenaient à la même Michela.

Donc Angelo, à la banque, n'avait que 40000 euros. Quelque chose ne collait pas. Les revenus d'Angelo Pardo provenaient probablement de pourcentages sur les produits pharmaceutiques qu'il aréussissait à placer. Et Michela avait fait allusion au fait que son frère gagnait assez pour vivre à l'aise. D'accord, mais cela suffisait-il pour payer les cadeaux précieux, toujours aux dires de Michela, qu'Angelo faisait à Elena ? Certainement pas. Au jour d'aujourd'hui, aller au marché et faire les courses revenaient à dépenser ce qu'on dépensait autrefois en un mois entier. Alors ? Comment faisait quelqu'un qui n'avait pas tant d'argent pour acheter bijoux et voitures de sport ? Ou bien Angelo était en train de vider son compte en banque, et cela pouvait justifier le ressentiment de Michela, ou bien il avait quelque autre rentrée, avec un compte en banque correspondant, mais dont on n'avait aucune trace de l'existence. Et de son existence, Michela ne savait rien. Ou elle faisait semblant de ne rien savoir ?

Il entra et alluma la télévision, juste à temps pour le dernier journal de Retelibera. Son ami journaliste Nicolò Zito parla d'abord d'un accident entre un camion et une voiture, quatre morts, et puis évoqua le meurtre d'Angelo Pardo. L'enquête, dit-il, avait été confiée au chef de la Criminelle de Montelusa. Et cela expliquait pourquoi aucun journaliste n'était venu casser les burnes à Montalbano. Visiblement, le pôvre Nicolò ne savait à peu près rien sur cette affaire, en fait il arrangea deux phrases et passa à autre chose. C'était mieux comme ça.

Le commissaire éteignit, téléphona à Livia pour l'habituel bonsoir qui n'entraîna pas d'engueulade, en fait ce fut tout un bisou-bisou, et il alla se coucher. Sûrement par l'effet du coup de fil qui le calma, il profonda dans le sommeil comme un minot.

Lequel minot s'aréveilla d'un coup à deux heures de

la nuit et au lieu de se mettre à chialer comme tous les minots de ce monde, il se mit à pinser.

La visite du garage lui était revenue à l'esprit. Il était certain d'avoir négligé un détail. Un élément qui, sur le moment, lui était apparu sans importance et dont maintenant il sentait qu'il était important, et très.

Il se repassa, de mémoire, tout ce qu'il avait fait du moment où il était entré dans le garage jusqu'à celui où il en était sorti. Rin.

Demain, j'y retourne, se dit-il.

Et il se tourna sur le côté pour replonger dans le sommeil.

Un quart d'heure n'était pas passé que, vêtu à la *sanfasò*[1], il se retrouvait au volant de sa voiture en route pour chez Angelo, et jurait comme un dément.

Si les habitants des deux étages plus le rez-de-chaussée paraissaient morts durant la journée, imaginez à trois heures du matin, plus ou moins. En tout cas, il s'apréoccupa de faire le moins de bruit possible.

La lumière du garage allumée, il commença à mater chaque chose, bidons vides, vieilles boîtes d'huile à moteur, pinces et clés anglaises, comme s'il avait en main une loupe. Il ne découvrit rin qui puisse en quelque façon être pris en considération. Un bidon vide était, fort tristement, un simple bidon vide qui puait encore l'essence.

Alors, il passa à la Mercedes. Dans les cartes routières, aucun parcours particulier n'était souligné, les papiers de la voiture étaient en règle. Il baissa le pare-soleil, regarda une à une les cassettes des chansons, mit la main dans les poches latérales, tira le cendrier, sortit, ouvrit le capot, il n'y avait que le moteur. Il passa à l'arrière, ouvrit le coffre : la roue de secours, le cric et le triangle. Il referma.

1. Prononcer « sans façо ». *(N.d.T.)*

Il ressentit une espèce de légère secousse électrique et ouvrit nouvellement le coffre. Voilà le détail négligé. De dessous le tapis de caoutchouc pointait un triangle de papier. Il se pencha pour mieux regarder : c'était le coin d'une enveloppe de papier kraft. Il la tira avec deux doigts. Elle était adressée à M. Angelo Pardo et M. Angelo Pardo, après l'avoir ouverte, l'avait réutilisée pour mettre dedans trois lettres à lui adressées. Montalbano sortit la première et son regard descendit à la signature. Elena. Il la remit en place dans l'enveloppe de papier kraft, referma la voiture, éteignit la lumière, baissa le rideau de fer et, l'enveloppe à la main, se dirigea vers sa voiture qu'il avait laissée à quelques mètres du garage.

— Arrête-toi, voleur ! lança une voix qui lui parut tombée du ciel.

Il s'arrêta et mata. Au dernier étage, une fenêtre était ouverte et, à contre-jour, le commissaire reconnut Sa Majesté Victor Emanuel III qui pointait sur lui un fusil de chasse.

Tu veux te mettre à discuter à distance de deux étages, à cette heure de la nuit, avec un fou furieux ? Et puis, celui-là, quand il commençait à déconner, il n'y avait plus rien à faire. Montalbano lui tourna le dos et poursuivit son chemin.

— Arrête-toi ou je tire !

Montalbano continua à marcher et Sa Majesté lui tira dessus. C'était un fait connu, du reste, que le dernier des Savoie avait le fusil facile[1]. Heureusement, ce Victor

1. Allusion à un fait divers où l'actuel titulaire de la couronne de Savoie a tué un malheureux jeune touriste allemand qui s'était approché trop près de son yacht, l'affaire s'étant terminée par un étonnant acquittement de la tête couronnée par la justice française. *(N.d.T.)*

Emanuel-là ne visait pas bien. Le commissaire se jeta dedans sa voiture, démarra, partit sur les chapeaux de roues pire que dans les films méricains, tandis qu'un deuxième coup allait finir à trente mètres de distance.

À peine arrivé à Marinella, il acommença à lire les lettres d'Elena à Angelo. Toutes trois avaient le même déroulement en deux temps.

Le premier temps était une espèce de délire érotique passionnel, il apparaissait clairement qu'Elena avait écrit les lettres juste après une rencontre particulièrement déchaînée, elle arappelait, avec grande abondance de détails, ce qu'ils avaient combiné et combien de fois, et combien elle jouissait pendant qu'Angelo lui pratiquait un très long tric-troc.

Là, Montalbano s'arrêta, perplexe. Pour autant qu'il pouvait savoir, à partir de son expérience personnelle et de la lecture de quelques classiques de l'érotisme, il n'arrivait pas à comprendre en quoi consistait le tric-troc. Mais peut-être était-ce une expression du jargon secret qui toujours se crée entre deux amants.

Le second temps, en revanche, était d'un tout autre ton. Elena supposait qu'Angelo, au cours de ses voyages dans les villages de province, avait des maîtresses par douzaines dans tous les recoins, comme les marins dont on dit qu'ils ont une femme dans chaque port, et elle en devenait folle de jalousie. Et elle le mettait en garde : si elle arrivait à avoir les preuves qu'Angelo la trahissait, elle le tuerait.

Dans la première lettre, même, elle soutenait avoir suivi Angelo, avec sa voiture, jusqu'à Fanara et elle lui posait une question précise : pourquoi s'était-il arrêté pour une heure et demie dans une maison au 82 de la via Libertà, alors que là, il n'y avait ni pharmacie ni cabinet médical ? Une autre maîtresse y habitait ? En tout cas, qu'Angelo se le garde bien en tête : la découverte de la trahison équivalait à une mort subite et violente.

Au terme de la lecture, Montalbano se sentit plutôt désorienté. Bien sûr, ces lettres donnaient raison à Michela mais ne correspondaient pas à Elena telle qu'elle lui était apparue. Elles étaient comme écrites par une autre pirsonne.

Et puis : pourquoi Angelo les gardait-il cachées dans la Mercedes ? Il ne voulait pas que sa sœur les lise ? Peut-être avait-il honte de la première partie de ces lettres, où Elena parlait de leurs acrobaties sous les draps ? Ce pouvait être une explication. Mais comment expliquer qu'Elena, attachée à l'argent, tue celui qui lui passait en abondance de l'argent, fût-ce sous forme de cadeaux ?

Sans même s'en rendre compte, il attrapa le téléphone.

— Allô, Livia ? Salvo, je suis. Je voulais te demander un truc. D'après toi, il est logique qu'une femme à laquelle son amant fait des cadeaux coûteux le tue par jalousie ? Toi, qu'est-ce que tu ferais ?

Il y eut une pause très longue.

— Allô, Livia ?

— Je ne sais pas si je tuerais un homme par jalousie, mais parce qu'il me réveille à cinq heures du matin, oui, dit Livia.

Et elle raccrocha.

Il arriva au bureau un peu tard, il avait aréussi à s'endormir seulement vers six heures, ça avait été tout un vire-tourne avec une pinsée fixe en tête, à savoir que, selon les règles les plus élémentaires, il aurait dû mettre au courant le proc' Tommaseo de la situation d'Elena Sclafani. Et en fait, il n'en avait pas envie. Et ça le rendait assez nerveux pour l'empêcher de dormir.

Tout le commissariat, rien qu'à voir sa tête, se convainquit que c'était pas le jour.

Dans son cagibi, à la place de Catarella, il y avait Minnitti, un Calabrais.

— Où est Catarella ?

— *Dottore*, il a passé toute la nuit au commissariat et ce matin, il s'est effondré.

Peut-être s'était-il emporté l'ordinateur d'Angelo, car il ne le voyait nulle part. Il venait juste de s'asseoir qu'entrait Fazio.

— *Dottore*, deux choses. La première, c'est que le commandeur Ernesto Laudadio est venu ce matin.

— Et qui est le commandeur Ernesto Laudadio ?

— *Dottore*, vosseigneurie le connaît bien. C'est celui qui nous a appelés parce qu'il s'était mis en tête que vous vouliez violenter la sœur du tué.

Sa Majesté Victor Emanuel III s'appelait comme ça ! Et tout en louant Dieu (*lauda dio*), il cassait les burnes à son prochain.

— Qu'est-ce qu'il est venu faire ?

— Porter plainte contre X. Il paraît que quelqu'un, cette nuit, a tenté de forcer le garage du tué, mais le commandeur a déjoué le coup en tirant deux coups de fusil contre l'inconnu et en le mettant en fuite.

— Il l'a blessé ?

Fazio arépondit par une autre question :

— *Dottore*, vosseigneurie, blessée elle est ?

— Non.

— Alors, le commandeur n'a blessé personne, grâce à Dieu. Vous pouvez m'expliquer ce que vous êtes allé faire dans le garage ?

— J'y étais passé d'abord pour chercher la cassette blindée parce que, en fin de compte, on a oublié d'aller la chercher là.

— Vrai, c'est. Vous la trouvâtes ?

— Non. Ensuite, j'y suis retourné parce qu'il m'est revenu tout à coup un détail.

Il ne lui dit pas de quoi il s'agissait et Fazio ne le lui demanda pas.

— Et la deuxième chose que tu voulais me dire ?

— J'ai eu quelques informations sur Emilio Sclafani, le professeur.

— Ah, dis-moi.

Fazio se glissa une main dans la poche et le commissaire le foudroya d'un regard mauvais.

— Si maintenant tu me sors une feuille sur laquelle est écrit le nom du père du professeur, le nom du grand-père du professeur, le nom de l'arrière-grand-père du professeur, moi je te…

— Paix, dit Fazio, en levant la main.

— Quand est-ce que ça te passera, ce vice d'employé de l'état civil ?

— Jamais, *dottore*. Donc, le professeur est récidiviste.

— En quel sens ?

— Je vais m'expliquer. Le professeur s'est marié deux fois. La première, qu'il avait trente-neuf ans et enseignait à Comisini, avec une petite de dix-neuf ans, son ex-élève au lycée. Elle s'appelait Maria Coxa.

— Qu'est-ce que c'est comme nom ?

— Albanais, *dottore*. Mais le père est né en Italie. Le mariage dura exactement un an et trois mois.

— Qu'est-ce qui s'est passé ?

— Il s'est passé qu'il ne se passait rien. C'est comme ça en tout cas, qu'on dit. Au bout d'un an de mariage, la jeune épouse se rendit compte qu'il était très bizarre que chaque soir le mari se couchait à côté d'elle, lui disait bonne nuit mon amour, la baisait sur le front et ensuite s'endormait. Je me fis comprendre ?

— Non.

— *Dottore*, le professeur ne consommait pas.

— Vraiment ?!

— C'est ce qu'on dit. Alors, la très jeune épouse, qui avait besoin de consommer…

— Se chercha un autre bar.

— Exact, *dottore*. Un collègue du mari, professeur de gymnastique, je ne sais pas si vous saisissez. Il paraît que le professeur l'apprit, mais qu'il ne réagit pas. Mais un jour, en rentrant en dehors de son horaire, le professeur trouva la femme qui essayait avec son collègue un exercice particulièrement difficile. Ça tourna vinaigre et à l'envers.

— Qu'est-ce que ça veut dire, à l'envers ?

— Que notre professeur ne toucha pas la femme, mais s'en prit au collègue et le massacra. N'oubliez pas que le professeur de gymnastique était plus fort et entraîné, mais Emilio Sclafani l'envoya au pital. Il s'était déchaîné, querque chose l'avait transformé, de cornard patient, il était devenu une bête féroce.

— Comment ça se conclut ?

— Le prof de gym ne le dénonça pas ; lui, il se sépara de sa femme, se fit transférer à Montelusa et obtint le divorce. Et maintenant, avec le second mariage, il s'est retrouvé dans la situation egzatement pareille que la première. C'est pour ça que je dis qu'il est récidiviste.

Mimì Augello entra, Fazio s'en alla.

— Qu'est-ce que tu fais encore là ? demanda Mimì.

— Pourquoi, où est-ce que je devrais être ?

— Où tu veux, mais pas ici. D'ici un quart d'heure, Liguori va arriver.

Le connard de l'antidrogue !

— Je me l'étais oublié ! Je passe deux coups de fil et je file.

Le premier était pour Elena Sclafani.

— Montalbano, je suis. Bonjour, madame. Il faut que je vous parle.

— Ce matin ?

— Oui. Je peux passer chez vous d'ici une demi-heure ?

— Commissaire, je suis prise jusqu'à treize heures. Si vous voulez, nous pouvons nous voir dans l'après-midi.

— Je pourrais dans la soirée. Mais votre mari, il sera là ?

— Je vous ai déjà dit qu'il n'y a pas de problème. En tout cas, il rentre ce soir. Ah, écoutez, il me vient une idée. Pourquoi ne m'invitez-vous pas à déjeuner ?

Ils se mirent d'accord.

Le deuxième coup de fil fut pour Michela Pardo.

— Commissaire, excusez-moi, je sors, je dois aller à Montelusa voir le *dottor* Tommaseo. Heureusement, ma tante a pu… Je vous écoute.

— Vous connaissez Fanara ?

— Le village ? Oui.

— Vous savez qui habite au 82, via Libertà ?

Silence, pas de réponse.

— Allô, Michela ?

— Oui, je suis là. Le fait est que vous m'avez prise par surprise… Oui, je le sais qui habite au 82, via Libertà.

— Je vous écoute.

— Tante Anna, l'autre sœur de ma mère. Elle est paralytique. Angelo l'aime… l'aimait beaucoup. Quand il se trouvait à Fanara, il allait toujours lui rendre visite. Mais comment avez-vous su ?

— Enquête normale, croyez-moi. Naturellement, j'ai d'autres choses à vous demander.

— Vous pouvez passer cet après-midi.

— J'ai été convoqué chez le Questeur. Demain matin, si vous n'avez rien contre.

Il sortit en courant du bureau, se mit au volant, partit. Il adécida qu'il devait aller donner un autre coup d'œil à l'appartement d'Angelo. Pourquoi ? C'est comme ça, l'instinct l'exigeait.

Il entra dans l'immeuble, grimpa l'escalier silencieux de la maison morte, ouvrit sans faire de bruit, soigneusement, la porte de l'appartement d'Angelo, dans la crainte que Sa Majesté Victor Emanuel III sorte d'un coup de son appartement avec un coutelas à la main et le poignarde dans le dos. Il se dirigea vers le bureau, s'assit derrière la table et acommença de penser.

Comme d'habitude, il sentait qu'il y avait quelque chose qui ne collait pas, mais il n'arrivait pas à l'identifier. Alors, il se leva, se mit à traîner dans la maison. À un certain moment, il ouvrit le volet du balcon du salon et sortit.

Dans la rue, juste devant l'entrée de l'immeuble, était arrêtée une voiture découverte et deux gamins, un mâle et une femelle, s'embrassaient. Ils gardaient la musique de la radio ou d'un autre appareil à plein volume.

Montalbano fit un saut en arrière. Non parce qu'il était scandalisé de ce qu'il voyait, mais parce que finalement il avait compris la raison pour laquelle il avait ressenti la nicissité de revenir à l'appartement.

De retour dans le bureau, il s'assit, chercha la bonne clé dans le trousseau d'Angelo, la glissa dans le tiroir central, l'ouvrit, prit en main le livret intitulé *Les plus belles chansons italiennes de tous les temps*, le feuilleta.

« Damoiselle pâle/douce voisine du cinquième étage... »

« Aujourd'hui le carrosse peut sembler/une curieuse pièce d'antiquité »

« N'oublie pas mes paroles/poupée tu ne sais pas ce qu'est l'amour... »

C'étaient des chansons qui remontaient aux années 1940 et 1950. Peut-être que lui, Montalbano, n'était même pas encore né quand quelqu'un s'arappelait ces chansonnettes. Et, chose importante, ou du moins, il lui sembla, elles n'avaient rin à voir avec les cassettes qui se trouvaient dans la Mercedes, toutes de rock.

HUIT

Dans l'étroite marge blanche de chaque page du livret, des chiffres étaient inscrits. La première fois qu'il les avait matés, le commissaire avait eu l'impression qu'il s'agissait d'une espèce d'analyse de la métrique, mais maintenant, il s'apercevait que les nombres concernaient seulement les deux premiers vers de chaque chansonnette. À côté de « Demoiselle pâle/douce voisine du cinquième étage », étaient écrits respectivement les chiffres 14 et 28, à côté de « Aujourd'hui le carrosse peut sembler/une curieuse pièce d'antiquité », 32 et 27, tandis qu'à « N'oublie pas mes paroles/poupée tu ne sais pas ce qu'est l'amour », correspondaient 21 et 32. Et ainsi de suite pour toutes les quatre-vingt-dix-sept chansons contenues dans le livret. La solution lui apparut presque trop facilement : ces chiffres étaient la somme de toutes les lettres contenues dans chaque vers. Un code, évidemment. Mais il était plus compliqué de comprendre à quoi il servait. Il se le mit en poche.

Montalbano allait entrer dans la trattoria *Chez Enzo* quand il s'entendit appeler. Il s'arrêta et se retourna. Elena Sclafani descendait d'une espèce de torpille rouge, découverte, qu'elle venait de garer. Elle portait un survêtement et des tennis, ses longs cheveux qui lui tombaient sur les épaules étaient retenus par un bandeau bleu juste au-dessus du front. Les yeux bleu pâle étaient souriants, les lèvres rouges qui paraissaient peintes avaient perdu leur moue renfrognée.

— Je ne suis jamais venue manger là. J'arrive de la gym et la gym me met en appétit.

Un *armalo sarbatico*, un animal sauvage, jeune et dangereux. Comme tous les animaux sauvages.

Et, au fond, comme tous les jeunes, pinsa le commissaire avec une pointe de mélancolie.

Enzo les fit asseoir à une table un peu isolée, du reste, il n'y avait pas trop de monde.

— Qu'est-ce que vous voulez ?

— Il n'y a pas de menu ? demanda Elena.

— On n'en a pas, ici, rétorqua Enzo avec un regard mauvais.

— Vous voulez des hors-d'œuvre de la mer ? Ils sont très bons, ici, intervint Montalbano.

— Moi, je mange tout, déclara Elena.

Le regard que lui adressait Enzo changea d'un coup, adevint seulement bienveillant, presque affectueux.

— *Allura, lassassi fari a mia*, alors, laissez-moi faire.

— Il y a un problème, dit Montalbano, qui voulait prendre ses précautions.

— Lequel ?

— Vous m'avez proposé d'aller déjeuner ensemble et moi, j'ai été très heureux d'accepter. Mais…

— Courage, sortez-le, ce problème. Votre femme…

— Je ne suis pas marié.

— Des histoires sérieuses ?

— Oui. Une.

Pourquoi lui répondait-il ?

— Le problème c'est que, quand je mange, j'aime pas parler.

Elle sourit.

— C'est vous qui devez poser les questions. Si vous ne me les posez pas, moi, je n'aurais pas à répondre. Et puis, si vraiment vous tenez à le savoir, quand je fais une chose, j'aime faire seulement ça.

La conclusion fut qu'ils se bâfrèrent le hors-d'œuvre, les spaghettis aux palourdes, les rougets frits croquants en échangeant des sons inarticulés genre ahm, ehm, ohm, ouhm qui variaient seulement d'intensité et de couleur. Et certaines fois, ils firent ohm ohm, en se fixant. À la fin, Elena étira les jambes sous la table, ferma les yeux, poussa un soupir profond. Ensuite, comme une chatte, elle sortit la pointe de la langue et se la passa sur les lèvres. Il s'en fallut de peu qu'elle ne se mette à ronronner.

Une fois, le commissaire avait lu le récit d'un auteur italien qui parlait d'un pays où faire l'amour en public, non seulement ne suscitait pas de scandale, mais était la chose la plus naturelle du monde, alors que manger en prisence d'autrui était considéré comme contraire à la morale parce que trop intime. Il fut sur le point d'éclater de rire à cause d'une question qui lui passa par la tête : tu veux voir que l'âge, en peu de temps, le conduirait à jouir d'une femme en se contentant de manger avec elle à la même table, sur la même nappe ?

— Et maintenant, où on parle ? demanda Montalbano.

— Vous avez à faire ?

— Pas tout de suite.

— Je vous fais une autre proposition. Allons chez moi, je vous offre le café. Emilio est à Montelusa, il me semble vous l'avoir déjà dit. Vous avez votre voiture ?

— Oui.

— Alors, suivez-moi, comme ça vous pourrez repartir quand vous voudrez.

Suivre la torpille ne fut pas facile. À un certain moment, Montalbano décida de laisser tomber, de toute façon, il aconnaissait la route. De fait, quand il arriva, Elena l'attendait devant l'entrée, un sac de sport sur l'épaule.

— Vous avez vraiment une belle voiture, observa Montalbano tandis qu'ils montaient dans l'ascenseur.

— C'est Angelo qui me l'a offerte, dit la petite tandis qu'elle ouvrait la porte, presque indifférente comme si elle parlait d'un paquet de cigarettes ou d'une chose sans importance.

Mais celle-là, elle me coupe l'herbe sous les pieds ! pinsa Montalbano, furieux autant d'utiliser une expression toute faite, que du fait qu'en définitive, elle correspondait à la vérité.

— Elle a dû lui coûter très cher.

— Je pense. Je vais devoir la revendre au plus vite.

Elle le fit entrer au salon.

— Pourquoi ?

— Elle coûte trop pour mes moyens. Par moments, elle consomme comme un avion. Vous savez, quand Angelo me l'a offerte, moi, pour l'accepter, j'ai posé une condition : que chaque mois, il me rembourse les frais d'essence et de garage. L'assurance, il l'avait déjà payée.

— Et il l'a fait ?

— Oui.

— Par curiosité : comment vous remboursait-il ? Par chèque ?

— Non, en liquide.

Dommage, une bonne occasion disparaissait de savoir si Angelo avait d'autres comptes en banque.

— Écoutez, commissaire, moi je vais préparer le café

et puis je me change. Si en attendant, vous voulez vous rafraîchir…

Elle le conduisit dans un cabinet de toilette pour invités juste à côté de la salle à manger. Il prit son temps, ôta veste et chemise, se passa la tête sous le robinet. Cinq minutes après, elle arriva avec le café. Elle avait pris une douche rapide et passé une espèce de grande veste qui lui arrivait à mi-cuisse. Et c'est tout. Elle était pieds nus. Les jambes, longues de nature, en émergeant de cette veste rouge, semblaient interminables. Jambes nerveuses, vivaces, de danseuse ou d'athlète. Et le plus beau c'était, et de cela Montalbano fut immédiatement convaincu, qu'en Elena, il n'y avait aucune intention, aucune tentative de séduction. Elle ne trouvait rien d'inconvenant à être comme ça devant un homme qu'elle connaissait à peine. Comme si elle lui lisait dans ses pinsées, Elena dit :

— Je suis bien avec vous. Je me trouve à mon aise. Et pourtant, ça ne devrait pas être comme ça.

— Eh oui, fit le commissaire.

Lui aussi s'atrouvait bien. Trop. Et c'était pas bon. Ce fut Elena, encore une fois qui revint sur le sujet.

— Alors, ces questions ?

— En plus de la voiture, Angelo vous a fait d'autres cadeaux ?

— Oui, et assez coûteux, eux aussi. Des bijoux. Si vous voulez, je vais à côté, je les prends et je vous les montre.

— Pas besoin, merci. Votre mari le savait ?

— Pour les cadeaux ? Oui. De toute façon, une bague, j'aurais pu la cacher, mais une voiture comme ça…

— Pourquoi ?

Elle comprit au vol. Elle était d'une intelligence dangereuse.

— Vous n'avez jamais fait de cadeaux à votre dame ?

Montalbano s'agaça. Livia ne devait pas être mêlée, même par erreur, aux histoires sordides, mesquines, sur lesquelles il enquêtait.

— Vous négligez un détail.

— Lequel ?

Il voulut être, exprès, blessant.

— Que ces cadeaux étaient une manière de payer vos prestations.

Il avait envisagé toutes les réactions possibles de la femme, mais pas qu'elle se mette à rire.

— Peut-être Angelo surestimait-il mes prestations, comme vous dites. Croyez-moi, je ne suis pas hors classe.

— Et alors, je recommence à vous demander pourquoi.

— Commissaire, il y a une explication et elle est très simple. Ces cadeaux, il me les a faits les trois derniers mois, en commençant par la voiture. Il me semble que l'autre fois je vous ai dit que chez Angelo, les derniers temps, avait commencé... En somme, il était tombé amoureux de moi. Il ne voulait pas me perdre.

— Et vous ?

— Il me semble vous avoir déjà dit ça, aussi. Plus il devenait possessif et plus moi, je tendais à m'éloigner. Je ne supporte pas qu'on me mette la bride.

N'était-ce pas un antique poète grec qui avait écrit une poésie d'amour pour une jument de Thrace qui, justement, ne supportait pas la bride ? Mais ce n'était pas le moment de pinser à la poésie.

Presque à contrecœur, le commissaire glissa une main dans sa poche, en sortit les trois lettres qu'il avait emmenées, les posa sur la table basse.

Elena les mata, les reconnut, ne donna pas le moindre signe de trouble, les laissa où elles étaient.

— Vous les avez trouvées dans l'appartement d'Angelo ?

— Non.

— Et où ?

— Cachées dans le coffre de la Mercedes.

D'un coup, trois rides : une sur le front, deux aux coins de la bouche.

— Pourquoi, cachées ?

— Bah, je ne sais pas. Je pourrais hasarder une explication. Peut-être ne voulait-il pas que sa sœur les lise, vous savez, pour certains détails qui pouvaient le mettre dans l'embarras.

— Mais que dites-vous, commissaire ?! Entre ces deux-là, il y avait une confiance totale !

— Écoutez, laissons tomber le pourquoi et le comment. Moi, je les ai trouvées dans une enveloppe de papier kraft cachée sous le tapis de sol du coffre. C'est ainsi. Mais la question est tout autre, et vous le savez.

— Commissaire, ces lettres, je les ai écrites pratiquement sous la dictée.

— De qui ?

— D'Angelo.

Mais qu'est-ce qu'elle croyait, cette femme ? Qu'elle pouvait lui faire avaler la première connerie qui lui passait par la tête ? Il se leva d'un bond, furieux.

— Demain matin, à neuf heures, je vous attends au commissariat.

Elena se leva aussi. Elle était adevenue blême, le front brillant de sueur.

Montalbano s'aperçut qu'elle tremblait légèrement.

— Non, s'il vous plaît, pas au commissariat.

Elle tenait la tête basse, les poings serrés, les bras tendus le long du corps, une minote trop vite grandie qui avait peur d'une punition.

— On va pas vous manger, au commissariat, vous savez ?

— Non, non, par pitié, non.

Une petite voix mince mince qui se changea en petits sanglots. Mais elle n'en finirait jamais de l'étonner, cette petite ? Qu'est-ce qu'il y avait de si tirrible à devoir se prisenter au commissariat ? Comme on fait justement avec les minots, il lui mit une main sous le menton, lui releva la tête. Elena gardait les yeux serrés mais le visage était trempé de larmes.

— Bon, d'accord, pas de commissariat, mais ne me racontez pas d'histoires absurdes.

Il revint s'asseoir. Elle resta debout, mais s'approcha de Montalbano, se mit devant lui jusqu'à lui toucher presque les genoux de ses jambes. Qu'est-ce qu'elle attendait ? Qu'il lui demande querque chose en échange de ne pas l'obliger à aller au commissariat ? Tout à coup lui arriva le parfum de sa peau, ça lui donnait un léger étourdissement. Il eut peur de lui-même.

— Retournez à votre place, dit-il, sévère, s'entendant tout à coup devenir directeur d'école.

Elena obéit. Assise, elle tira de ses deux mains la veste dans une vaine tentative pour cacher un peu ses cuisses. Mais, à peine lâchée, l'étoffe remonta et ce fut pire.

— Alors, qu'est-ce que c'est que cette histoire incroyable d'Angelo qui vous aurait lui-même dicté les lettres ?

— Je ne l'ai jamais suivi avec l'auto. Entre autres, quand nous avons commencé à nous fréquenter, je n'avais plus de voiture depuis un an. J'ai eu un mauvais accident qui l'avait rendue inutilisable, une épave. Et l'argent me manquait pour en racheter une autre, même d'occasion. La première de ces trois lettres, celle où je dis que je l'ai suivi à Fanara, vous pouvez contrôler la date, remonte à il y a quatre mois et Angelo, alors, ne m'avait pas offert la voiture. Mais pour rendre l'histoire plus vraisemblable, Angelo me dit d'écrire qu'il était allé dans une certaine maison, maintenant je me rappelle l'adresse, et que moi, j'avais eu des soupçons.

— Il vous a dit qui habitait dans cette maison ?

— Oui, une tante à lui, une sœur de sa mère, il me semble.

Elle s'était reprise, était redevenue celle de toujours. Mais pourquoi l'idée du commissariat l'avait-elle tant effrayée ?

— Admettons un moment qu'Angelo vous ait suggéré de les écrire, ces lettres.

— Mais c'est vrai !

— Et moi, je vous crois, provisoirement. Lui, évidemment, il vous a fait écrire ces lettres pour que quelqu'un d'autre les lise. Qui ?

— Sa sœur Michela.

— Comment pouvez-vous en être si sûre ?

— Parce que c'est lui qui me l'a dit. Il allait s'arranger pour qu'elles tombent sous ses yeux à elle, mais comme par hasard. Voilà pourquoi je me suis étonnée quand vous m'avez dit qu'il les gardait cachées dans le coffre de la Mercedes. Là, Michela aurait pu difficilement les trouver.

— Qu'est-ce qu'Angelo cherchait à obtenir de Michela avec la lecture des lettres ? En somme, à quoi devaient-elles servir ? Vous le lui avez demandé ?

— Bien sûr.

— Quelle explication vous a-t-il donnée ?

— Il m'a donné une explication absolument stupide. Il m'a dit qu'elles lui servaient à démontrer à Michela que je l'aimais à la folie, au contraire de ce qu'elle soutenait. Et moi, j'ai fait semblant de me contenter de cette explication parce que, au fond, cette histoire, je m'en fichais.

— Vous pensez qu'en réalité, le motif était tout autre ?

— Oui. Avoir un peu d'air.

— Vous pouvez mieux m'expliquer ?

— Je vais essayer. Voyez-vous, commissaire, Michela et Angelo étaient très attachés l'un à l'autre. D'après ce que j'ai réussi à savoir, quand leur mère allait bien, Michela dormait très souvent chez son frère, elle sortait avec lui, elle savait à chaque instant où il se trouvait. Elle le contrôlait. À un certain moment, Angelo a dû se lasser, ou bien il a eu besoin d'une plus grande liberté de mouvement. Et moi, avec ma feinte, mon envahissante jalousie, je devenais un bon alibi pour qu'il puisse aller et venir sans sa sœur en remorque. Les deux autres lettres, il me les a fait écrire avant deux voyages qu'il a faits, un en Hollande et l'autre en Suisse. Peut-être était-ce un prétexte pour éviter que sa sœur aille avec lui.

Ça tenait, le motif pour lequel les lettres avaient été écrites d'un commun accord ? Ça tenait, même si c'était d'une manière tordue, *'nturciunato*, contorsionnée en queue-de-cochon. Mais l'hypothèse du vrai but formulée par Elena demeurait convaincante.

— Mettons momentanément les lettres à part. Nous, naturellement, nous avons dû faire des enquêtes dans toutes les directions et…

— Je peux ? l'interrompit-elle en faisant un geste vers les lettres sur la table basse.

— Bien sûr.

— Continuez donc, je vous écoute, dit Elena tandis qu'elle prenait une lettre, la tirait de l'enveloppe et commençait à la lire.

— … et nous avons appris certaines choses sur votre mari.

— Sur ce qui lui est arrivé avec son premier mariage ? demanda-t-elle en continuant à lire.

L'herbe, tu parles, c'était le sol que c'te petite lui tirait de sous les pieds !

D'un coup, Elena renversa la tête en arrière, se mit à rire.

— Qu'est-ce que vous y trouvez de si amusant ?

— Le tric-troc ! Qui sait à quoi vous aurez pensé !

— Moi, je n'ai pensé à rien, dit Montalbano en rougissant légèrement.

— C'est que j'ai le nombril très sensible et alors…

Montalbano devint écarlate. Le nombril très sensible qu'elle aimait qu'on lui caresse et lui lèche ! Mais elle était folle ? Elle ne se rendait pas compte que ces lettres pouvaient l'expédier en taule pour trente ans ? Tu parles de tric-troc !

— Pour en revenir à votre mari…

— Emilio m'a tout raconté, dit Elena en posant la lettre. Il a perdu la tête pour une ex-élève, Maria Coxa et il l'a épousée en espérant un miracle.

— Quel miracle, excusez-moi ?

— Commissaire, Emilio a toujours été impuissant.

La franchise brutale de la petite fut pour le commissaire comme une pierre tombée du ciel, de celles qui te chopent au milieu du front et que tu comprends pas d'où elles sont venues. Montalbano ouvrit et ferma la bouche sans aréussir à parler.

— Emilio n'avait rien dit à Maria. Mais au bout d'un peu de temps, il ne put plus trouver d'excuses pour cacher son malheur. Et alors, il fit un pacte.

— Arrêtez-vous un instant, je vous prie. Mais la dame ne pouvait pas demander l'annulation, je sais pas, le divorce ? Tout le monde lui aurait donné raison !

— Commissaire, Maria était très pauvre, sa famille avait connu la faim pour pouvoir continuer à lui faire faire des études. Le pacte, c'était mieux.

— En quoi consistait-il ?

— Qu'Emilio lui aurait présenté un homme avec qui coucher. Et il lui présenta un collègue à lui, le professeur de gymnastique. Il lui en avait parlé avant.

Montalbano écarquilla les yeux. Il avait eu beau en voir de toutes les couleurs en tant d'années de police, les très compliquées histoires de sexe et de cocu ne finissaient jamais de le surprendre.

— En bref, il lui offrit sa femme ?

— Oui, mais à une condition. Que les rencontres entre Maria et son collègue devaient lui être annoncées à l'avance.

— Oh sainte mère ! Et pourquoi ?

— Parce que comme ça, à ses yeux, la chose n'était plus une trahison.

Eh oui. D'un certain point de vue, le raisonnement du professeur Emilio Sclafani progressait vent en poupe. Du reste, ce n'était pas dans le coin qu'était né un certain Luigi Pirandello ?

— Comment expliquez-vous alors que le collègue a failli être tué ?

— Cette rencontre n'avait pas été communiquée à Emilio. C'était une rencontre, comment dire, clandestine. Et Emilio réagit en mari qui surprend sa femme en flagrant délit d'adultère.

Le Jeu des rôles, c'est pas comme ça que s'appelait une comédie du susdit Pirandello ?

— Je peux vous poser une question ?

— Avec vous, je n'ai pas beaucoup de pudeur.

— Votre mari vous a révélé son impuissance avant ou après le mariage ?

— Avant. À moi, il me l'a dit avant.

— Et vous avez accepté quand même ?

— Oui. Il m'a dit aussi que je pourrais avoir d'autres hommes. Avec discrétion, naturellement, et à condition que je le mette au courant de tout.

— Vous avez respecté cet engagement ?

— Oui.

Et Montalbano eut la nette impression que ce oui était une calembredaine que la petite lui avait dit. Mais la chose ne lui parut pas avoir tant d'importance, si Elena rencontrait quelqu'un et qu'elle ne le disait pas à son mari, *fatti sò*, ça la regardait.

— Écoutez, Elena, j'ai le devoir d'être plus explicite.

— Faites donc.

— Pourquoi une splendide jeune femme comme vous, certainement très courtisée et désirée, accepte d'épouser un homme pas riche, beaucoup plus âgé et en plus qui n'est pas en mesure de…

— Commissaire, il ne vous est jamais arrivé de penser que vous vous trouviez au milieu des vagues en tempête parce que votre barque a fait naufrage ?

— J'ai une imagination limitée.

— Essayez de faire un effort. Vous avez nagé longtemps mais vraiment vous n'y arrivez plus. Vous comprenez que vous êtes en train de vous noyer. Et tout à coup vous vous trouvez à côté de quelque chose qui flotte et qui peut vous soutenir. Qu'est-ce que vous faites ? Vous vous y agrippez. Et vous ne vous demandez pas s'il s'agit d'une planche de bois pourri ou d'une chaloupe avec radar.

NEUF

— Vous en étiez arrivée à ce point ?

— Oui.

Il était clair que, de ce sujet, elle n'avait pas envie de parler, ça lui pesait. Mais le commissaire ne pouvait faire semblant de rin, il ne pouvait pas passer rapidement, il lui fallait aconnaître chaque élément du passé et du présent des pirsonnes impliquées dans le meurtre. C'était son métier, même si en certaines occasions particulières, il se sentait comme un membre de l'Inquisition. Et ça ne lui faisait pas plaisir.

— Comment avez-vous connu Emilio ?

— Après le scandale de Comisini, Emilio a été dans un premier temps affecté à Fela. Là, mon père, qui est un cousin au deuxième degré, lui a parlé de moi, de ma situation, du fait qu'il avait été obligé de m'envoyer dans une communauté spéciale, pour mineurs.

— Vous vous droguiez ?

— Oui.

— Quel âge aviez-vous ?

— Seize ans.

— Pourquoi avez-vous commencé ?

— Vous me posez une question précise à laquelle il

n'est pas possible de répondre avec la même précision. Difficile d'expliquer pourquoi j'ai commencé. Y compris à moi-même. Peut-être y a-t-il eu beaucoup de faits qui ont concouru à… Avant tout, la mort soudaine de maman quand je n'avais pas encore dix ans. Ensuite, l'absolue incapacité de papa à avoir de l'affection pour quiconque, maman comprise. Puis, la curiosité. Et l'occasion qui surgit dans un moment de faiblesse. Le camarade d'école, celui que tu crois aimer, qui te pousse à essayer…

— Vous êtes restée combien de temps dans cette communauté ?

— Une année de suite. Et Emilio est venu me voir trois fois, la première pour me rencontrer, accompagné de papa, puis seul.

— Et ensuite ?

— Je me suis enfuie de la communauté. J'ai pris un train, je suis arrivée à Milan. J'ai connu des hommes. À la fin, je me suis mise avec un homme de quarante ans. La police m'a arrêtée deux fois. La première, on m'a renvoyée au pays et remise entre les mains de papa, étant donné que j'étais mineure, mais si la cohabitation, avant, était dramatique, après elle était devenue impossiblc. Alors, je suis partie de nouveau. Je suis retournée à Milan. Quand on m'a arrêtée la deuxième fois…

Elle se bloqua, son visage blêmit, un léger tremblement lui revint, elle déglutit sans rien dire.

— Ça suffit, dit Montalbano.

— Non. Je veux vous expliquer pourquoi… La deuxième fois, comme deux agents en voiture m'emmenaient au commissariat, je leur ai proposé un marché. Vous pouvez imaginer lequel. D'abord, ils ont fait semblant de ne pas accepter, « tu dois aller au commissariat », répétaient-ils. Moi, j'ai continué à les supplier et quand j'ai compris qu'ils jouissaient de se faire prier parce qu'ils pouvaient disposer de moi comme ils voulaient, j'ai fait une scène, je me suis mise à pleurer, je me suis agenouillée là, dans la voiture. Finalement, ils ont accepté, m'ont conduite dans un endroit isolé. Ce fut... terrible. Ils m'ont utilisée pendant des heures comme jamais il ne m'était arrivé avant. Mais le pire, ce fut leur mépris, leur volonté sadique de m'humilier... À la fin, l'un d'eux m'a pissé au visage.

— Je vous en prie, ça suffit comme ça, répéta Montalbano à voix basse.

Il ressentait un sentiment de honte profonde d'être un homme. Il savait que la petite n'inventait rien de ce qu'elle racontait, malheureusement, c'était déjà arrivé. Mais maintenant, il comprenait pourquoi rien qu'à entendre le mot commissariat, Elena manquait s'évanouir.

— Pourquoi la police vous arrêtait-elle ?

— Prostitution.

Elle le dit avec une simplicité absolue, sans s'offenser, sans malaise. C'était une chose qu'elle avait faite, comme tant d'autres.

— Quand nous étions à court d'argent, continua-t-elle, mon ami me faisait prostituer. Avec discrétion, naturellement. Pas dans la rue. Mais il y a eu des rafles et deux fois, on m'a prise.

— Comment avez-vous rencontré de nouveau Emilio ?

Elle eut un petit sourire que Montalbano ne comprit pas tout de suite.

— Commissaire, maintenant toute l'histoire devient un roman-photo, une telenovela débordante de bons sentiments. Vous voulez vraiment l'entendre ?

— Oui.

— Ça faisait six mois que j'étais revenue en Sicile. Je venais ce jour-là d'avoir vingt ans et j'étais entrée dans un supermarché dans l'intention de voler quelque chose pour faire la fête. Mais à l'instant où j'ai regardé autour de moi, j'ai croisé les yeux d'Emilio. Il ne m'avait plus vue depuis l'époque de la communauté, et pourtant il m'a reconnue tout de suite. Et, chose étrange, moi aussi je l'ai reconnu. Que vous dire ? Depuis lors, il ne m'a plus quittée. Il m'a fait désintoxiquer, soigner. Pendant cinq ans, il a veillé sur moi avec un dévouement, une affection que je ne saurais dire avec des mots. Il y a quatre ans, il m'a demandé en mariage. Voilà tout.

Montalbano se leva, glissa les lettres dans sa poche.

— Je dois y aller.

— Vous ne pouvez pas rester encore un peu ?

— Malheureusement, j'ai à faire à Montelusa.

Elena se leva, s'approcha de lui, baissa légèrement la tête, posa un bref instant les lèvres sur celles de Montalbano.

— Merci, dit-elle.

Il venait juste d'entrer dedans le commissariat que le hurlement soudain de Catarella l'aparalysa.

— *Dottori !* Je la baisai !

— À qui tu baisas, Catarè ?

— À la garde de la porte, *dottori* !

Debout, dedans son cagibi, Catarella paraissait un ours danseur, il sautillait de bonheur, d'un pied sur l'autre.

— Le mot, je l'atrouvai ! Je l'écrivis et la garde disparut !

— Viens dans mon bureau.

— Tout de suite immédiatissimement, *dottori* ! Mais d'abord, il faut que je vous imprime le faÿle.

Mieux valait l'enlever de là, les pirsonnes qui entraient et sortaient du commissariat les mataient un peu ahuries.

Avant d'aller dans son bureau, il se présenta sur le

seuil d'Augello. Qui, étrangement, était là. Visiblement, le minot allait bien.

— Qu'est-ce qu'il voulait, Liguori, ce matin ?

— Nous sensibiliser.

— C'est-à-dire ?

— Qu'il faut qu'on vise plus haut.

— C'est-à-dire ?

— Qu'il faut qu'on fouille plus profond.

Montalbano perdit d'un coup patience.

— Mimì, si tu ne parles pas clairement, tu le sais dans quelle profondeur je vais te fouiller ?

— Salvo, dans les hautes sphères de Montelusa, il semble qu'ils ne soient pas contents de nous pour ce qui concerne notre contribution à la lutte contre le trafic de drogue.

— Qu'est-ce qu'ils viennent nous raconter ? Le dernier mois, on a mis six dealers au trou !

— Ça ne suffit pas, d'après eux. Liguori a dit que nous ne faisons que du petit cabotage.

— Et ça serait quoi, le grand ?

— Ne pas se limiter à arrêter au hasard quelques dealers, mais agir suivant un plan précis, fourni naturellement par lui, qui puisse conduire à l'identification des grossistes.

— Mais c'est pas son boulot à lui ? Il n'est pas chef de l'antidrogue ? Pourquoi il vient nous casser les burnes à nous ? Qu'il se fasse son plan et au lieu de nous le repasser à nous, qu'il le mette en pratique avec ses hommes.

— Salvo, il paraît que sur la base de ses enquêtes, un des grossistes les plus importants se trouve chez nous, à Vigàta. Et il veut notre collaboration.

Montalbano rista à le fixer, pinsif :

— Mimì, c't'histoire pue. Il faut qu'on en parle, mais là, je n'ai pas le temps. Je veux voir quelque chose avec

Catarella et après je dois courir à Montelusa parce que le Questeur m'a convoqué.

Catarella l'attendait devant la porte de la pièce, dansant toujours comme un ours. Il entra derrière lui, posa deux feuilles imprimées sur la table. Le commissaire les mata et n'y comprit rin. C'était une série de nombres de six chiffres écrits l'un au-dessus de l'autre et chaque nombre correspondait à un autre :

213 452 136 000

431 235 235 000

et ainsi de suite. Il acomprit que pour étudier l'affaire, il devait se débarrasser de Catarella, sa danse tribale lui tapait sur les nerfs.

— Très très bien ! Mes compliments, Catarella !

L'ours qu'il était se changea en paon : dépourvu de queue pour faire la roue, il leva et tendit les bras, écarta les doigts, tourna sur lui-même.

— Comment as-tu trouvé le mot de passe ?

— Ah, *dottori, dottori* ! Le mort, il me fit damner, le mort, très extrêmement fourbe, il était ! Le pot de masse, c'était son nom à elle la sœur de lui le mort, qu'elle s'appelait Michela en union unie avec le jour mois et année de naissance d'elle sa sœur à lui du mort, écrits sans chiffres, tout en lettres.

Comme, du contentement d'avoir atrouvé la solution, il dit la phrase d'un seul trait, le commissaire eut du mal à comprendre le minimum nécessaire.

— Il me semble me rappeler que tu m'as dit qu'il fallait trois *passwords*...

— Oh que oui, *dottori*. La besogne continue.

— Bon, d'accord. Va la continuer. Et merci encore.

Catarella vacilla spectaculairement.

— T'as la tête qui tourne ?

— Un peu, *dottore*.

— Ça va ?

— Oh que oui.

— Et alors, pourquoi t'as la tête qui tourne ?

— Parce que vosseigneurie m'a fait son remerciement, *dottore*.

Il sortit de la pièce qu'on l'aurait cru ivre. Montalbano donna un autre coup d'œil aux deux feuilles. Mais comme était venue l'heure d'aller à Montelusa, il se les glissa dans la poche où il gardait déjà le livret des chansons. Qui était, il pourrait le jurer, le code pour comprendre quelque chose à tous ces nombres.

— Très cher ! Comment va, comment va ? Tout va bien chez vous ?

— Très bien, Docteur Lactes.

— Asseyez-vous, je vous prie.

— Merci, *dottore*.

Il s'assit. Lactes le mata et il mata Lactes. Lactes lui sourit et lui de même.

— À quoi devons-nous le plaisir de votre visite ?

Montalbano s'ébahit.

— En vérité, j'avais… M. le Questeur m'avait…

— Vous êtes venu pour la convocation ? demanda Lactes, étonné.

— Eh oui.

— Mais comment ? Le standardiste, Caravella…

— Catarella.

— Il ne vous a pas averti ? Moi j'ai téléphoné en fin de matinée pour vous avertir que M. le Questeur a dû partir pour Palerme et qu'il vous attend demain à la même heure.

— Non, je n'ai pas été averti.

— Mais c'est très grave ! Prenez des sanctions !

— Je les prendrai, n'en doutez pas, *dottore*.

Quel genre de sanction tu veux prendre avec Catarella ? C'était comme d'apprendre à un crabe à marcher droit.

Étant donné qu'il s'atrouvait à Montelusa, il adécida d'aller voir son ami journaliste Nicolò Zitto. Il se gara devant les bureaux de Retelibera et, à peine le seuil franchi, la secrétaire lui annonça que Zito avait un quart d'heure de libre avant de passer en direct pour le journal.

— Ça fait un bail que tu te montres plus, lui reprocha Nicolò.

— Excuse-moi, j'avais à faire.

— Je peux t'être utile à quelque chose ?

— Non, Nicolò. J'avais simplement envie de te voir.

— Écoute, tu donnes un coup de main à Giacovazzo dans l'enquête sur le meurtre d'Angelo Pardo ?

Le chef de la Criminelle avait eu la gentillesse de ne pas démentir l'information que l'enquête lui avait été confiée, comme ça, il avait épargné à Montalbano les persécutions des journalistes. Mais le commissaire détestait quand même devoir dire une calembredaine à son ami.

— Aucun coup de main, tu sais comment il est fait, Giacovazzo. Pourquoi tu me le demandes ?

— Parce que, à Giacovazzo, on lui arrache pas deux mots même avec les tenailles.

Certes, le chef de la Criminelle ne parlait pas avec les journalistes parce qu'il n'avait rien à leur dire.

— Et pourtant, continua Zito, je pense que, considérant ce qui est en train de se passer, il doit bien avoir une idée.

— Et qu'est-ce qui se passe ?

— Tu les lis pas, les journaux ?

— Pas toujours.

— Une enquête dans toute l'Italie a mis sous accusation plus de quatre mille personnes, entre médecins et pharmaciens.

— Oui, mais quel rapport ?

— Salvo, raisonne un peu ! Quel était le métier de l'ex-Dr Angelo Pardo ?

— Informateur médico-scientifique.

— Exact. Et en fait le chef d'accusation contre les médecins et les pharmaciens, c'est l'entente illicite.

— C'est-à-dire ?

— C'est-à-dire qu'ils se sont laissé corrompre par quelques informateurs médico-scientifiques. En échange d'argent ou de cadeaux, ces médecins et pharmaciens choisissaient et prescrivaient les médicaments signalés par les informateurs. Et quand cela arrivait, ils étaient largement récompensés. Le mécanisme est clair ?

— Oui. Les informateurs ne se limitaient pas à informer.

— Exact. Bien sûr, tous les médecins ne sont pas corrompus et tous les informateurs ne sont pas des corrupteurs, mais le phénomène s'est révélé très vaste. Et naturellement, de très puissantes firmes pharmaceutiques sont impliquées.

— Et tu penses que Pardo pourrait avoir été tué pour ça ?

— Salvo, tu te rends compte des intérêts qu'il y a derrière une affaire comme celle-là ? En tout cas, moi, je ne pense rien. Je dis seulement que ça pourrait être un aspect qui mérite d'être approfondi.

Après tout, considéra le commissaire tandis qu'il s'en retournait à Vigàta à dix kilomètres à l'heure, le voyage à Montelusa n'avait pas été inutile, la suggestion de Nicolò était une route à laquelle il n'avait pas pinsé un instant et qui, au contraire, devait être prise en considération. Mais comment procéder ? Rouvrir le grand agenda d'Angelo, celui où étaient écrits noms, adresses et numéros de téléphone des médecins et pharmaciens, soulever le combiné et demander :

— Excusez-moi, est-ce que par hasard vous vous seriez laissé corrompre par l'informateur médico-scientifique Angelo Pardo ?

Cette façon de procéder ne donnerait sûrement pas de résultats. Peut-être devait-il ademander un coup de main à quelqu'un qui s'y connaissait, dans ce genre d'enquête.

Dès qu'il fut au bureau, il appela le commandement de la Garde des Finances[1] à Montelusa.

— Le commissaire Montalbano, je suis. Je voudrais parler avec le capitaine Aliotta.

— Je vous passe tout de suite le commandant.

Visiblement, on l'avait promu.

— Mon cher Montalbano !

— Félicitations, je ne savais rien de ta promotion.

— Merci. Elle date d'un an.

Reproche implicite : cornard, ça fait un an que tu ne donnes pas de nouvelles.

— Je voulais savoir si l'adjudant Laganà est encore en service.

— Encore pour pas longtemps.

— Comme, dans le passé, il m'a donné une aide remarquable, je désirais lui demander s'il pouvait encore, naturellement avec ta permission…

— Mais bien sûr. Je te le passe, il sera très content.

Lagàna ? Tout va bien ? Vous auriez une petite demi-heure à m'accorder ? Oui ? Vous ne savez pas à quel point je vous en suis reconnaissant. Non, non, je peux venir, moi, chez vous, à Montelusa. Demain vers dix-huit heures trente, ça vous va ?

Dès qu'il eut raccroché, Mimì Augello entra, le visage sombre.

1. Corps de police spécialisé dans les délits financiers, mélange de Brigade financière et de Douanes, qui assume aussi des tâches de maintien de l'ordre. *(N.d.T.)*

— Qu'est-ce que tu as ?

— Beba m'a téléphoné que Salvuccio lui semble un peu agité.

— Tu sais quoi, Mimì ? Les agités, c'est Beba et toi et à force de vous agiter, ce minot, vous allez le rendre dingue. Pour son anniversaire, je vais lui offrir une camisole de force, fabriquée sur mesure, comme ça, il s'habituera dès son âge tendre.

Mimì n'apprécia pas la plaisanterie, de sombre qu'il était, son visage devint décidément noir.

— Changeons de sujet, ça va ? Qu'est-ce qu'il voulait le Questeur ?

— On s'est pas vus, il a dû aller à Palerme.

— Explique-moi mieux l'histoire que la venue de Liguori, tu trouves qu'elle pue.

— Expliquer une sensation, c'est difficile.

— Essayons.

— Mimì, Liguori se précipite chez nous après qu'à Vigàta le sénateur Nicotra est mort à cause de la drogue, mais il ne faut pas le dire. Tu l'as pensé toi aussi, il me semble. Avant Nicotra, deux autres étaient morts, mais eux ils se précipitent seulement après la mort du sénateur. La question est : dans quel but ?

— Je n'ai pas compris, avoua Augello, perplexe.

— Je vais être plus clair. Ces gens veulent découvrir qui a pu vendre la dope, appelons-la avariée, au sénateur, afin d'éviter que d'autres, au niveau du sénateur, des gens importants comme lui, connaissent la même fin. Il est clair qu'ils ont été mis sous pression.

— Et tu ne crois pas qu'ils font bien ?

— Très bien, ils font. Sauf qu'il y a un problème.

— Lequel ?

— Qu'officiellement, Nicotra est mort de mort naturelle. Et donc, celui qui lui a vendu la dope n'est pas responsable de sa mort. Si nous, en fait, on l'arrête, il va apparaître qu'il vendait la drogue non seulement au sénateur, mais aussi à tant d'autres copains à lui, politiques, entrepreneurs, gens haut placés. Un scandale. Un grand bordel.

— Alors ?

— Alors, quand nous, on va l'arrêter et que le bordel se déclenche, on va se retrouver dedans nous aussi. Nous qui l'avons arrêté, et non pas Liguori et les siens. On va venir nous dire que nous pouvions agir avec plus de prudence, un autre nous accusera d'être comme les juges de Milan, tous des communistes qui veulent détruire le système… Pour la faire courte, le Questeur et Liguori auront protégé leur cul et à nous, ils nous en feront un comme le tunnel du Simplon.

— Alors, qu'est-ce que nous devons faire ?

— Ce que *nous* devons ? Mimì, Liguori a parlé avec toi, qui es l'astre montant du commissariat. Moi, je n'y suis pour rien.

Bon, d'accord. Que dois-je faire ?

— Restes-en à la meilleure tradition.

— C'est-à-dire ?

— Fusillade. Vous étiez en train de procéder à l'arrestation, lui, il a ouvert le feu, vous avez réagi et vous avez été contraints de le tuer.

— Oh, allez !

— Pourquoi ?

— Avant tout, parce qu'agir comme ça, c'est pas mon truc et en second lieu parce qu'on n'a jamais vu un dealer, même gros, qui tente d'échapper à une arrestation en se mettant à tirer.

— Tu as raison. Alors, toujours selon la tradition, tu l'arrêtes mais tu ne le présentes pas tout de suite au juge. Tu fais savoir discrètement à tout un chacun que tu te le gardes deux jours. Le matin du troisième jour, tu le fais transférer en prison. Eux, entre-temps, ils ont eu le temps de s'organiser et tu n'auras plus qu'à attendre.

— Attendre quoi ?

— Qu'on lui apporte le café, en prison. Un bon café. Comme celui de Pisciotta ou de Sindona[1]. Et comme ça, l'arrêté évidemment ne pourra plus révéler la liste de ses clients. Et tout le monde vivra heureux et content. La feuille est étroite, la voie est droite, élevez la voix, j'ai parlé pour moi.

Mimì, qui jusque-là était resté debout, s'assit d'un coup.

— Écoute, réfléchissons un peu.

— Pas maintenant. Penses-y cette nuit. De toute façon, Salvuccio va te tenir réveillé. Reparlons-en demain matin l'esprit frais. C'est mieux. Maintenant, *vatinni c'aiu a fari 'na telefonata*, va-t'en que je dois téléphoner.

Augello sortit, incertain et étourdi.

— Michela ? Montalbano, je suis. Ça vous dérange si je passe chez vous cinq minutes ? Non, rien de neuf. Juste pour… Très bien, dans un quart d'heure, je serai chez vous.

1. En 1986, le banquier Sindona, mêlé à une énorme affaire de banqueroute frauduleuse impliquant le Vatican (l'affaire Calvi), est mort empoisonné dans sa cellule par un café au cyanure.

DIX

Il sonna à l'interphone, entra, monta. Michela l'attendait à la porte. Elle était vêtue comme le premier jour où Montalbano l'avait rencontrée.

— Bonsoir, commissaire. Vous m'avez dit qu'aujourd'hui, vous ne pouviez pas passer chez moi, n'est-ce pas ?

— En effet. Mais la rencontre avec le Questeur a été annulée et alors…

Pourquoi ne l'invitait-elle pas à entrer ?

— Votre mère, comment va-t-elle ?

— Mieux, si on considère la situation. De toute façon, elle s'est laissé convaincre par la tante d'aller dormir chez elle.

Elle ne s'adécidait pas à lui dire d'entrer.

— Je voulais vous dire que, me sachant seule, une amie à moi est venue me voir. Elle est ici. Je peux lui demander de s'en aller, si vous le désirez. Mais comme je n'ai rien à cacher, vous pouvez agir comme si elle n'était pas là.

— Vous êtes en train de me dire que je peux parler ouvertement devant cette amie à vous ?

— Exactement.

— Alors, pour moi, il n'y a pas de problème.

Alors seulement, Michela se mit sur le côté pour le laisser passer. La première chose que vit le commissaire en entrant dans le salon fut une grande masse de cheveux roux.

Paola la rousse! se dit-il : la maîtresse supplantée par Elena.

Paola Torrisi-Blanco, à bien la regarder, était quadragénaire mais au premier coup d'œil, une dizaine d'années en moins, elle pouvait se les enlever en toute tranquillité. Belle femme, il n'y avait pas à dire ; il s'adémontrait qu'Angelo aimait le premier choix.

— Si je suis de trop… commença Paola en se levant et en tendant la main au commissaire.

— Je vous en prie ! dit Montalbano, cérémonieux. En plus, vous m'épargnez un voyage à Montelusa.

— Ah oui ? Pourquoi ?

— Parce que je m'étais promis de venir bavarder un peu avec vous.

Tout le monde s'assit, on échangea des sourires muets de politesse. Une belle grande réunion entre amis. Le juste délai passé, le commissaire attaqua avec Michela.

— Comment ça s'est passé, avec Tommaseo ?

— Ne m'en parlez pas ! Cet homme est un… Il n'a qu'une chose en tête… Il vous pose de ces questions… Il est embarrassant.

— Qu'est-ce qu'il t'a demandé ? s'enquit, malicieuse, Paola.

— Je te le dirai après, répondit Michela.

Montalbano s'imagina la scène. Tommaseo perdu dans l'œil-mer de Michela, le visage rouge, le souffle court, essayant d'imaginer la forme de ses nichons sous la robe de pénitente, qui lui demande : « Vous avez une idée de la raison pour laquelle votre frère l'avait complètement sortie quand on l'a tué ? »

— Tommaseo vous a dit quand vous pourrez faire les funérailles ?

— Pas avant trois jours. Il y a du neuf ?

— Pour l'enquête ? Actuellement, rien ne bouge. Et je suis venu vous voir pour tenter de faire quelques pas en avant.

— À votre disposition.

— Michela, si vous vous rappelez, quand je vous ai demandé combien gagnait votre frère, vous m'avez répondu qu'il ramenait ce qui pouvait servir pour entretenir décemment trois personnes et deux appartements. C'est bien ça ?

— Oui.

— Vous pourriez être plus précise ?

— Ce n'est pas facile, commissaire. Il ne s'agissait pas de revenus fixes, de salaires mensuels, ça changeait tout le temps. Il avait un minimum garanti, le remboursement des frais et un pourcentage sur les produits qu'il réussissait à faire accepter. Naturellement, ce qui influait considérablement et de manière positive sur le résultat, c'était le pourcentage. Il y avait aussi, de temps en temps, des primes de productivité. Mais je ne saurais pas traduire tout cela en chiffres.

— Je dois vous poser une question délicate. Vous m'avez dit qu'Angelo faisait des cadeaux très coûteux à Elena. J'en ai eu la confirmation de…

— De la putain ? demanda Michela.

— Oh, allez ! lança Paola, en riant.

— Pourquoi, je devrais pas l'appeler comme ça ?

— Ça ne me paraît pas le mot qu'il faut.

— Mais puisqu'elle l'a fait vraiment pendant une certaine période ! Commissaire, quand Elena, encore mineure, s'est enfuie à Milan…

— Je sais tout, coupa le commissaire.

Même si Elena avait pu confier ses erreurs de jeunesse

à Angelo, il était difficile que celui-ci les ait rapportées à sa sœur. Visiblement, Michela était allée jusqu'à s'adresser à une agence pour avoir des informations sur la maîtresse de son frère.

— En tout cas, à moi, il ne m'a pas fait de cadeau, annonça à ce moment Paola. Ou plutôt, si. Une fois, il m'a offert des boucles d'oreilles achetées à un étalage, à Fela. Trois mille lires, je me souviens, il n'y avait pas encore d'euros.

— Revenons à la question qui m'intéresse, dit Montalbano. Pour faire ces cadeaux à Elena, Angelo prélevait l'argent sur votre compte commun ?

— Non, assura Michela.

— Alors, où les prenait-il ?

— Quand il lui arrivait des gratifications ou des primes sous forme de chèques, il tirait l'argent et gardait le liquide à la maison. Dès qu'il atteignait une certaine somme, il achetait un cadeau à cette…

— Donc, vous excluez qu'il ait eu un compte personnel dans une banque inconnue de vous ?

— Je l'exclus.

Rapide, ferme, décidée. Peut-être trop rapide, trop ferme, trop décidée.

Se pouvait-il qu'il ne lui fût jamais venu le moindre doute ? Ou peut-être lui était-il venu, et comment, mais vu qu'elle ne voulait projeter quelque soupçon, quelque ombre que ce soit sur son frère, mieux valait nier.

Montalbano entama un essai de contournement de cette position fortifiée. Il s'adressa à Paola.

— Vous venez juste de me dire qu'Angelo vous a acheté des boucles d'oreilles à Fela. Pourquoi ça, à Fela ? Vous l'aviez accompagné ?

Paola eut un petit sourire.

— Moi, au contraire d'Elena, il me demandait souvent de l'accompagner dans ses tournées en province.

— D'elle, il se faisait pas accompagner, parce que c'était elle qui le suivait ! explosa Michela.

— Naturellement, si j'étais libre de mes tâches d'enseignement, conclut Paola.

— Vous ne l'avez jamais vu entrer dans une banque ?

— Pour autant que je me souvienne, non.

— Il avait des rapports d'amitié avec l'un ou l'autre des médecins qu'il allait voir ?

— Je n'ai pas compris.

— Il y avait quelqu'un parmi ses, appelons-les comme ça, clients avec lesquels il entretenait des rapports plus amicaux ?

— Vous savez, commissaire, moi je ne les ai pas tous connus. Il me présentait comme sa fiancée. Et, en un certain sens, c'était vrai. Mais il m'a semblé qu'il les traitait tous de la même manière.

— Quand il vous emmenait avec lui, il vous faisait assister à chaque rencontre ?

— Non. Certaines fois, il me disait de rester en voiture ou d'aller faire un tour.

— Il vous en expliquait le motif ?

— Bah, il plaisantait là-dessus. Il disait qu'il devait voir un médecin jeune et beau et alors il craignait que… ou bien m'expliquait qu'il s'agissait d'un docteur très catholique et bigot et qu'il n'approuverait pas ma présence…

— Commissaire, intervint Michela, mon frère distinguait nettement les amis des personnes avec lesquelles il faisait des affaires. Je ne sais pas si vous avez noté que dans le tiroir, il gardait deux agendas, l'un avec les adresses des amis, de la famille et l'autre…

— Oui, j'ai remarqué, dit Montalbano puis, s'adressant toujours à Paola : Vous enseignez, je crois, au lycée de Montelusa ?

— Oui. L'italien.

Elle eut un petit sourire.

— Je comprends où vous voulez en venir. Emilio Sclafani n'est pas seulement un collègue à moi, mais nous sommes, en un certain sens, amis. Un soir, j'ai invité Emilio et sa jeune femme à dîner. Il y avait aussi Angelo. C'est là qu'entre eux, tout a commencé.

— Écoutez, Elena m'a dit que son mari savait tout de sa relation avec Angelo. Est-ce que, par hasard, vous êtes en mesure de le confirmer ?

— En effet. Et même, il s'est passé un truc absurde.

— C'est-à-dire ?

— J'ai appris qu'Angelo était devenu l'amant d'Elena justement d'Emilio, c'est sa femme qui le lui avait dit quelques heures avant. Je ne voulais pas y croire, j'ai pensé qu'Emilio voulait me faire une plaisanterie idiote. Le lendemain, Angelo m'a téléphoné, il m'a dit que pendant quelque temps, nous ne pourrions pas nous voir. Alors, j'ai explosé et je lui ai répété ce que m'avait dit Emilio. Il a confirmé, en balbutiant. Il m'a suppliée de prendre patience, qu'il s'agissait d'un moment d'égarement... Mais j'ai été inébranlable. Et là, mon histoire avec lui a fini.

— Vous ne vous êtes plus vus ?

— Non. Et nous ne nous sommes plus parlé.

— Vous avez conservé des rapports d'amitié avec le Pr Sclafani ?

— Oui. Mais ne je l'ai plus invité à dîner.

— Vous l'avez revu depuis la mort d'Angelo ?

— Oui. Ce matin, aussi.

— Comment vous est-il apparu ?

— Troublé.

Montalbano ne s'attendait pas à une réponse aussi rapide.

— En quel sens ?

— Commissaire, ne vous faites pas de fausses idées.

Emilio est troublé parce que sa femme a perdu son amant, voilà tout. Peut-être Elena lui a-t-elle confié à quel point elle tenait à Angelo, à quel point elle était jalouse…

— Qui vous a dit qu'elle était jalouse ? Le professeur ?

— Emilio ne m'a jamais parlé des sentiments d'Elena envers Angelo.

— C'est moi qui lui en ai parlé, intervint Michela.

— Elle m'a fait aussi une espèce de résumé des lettres d'Elena, ajouta Paola.

— À propos, vous les avez trouvées ? demanda Michela.

— Non, mentit Montalbano.

Sur cette question, il devinait, au pif, que plus il répandait de brouillard et mieux c'était.

— Elle les aura sûrement fait disparaître, elle, dit Michela, l'air convaincu.

— Dans quel but ? demanda le commissaire.

— Comment ça, dans quel but ? réagit Michela. Ces lettres peuvent être une preuve à charge !

— Mais voyez-vous, dit Montalbano avec une tête d'ange 'nnocent, Elena a admis les avoir écrites. Expressions de jalousie et menaces de mort comprises. Si elle l'admet, quelle raison a-t-elle de faire disparaître ces lettres ?

— Et alors, qu'attendez-vous ? demanda Michela en tirant de sa gorge la voix spéciale, celle en papier de verre.

— Pour quoi faire ?

— Pour l'arrêter !

— Il y a un problème. Elena dit que les lettres, elle ne les a écrites que sous la dictée.

— De qui ?

— D'Angelo.

Les deux femmes eurent des réactions complètement différentes.

— La salope ! La traînée ! La menteuse ! cria Michela en bondissant sur ses pieds.

Paola, elle, s'enfonça plus profondément dans son fauteuil.

— Et qu'est-ce qui lui prenait, à Angelo, de se faire écrire des lettres de jalousie ? demanda-t-elle, plus curieuse qu'étonnée.

— Ça, même Elena n'a pas su me l'expliquer, répondit Montalbano, toujours en veine de calembredaines.

— Elle n'a pas su l'expliquer parce c'est absolument faux ! cria presque Michela.

Du papier de verre, elle passait dangereusement à l'usage des deux meules. Montalbano, qui n'avait absolument aucune envie d'assister à une autre scène de tragédie grecque, pinsa que pour ce soir, ça pouvait suffire.

— Vous m'avez préparé les adresses ? demanda-t-il à Michela.

La femme le regarda, ahurie.

— Vous vous rappelez ? Les deux dames, une qui s'appelle Stella, il me semble…

— Ah oui, un moment.

Elle sortit de la pièce.

Et alors, Paola, se penchant légèrement en avant, dit à voix basse :

— Je dois vous parler. Demain matin, je ne fais pas cours, vous m'appelez ? Vous me trouverez dans l'annuaire.

Michela revint avec une feuille qu'elle tendit au commissaire.

— Voilà la liste des ex-amours d'Angelo.

— Il y en a une que je ne connais pas ? demanda Paola.

— Je crois qu'Angelo ne t'a rien caché de son histoire amoureuse.

Montalbano se leva. Ils passèrent aux bien le bonjour.

Il s'était pointé une humidité telle que rester encore sur la véranda, malgré qu'elle fût couverte, n'était vraiment pas à conseiller. Le commissaire entra, s'assit à la table. De toute façon, dedans ou dehors, la coucourde fonctionnait pareil. Depuis une demi-heure, en fait, se déroulait en dedans de lui un débat animé sur le thème :

« Au cours d'une enquête, un vrai policier doit-il prendre des notes, ou pas ? »

Lui, par exemple, il ne l'avait jamais fait. Non content de cela, il était agacé par ceux qui le faisaient et qui étaient peut-être meilleurs policiers que lui.

Cela, dans le passé. Parce que maintenant, depuis quelque temps, il ressentait la nécessité de le faire. Et pourquoi ressentait-il la nécessité de le faire ? Élémentaire, mon cher Watson. Parce qu'il s'était rendu compte qu'il commençait à oublier des choses importantes. Aïe, mon ami, très cher commissaire, nous sommes arrivés à *cinco de la tarde*, au point douloureux de toute l'affaire. On se met à s'oublier les choses quand le poids de l'âge acommence à se faire sentir. Que disait, plus ou moins, un poète ?

Comme pèse la neige sur la ramée,
Comme pèsent les ans sur l'épaule aimée,
Les années de la jeunesse se sont éloignées.

Peut-être était-il plus juste de changer légèrement le titre du débat :

« Au cours d'une enquête, un *vieux* policier doit-il prendre des notes, ou pas ? »

En tenant compte de la vieillesse, le fait de prendre

des notes lui parut moins malséant. Mais cela signifiait un abandon sans conditions à l'âge avancé. Il fallait trouver une solution de compromis. Alors, il eut un coup de génie. Il prit du papier et un stylo et s'écrivit une lettre.

Cher commissaire Montalbano,

Je sais qu'en ce moment, vous en avez vraiment archi-plein les burnes du fait tout à fait personnel que la vieillesse est en train de frapper avec entêtement à votre porte, mais je me permets par la présente de vous rappeler à vos devoirs en vous soumettant quelques observations concernant l'enquête en cours sur le meurtre d'Angelo Pardo.

D'abord. Qui était Angelo Pardo ?

Ex-médecin radié de l'Ordre pour l'histoire d'un avortement sur une gamine mise enceinte par lui (parler absolument avec Teresa Cacciatore qui vit à Palerme).

Il se met à faire l'informateur médico-scientifique, en gagnant beaucoup plus que ce qu'il dit à sa sœur : à sa dernière maîtresse, Elena Sclafani, il a en fait offert des cadeaux coûteux.

Il est très probable qu'il avait un compte dans une banque qu'on ne réussit pas à identifier.

Il possédait certainement une cassette blindée plutôt grande qui n'a plus été retrouvée.

Il a été assassiné d'une balle en plein visage (ça veut signifier quelque chose ?).

En outre, au moment de la mort, il avait la queue dehors (et ça, ça signifie sûrement quelque chose, mais quoi ?)

Motifs possibles du meurtre :

a) histoires de femmes.

b) louche trafic d'influence, hypothèse non négligeable formulée par Nicolò (à vérifier auprès du brigadier Laganà).

Il utilise sûrement un code (pour quoi faire ?).

Il a trois dossiers codés. Le premier, que Catarella a réussi à ouvrir, est tout en codes.

Ce qui signifie qu'Angelo Pardo devait bien avoir quelque chose à cacher.

Dernière note : pourquoi les trois lettres d'Elena ont-elles été cachées sous le tapis de sol du coffre de la Mercedes ? (Je sens que c'est un point d'une certaine importance mais je n'arrive pas à m'expliquer pourquoi.)

Je vous prie de m'excuser, cher commissaire, si ce petit paragraphe consacré au mort apparaît assez désordonné, mais j'ai écrit au fur et à mesure que les choses me venaient à l'esprit, non pas suivant une ligne logique.

Deuxièmement. Elena Sclafani.

Naturellement, vous vous serez demandé pourquoi j'écris le nom d'Elena Sclafani en deuxième position. Je le sais, très cher, que vous, cette petite, elle vous fait de l'effet, comme on dit par chez nous, beaucoup d'effet. Elle est belle (très belle, d'accord, rien à redire à accepter vos corrections) et vous feriez les pieds au mur pour ne pas avoir à la mettre en haut de la liste des suspects. Vous aimez la sincérité avec laquelle elle parle d'elle, mais il ne vous est jamais venu le doute que quelquefois, la sincérité est une méthode visant à rendre plus difficile la découverte de la vérité, exactement comme la méthode apparemment opposée, c'est-à-dire le mensonge ? Vous dites que je fais de la philosophie ?

Alors, je vais être brutalement flic.

Il ne fait pas de doute qu'existent des lettres dans lesquelles Elena, par jalousie, menace de mort son amant.

Elena soutient que ces lettres, elle les a écrites sous la dictée d'Angelo. Mais il n'y a pas de preuve de ce qu'elle dit, ce sont seulement des affirmations qui échappent à toute possibilité de vérification. Et les explications qu'elle donne quant au motif pour lequel Angelo lui aurait fait écrire les lettres sont très très, avouez-le, cher M. le commissaire, fumeuses.

Pour le soir du meurtre, Elena n'a pas d'alibi. (Attention : vous avez eu l'impression qu'elle cachait quelque chose, ne l'oubliez pas !) *Elle dit qu'elle a erré en voiture, sans raison précise, dans le seul but de se prouver à elle-même qu'elle pouvait se passer d'Angelo. Ça ne vous semble rien l'absence d'alibi justement ce soir-là ?*

Voulez-vous, cher commissaire, que je vous trace un scénario qui vous apparaîtra sans aucun doute désagréable ? Juste un moment, faites-moi revêtir la toge du proc' Tommaseo.

Désormais sûre qu'Angelo la trahit, folle de jalousie, Elena, ce soir-là, s'arme, où et comment elle se procure l'arme, nous le découvrirons par la suite, et elle se poste en bas de chez Angelo. Mais avant, elle a téléphoné à son amant en lui disant qu'elle ne pourra pas aller chez lui. Angelo marche, il fait venir l'autre femme et l'emmène, pour plus de sécurité, dans la pièce sur la terrasse. Pour des raisons que nous découvrirons, mais peut-être pas, les deux ne font pas l'amour. Mais cela, Elena l'ignore. Et en tout cas, cet élément est, en un certain sens, sans importance. Quand la femme s'en va, Elena entre dans l'appartement, monte dans la chambre sur la terrasse, se dispute ou pas avec Angelo, lui tire dessus. Et puis, comme ultime outrage, elle lui baisse la fermeture à glissière du jean et met en vue l'objet, disons comme ça, du litige.

Cette reconstruction, je le sais tout seul, prend l'eau. Mais vous voulez que Tommaseo ne s'en régale pas ? Ça, dans une histoire comme ça, il y plonge tout entier et il y barbote.

Je la vois mal barrée, votre Elena, mon cher.

Et vous, si vous me permettez, vous ne faites pas votre devoir, qui serait de raconter au proc' comment ça se présente. Et le pire, c'est que, étant donné que je me trouve dans la malheureuse circonstance de vous connaître très bien, le pire c'est que vous n'avez pas la moindre intention de le faire, votre devoir.

Il ne me reste plus donc qu'à prendre acte de votre déplorable, et partisane, manière d'agir.

À vous, il ne reste pas d'autre voie que de découvrir, au plus vite, ce que représente le code contenu dans le livret des chansonnettes, à quoi il se réfère et qu'est-ce que peut bien signifier, merde, le premier fichier ouvert par Catarella.

Troisièmement. Michela Pardo.

Malgré l'indubitable inclination que la femme manifeste pour la tragédie grecque, vous ne la considérez pas, en l'état des choses, comme capable de fratricide. Mais il est hors de doute que Michela est disposée à tout pour que le nom de son frère ne soit pas souillé. Et certainement, elle sait, concernant les trafics d'Angelo, plus de choses qu'elle n'en dit. Entre autres, vous, cher ami, vous avez le soupçon que Michela a fait disparaître, en profitant de votre jobardise, quelque chose qui serait peut-être décisif pour l'enquête.

Et là, je m'arrête.

Avec mes meilleurs vœux de réussite, je vous prie de croire votre très dévoué

Salvo Montalbano

ONZE

Le lendemain matin, le réveil sonna, Montalbano s'aréveilla, mais au lieu de se lever d'un bond pour éviter les pinsées de vieillesse, de décrépitude, d'Alzheimer et de mort, il resta couché.

Il lui était venu à l'esprit l'éminent professeur Emilio Sclafani, qu'il n'avait pas encore eu le plaisir d'aconnaître en pirsonne pirsonnellement, mais qui méritait qu'on réfléchisse sur lui. Et oui, le professeur, un peu de considération, certainement, il se la méritait.

En premier, parce que c'était un impuissant qui s'entêtait à se marier des minotes, de premier ou de second choix, peut importait, qui pouvaient être, l'une comme l'autre, ses filles. Les deux épouses avaient quelque chose en commun, à savoir que la rencontre avec le professeur signifiait pour elles aréussir à se sortir de situations pour le moins difficiles : la première femme appartenait à une famille de crève-la-faim, la seconde était en train de se perdre dans un puits noir de prostitution et de drogue. En se les mariant, le professeur en premier lieu s'assurait leur gratitude. On veut les utiliser, les mots justes, oui ou non ? Le professeur venait leur faire une espèce de chantage indirect : il les sauvait de la pauvreté ou du désordre à condition qu'elles restent avec lui malgré le fait de savoir comment il était. Autre chose que cette bonté et cette compréhension dont parlait Elena !

En deuxième, le fait que c'était lui qui indiquait avec quel homme la première femme pouvait satisfaire ses nécessités naturelles de jeunette n'était en rin signe de générosité : il s'agissait en fait d'une manière raffinée de la tenir en laisse encore plus serrée. C'était entre autres une façon d'accomplir, comme on dit, son devoir conjugal par personne interposée déléguée par lui. Et en outre, la femme devait l'avertir de toute rencontre avec l'amant et aussi la lui raconter en détail après qu'elle avait eu lieu. Au point que quand le professeur avait découvert une rencontre dont il n'était pas au courant, ça avait tourné vinaigre.

À la deuxième femme, le professeur, après l'expérience vécue avec la première, il avait en fait laissé la liberté de choix masculin, s'en tenant à l'obligation de communication préventive des jours et des heures des saillies (on pouvait appeler ça diversement ?).

Mais pourquoi l'émérite professeur, aconnaissant la faillite complète de sa nature, avait-il voulu se marier deux fois ?

La première fois, il avait peut-être cru qu'il pouvait arriver un miracle, pour utiliser les paroles d'Elena et donc, passons. Mais la deuxième fois ? Pourquoi ne s'était-il pas remarié, disons avec une veuve d'un certain âge aux sens désormais abondamment apaisés ? Il avait besoin de sentir à côté de lui dans son lit un parfum de chair jeune ? Pour qui il se prenait, Mao Tsé-toung ?

Et puis, d'après la discussion le soir précédent avec Paola la rousse (à propos, rappelle-toi qu'elle veut que tu l'appelles), une contradiction était apparue, qui avait peut-être de l'importance, et peut-être pas. Celle-là :

Elena avait soutenu qu'elle n'avait jamais voulu aller au cinéma ou au restaurant avec Angelo pour ne pas donner la possibilité aux gens de sourire aux dépens du mari, alors que Paola avait dit que celui qui avait donné la nouvelle de la relation entre sa femme et Angelo, ça avait été justement le professeur. Alors : pendant que la femme faisait de son mieux pour que les cornes du mari ne soient pas connues au pays, le mari n'hésitait pas à déclarer que sa femme lui mettait les cornes.

Et, en outre, le professeur, d'après Paola, avait paru troublé par la mort violente de l'amant de son épouse. Mais ça vous paraît tenir debout ?

Il se leva, se but le café, se prit une douche et se fit la barbe, mais quand il fut prêt à sortir, il fut pris d'un grand accès de feignantise. D'un coup, l'envie lui passa d'aller au bureau, de voir des pirsonnes, de parler.

Il se mit sur la véranda : la journée semblait faite de porcelaine. Il prit la décision que lui dictait tout son corps.

— Catarella ? Montalbano, je suis. Ce matin, je viendrai plus tard.

— *Dottori*, ah *dottori*, je voulais vous dire…

Il raccrocha, prit deux feuilles que lui avait imprimées Catarella et le livret des chansonnettes et alla les poser sur la petite table de la véranda.

Il entra nouvellement dans la maison, consulta l'annuaire, atrouva le numéro qu'il cherchait, le composa. Pendant que le téléphone sonnait, il mata sa montre : neuf heures, l'heure juste pour appeler une professeure qui n'est pas allée à l'école.

Le téléphone sonna longtemps sans réponse et Montalbano se décourageait quand il entendit qu'à l'autre bout, le combiné était soulevé.

— Allô ? fit une voix masculine légèrement éraillée.

Le commissaire ne s'y attendait pas et resta un peu surpris.

— Allô ? arépéta la voix masculine, pas seulement un peu éraillée mais aussi légèrement énervée.

— Le commissaire Montalbano, je suis. Je voudrais…

— Vous voulez Paola ?

— Oui, si je ne…

— Je vous l'appelle.

Trois minutes de silence.

— Allô ? fit une voix féminine que le commissaire reconnut.

— Je parle avec la professeure Paola Torrisi ? vérifia-t-il, dubitatif.

— Oui, commissaire, c'est moi, merci de m'avoir appelée.

Mais ce n'était pas la voix de la veille au soir ! Celle-là était un peu rauque, basse, sensuelle, comme de quelqu'un qui… Et tout d'un coup, il comprit que neuf heures du matin, ce n'était pas la bonne heure pour une professeure qui, n'allant pas à l'école, s'occupait d'autres choses.

— Excusez-moi si je vous ai dérangée.

Petit rire.

— Ce n'est pas très grave. Je voudrais vous dire une chose. Mais par téléphone, ça ne me va pas. Pouvons-nous nous rencontrer ? Je pourrais passer au commissariat.

— Ce matin, je ne vais pas au bureau. Nous pourrions nous voir en fin de matinée à Montelusa. Dites-moi où.

Ils s'entendirent pour un café sur la Promenade. À midi. Comme ça la professeure pouvait finir de faire tranquillement ce qu'elle avait commencé à faire quand le coup de fil l'avait interrompue. Et peut-être s'offrir un bis.

Et tant qu'il y était, il s'adécida à affronter, plutôt par téléphone qu'en chair et en os, le Dr Pasquano.

— Docteur, qu'est-ce que vous me racontez ?

— Ce que vous voudrez. Ou bien *Le Petit Chaperon Rouge* ou *Blanche Neige et les Sept Nains*.

— Non, Docteur, je voulais dire…

— Je sais ce que vous vouliez dire. J'ai déjà communiqué à Tommaseo que j'ai fait ce que je devais faire et que demain, il aura le rapport.

— Et moi ?

— Faites-vous-en donner une copie par Tommaseo.

— Mais je ne pourrais pas savoir…

— Quoi ? Vous ne le savez pas qu'on lui a tiré en plein visage à distance rapprochée ? Ou vous voulez que j'utilise des termes techniques auxquels vous comprenez que dalle ? Et en outre, je vous l'ai pas déjà dit que, bien qu'il l'ait eu dehors, il ne s'en est pas servi ?

— Vous avez trouvé le projectile ?

— Oui. Et je l'ai fait avoir à la Scientifique. Il a pénétré par l'œil gauche, il a eu un effet dévastateur.

— Rien d'autre ?

— Si je vous le dis, vous promettez de ne plus me casser les agassons pendant au moins dix jours ?

— Je le jure.

— Ben, ils ne l'ont pas tué tout de suite.

— Qu'est-ce que vous voulez dire ?

— Ils lui ont glissé un grand mouchoir ou un chiffon blanc en bouche pour l'empêcher de crier. J'ai trouvé des fils de tissu blanc encastrés entre ses dents. Je les ai envoyés à la Scientifique. Et après lui avoir tiré dessus, ils lui ont enlevé le chiffon de la bouche et se le sont emporté.

— Je peux vous poser une question ?

— La dernière.

— Pourquoi vous avez employé le pluriel ? Vous pensez que l'assassin n'était pas seul ?

— Vous voulez vraiment le savoir ? Pour vous brouiller les idées, très cher.

Un salopard, c'était, Pasquano, et il s'amusait de l'être.

Mais l'histoire du chiffon fourré de force dans la bouche d'Angelo, c'était pas rien.

Ça signifiait que le meurtre n'avait pas été fait par impulsion. J'arrive, je te flingue, je me casse. Et bonjour chez toi.

Non. La personne venue voir Angelo avait des questions à lui poser, elle voulait savoir quelque chose de lui. Elle avait besoin d'avoir un certain temps à disposition. Donc, elle l'avait mis en condition de rester à écouter ce qu'elle disait ou ademandait ; l'estrasse, ils la lui enlèveraient de la bouche seulement quand Angelo se déciderait à répondre.

Et peut-être qu'Angelo avait répondu, mais il avait été tué quand même. Ou peut-être qu'il n'avait pas voulu ou pu arépondre et donc il avait été tué. Mais pourquoi l'assassin ne lui avait-il pas laissé l'estrasse dedans la bouche ? Parce qu'il espérait mettre la police sur une piste moins précise ? Ou mieux, parce qu'il avait tenté de créer une piste de crime passionnel qui, toute renforcée qu'elle fût par le petit oiseau hors de la cage, serait de toute façon démentie si le chiffon était retrouvé dedans la bouche ? Ou bien parce que cette estrasse n'était pas une estrasse ? Peut-être s'agissait-il d'un mouchoir avec des initiales brodées qui auraient pu conduire jusqu'aux nom et prénom de l'assassin ?

Il arenonça à poursuivre et sortit sur la véranda.

Il s'assit et mata, désespéré, les deux feuilles que lui avait imprimées Catarella. Les chiffres, il n'y avait jamais compris rin de rin. Au lycée, il se souvint, quand ses camarades s'occupaient d'assises, non, attends, les assises, c'est autre chose, alors comment ça s'appelait ? abscisses, voilà, quand ses camarades s'occupaient d'abscisses et d'ordonnées, il avait encore querques difficultés avec la table de 8.

Sur la première feuille, à main gauche, il y avait une colonne de trente-huit nombres à laquelle correspondait, à main droite, une seconde colonne de trente-huit nombres.

Sur la deuxième feuille, les nombres à gauche étaient trente-deux et trente-deux ceux de droite. Si les mathématiques ne sont pas une opinion, le total des nombres à gauche s'élevait à soixante-dix. Et soixante-dix ceux qui étaient à main droite. Montalbano se félicita, tout en devant admettre en serrant les dents qu'à la même conclusion exactement aurait pu parvenir un enfant du cours élémentaire.

Au bout d'une demi-heure, il aboutit à une découverte qui lui donna une satisfaction pareille à celle de Marconi quand il comprit qu'il avait inventé le télégraphe sans fil ou querque chose de ce genre. À savoir que les nombres des colonnes à gauche n'étaient pas tous différents les uns des autres, mais qu'il s'agissait de quatorze nombres dont chacun se répétait cinq fois. Les répétitions n'étaient pas régulières mais éparpillées à l'intérieur des deux colonnes.

Il choisit un des nombres de la colonne de gauche et le transcrivit au verso de l'une des feuilles, pour toutes les fois où il était répété. En face, il écrivit les nombres de la colonne de droite.

213 452	136 000
213 452	80 000
213 452	200 000
213 452	70 000
213 452	110 000

Il lui parut évident que si le nombre à gauche était codé, celui de droite était clair et se rapportait à une somme d'argent. Le total s'élevait à 596 000. Trop peu s'il s'agissait de lires. Beaucoup s'il s'agissait d'euros, ce qui était le plus probable. Donc, entre Angelo et M. 213452, il y avait des petites affaires de ce calibre. Maintenant, comme des messieurs cryptés, il y en avait treize et que les chiffres correspondants à main droite étaient plus ou moins les mêmes que ceux examinés, cela signifiait qu'Angelo avait un chiffre d'affaires de plus de 700000 euros. Mais à garder soigneusement planqué. Si tout cela correspondait bien à ses suppositions, il n'était pas à exclure que ces chiffres signifient autre chose.

Il s'aperçut que ses yeux commençaient à clignoter, sa vue ne supportait pas longtemps la lecture des chiffres, elle fatiguait. À cette allure, réfléchit-il, il lui faudrait de trois à cinq ans pour aréussir à décrypter le code des chansonnettes et à la fin il adeviendrait sûrement un aveugle à canne blanche guidé par un chien.

Il ramena tout à l'intérieur, ferma la véranda, sortit de chez lui, prit la voiture, partit. Il était un peu en avance sur le rendez-vous avec Paola et donc, il roulait à une vitesse inférieure à dix kilomètres à l'heure, rendant fous ceux qui venaient à se trouver derrière lui. Chaque automobiliste, quand il arrivait à le dépasser, se sentait en devoir de le définir comme un :

pédé, d'après un camionneur ;

con, d'après un curé ;

cornard, d'après une gentille dame ;

be... be... be... selon un bègue ;

mais toutes ces injures à Montalbano, elles rentraient par une esgourde et elles ressortaient par l'autre. Une seule le mit vraiment en fureur. Un type, sexagénaire distingué, se mit à sa hauteur et lui dit :

— Espèce d'âne !

Âne ? Comment se pirmettait-il ? Le commissaire fit une vaine tentative pour le suivre en poussant l'accélérateur jusqu'à trente à l'heure mais ensuite, il préféra revenir à sa vitesse de croisière habituelle.

Arrivé à la Promenade, il ne trouva pas à se garer et il dut tourner longtemps avant de trouver une place, très loin du lieu de rendez-vous. En conclusion, quand il arriva, Paola l'attendait déjà assise à une table.

Elle commanda un prosecco[1], Montalbano s'associa.

— Ce matin, Carlo, quand il a entendu au téléphone qu'il y avait un commissaire, il s'est pris une frousse énorme.

— Je suis désolé, je ne voulais pas…

— Mais c'est lui qui est fait comme ça ! C'est un brave garçon, très sage, mais la vue, je ne sais pas, d'un carabinier qui lui passe à côté le trouble profondément. C'est un phénomène inexplicable.

— Peut-être qu'on pourrait l'expliquer en faisant des recherches dans son ADN, dit Montalbano. Dans ses ancêtres, il y a probablement un hors-la-loi. Demandez-lui.

Ils rirent. Et ainsi, celui qui occupait le temps libre de la professeure quand elle n'allait pas en cours s'appelait Carlo. Ce point réglé, on passa à l'ordre du jour.

— Hier soir, dit Paola, quand l'histoire qu'Elena avait écrit les lettres à Angelo sous sa dictée a été mise sur la table, je me suis sentie vraiment mal à l'aise.

— Pourquoi ?

— Parce que, malgré l'opinion contraire de Michela, moi je crois qu'Elena a dit la vérité.

— Comment le savez-vous ?

— Voyez-vous, commissaire, durant notre histoire,

1. Blanc mousseux sec. *(N.d.T.)*

j'ai écrit beaucoup de lettres à Angelo. J'aimais lui écrire.

— Je ne les ai pas trouvées quand j'ai perquisitionné l'appartement.

— Elles m'avaient été rendues.

— Par Angelo ?

— Non, par Michela. Quand mon histoire avec son frère s'est terminée. Elle ne voulait pas qu'elles finissent entre les mains d'Elena.

Mais cette Elena, vraiment, vraiment, elle lui cassait les burnes à Michela ! Chose que, Michela étant femme, théoriquement Elena n'aurait pas dû faire.

— Vous ne m'avez pas encore dit le motif de votre malaise.

— Une de ces lettres m'a été dictée par Angelo.

Bon point en faveur d'Elena ! Et surtout qu'il n'était pas possible de le mettre en discussion puisqu'il était marqué en sa faveur par la rivale battue.

— Ou plutôt, poursuivit Paola, il m'en a indiqué les lignes générales. Et moi, de ce petit complot, après qu'on se soit quittés, avec Angelo, je n'en ai jamais parlé à Michela.

— Vous pouviez le faire hier soir.

— Vous me croirez si je vous dis que le courage m'a manqué ? Michela était tellement sûre qu'Elena mentait…

— Vous pouvez me dire le contenu de la lettre ?

— Bien sûr. Angelo devait aller en Hollande pour une semaine. Et Michela avait manifesté l'intention de partir avec lui. Alors, il m'a fait écrire une lettre dans laquelle je lui disais que j'avais demandé dix jours de congé à l'école pour l'accompagner en voyage. Ce n'était pas vrai, en l'occurrence, on était en période d'examens, vous pensez bien qu'ils ne m'auraient pas donné dix jours, mais lui, il devait la montrer à sa sœur et ça lui permettrait de s'en aller comme il voulait.

— Écoutez, mais si Michela vous rencontrait à Montelusa pendant qu'Angelo était en Hollande, quelle explication auriez-vous donnée ?

— Nous y avons pensé avec Angelo. J'aurais dit qu'au dernier moment, l'école ne m'avait pas accordé l'autorisation.

— Et vous n'étiez pas opposée au fait qu'il parte seul ?

— Bien sûr, ça me déplaisait un peu. Mais je comprenais que pour Angelo, c'était important de se libérer quelques jours de la présence obsédante de Michela.

— Obsédante ?

— Je ne saurais pas la définir autrement, commissaire. Des adjectifs comme assidue, affectueuse, aimante ne rendent pas l'idée, ils restent en dessous. Pour Michela, c'était une espèce de devoir absolu de veiller sur son frère, comme si Angelo était un enfant en bas âge.

— Mais qu'est-ce qu'elle craignait ?

— Rien, je crois. Je me suis donné une explication qui n'a aucune base scientifique, je n'y connais rien en psychanalyse. D'après moi, il s'agissait d'une espèce d'ardent désir de maternité qui avait été déçu et donc reversé entièrement et anxieusement sur son frère.

Elle eut l'habituel petit rire.

— Souvent, j'ai pensé que si j'avais épousé Angelo, il m'aurait été très difficile de me libérer de l'emprise non pas de ma belle-mère qui, la pauvre, ne compte pas, mais de celle de ma belle-sœur.

Elle marqua une pause. Et Montalbano comprit qu'elle soupesait ses mots pour lui dire ce qu'elle avait en tête.

— Après la mort d'Angelo, je m'attendais à ce que Michela s'écroule. Et en fait, c'est le contraire qui est arrivé.

— C'est-à-dire ?

— Elle s'est désespérée, elle a crié, pleuré, bien sûr, mais en même temps j'ai senti en elle comme un sentiment de libération, au niveau inconscient. Elle s'était comme débarrassée d'un poids, rassérénée, libérée, je me fais comprendre ?

— Très bien.

Et, va savoir pourquoi, il lui vint à l'esprit une question.

— Michela a eu dans le passé un fiancé ?

— Pourquoi me le demandez-vous ?

— Bah, je ne sais pas, comme ça.

— Elle m'a raconté qu'à dix-neuf ans, elle est tombée amoureuse d'un garçon de vingt et un. Ils ont été fiancés officiellement pendant trois ans.

— Vous savez pourquoi ils se sont quittés ?

— Ils ne se sont pas quittés. Il est mort. Il aimait trop rouler vite à moto, même s'il paraît que c'était un motocycliste d'une habileté extraordinaire. Les détails de l'accident, je ne les connais pas. En tout cas, depuis lors, Michela n'a plus voulu d'autres hommes à ses côtés. Et je crois que depuis lors, elle a décuplé sa vigilance sur le pauvre Angelo, jusqu'à devenir étouffante.

— Vous êtes une femme intelligente, vous êtes complètement hors de l'enquête, vous avez eu le temps de reconsidérer votre histoire finie, dit Montalbano en la fixant dans les yeux.

— Votre préambule m'inquiète, répondit Paola avec l'habituel petit sourire. Qu'est-ce que vous avez en tête ?

— Une réponse. Qui était Angelo Pardo ?

Elle ne parut pas surprise de la question.

— Je me le suis demandé moi aussi, commissaire. Et pas quand il m'a quittée pour Elena. Parce que jusqu'à ce moment, moi, Angelo, je savais qui c'était. Un homme ambitieux, avant tout.

— Je ne l'avais jamais considéré sous cet aspect.

— Parce qu'il ne voulait pas l'apparaître. Je crois qu'il a beaucoup souffert de sa radiation de l'Ordre, on lui a brisé une carrière qui promettait beaucoup. Mais vous voyez, même avec le métier qu'il faisait... Par exemple, d'ici la fin de l'année, il devait avoir l'exclusivité de la représentation de deux multinationales pharmaceutiques pour toute l'île et non plus pour la seule province de Montelusa.

— C'est lui qui vous l'a dit ?

— Non, j'ai écouté de nombreux coups de fil avec Zurich et Amsterdam.

— Et quand est-ce que vous avez commencé à vous demander qui était Angelo Pardo ?

— Après qu'on l'a tué. Alors vous apparaissent sous une perspective diverse certains faits dont vous vous étiez donné une explication et qui, maintenant, après sa mort, ne s'expliquent plus si facilement.

— Par exemple ?

— Par exemple, certaines zones d'ombre. Il était capable de disparaître quelques jours et au retour, il ne disait rien, on ne lui arrachait pas un mot. Impénétrable. C'est pour ça que je finissais par me convaincre qu'il voyait une autre femme, qu'il avait eu une aventure passagère. Mais il est clair qu'après qu'on l'a tué de cette manière, je ne suis plus aussi sûre qu'il s'agissait de rencontres galantes.

— Et de quoi, alors ?

Paola écarta les bras dans un geste navré.

DOUZE

Avant d'aller manger, il passa au commissariat. Catarella dormait devant l'ordinateur, tête en arrière, bouche ouverte, un peu de salive lui coulait du menton. Il ne l'aréveilla pas, le prochain coup de fil s'en occuperait.

Dessus sa table, il y avait un sac de toile bleu sombre. Une étiquette de cuir collée sur le devant portait l'inscription « Salmon House ». Il l'ouvrit et s'aperçut qu'il s'agissait d'un sac thermo-protecteur. Dedans, il y avait cinq conteneurs ronds de plastique transparent, où on entrevoyait des filets de gros harengs marinés et flottant dans des sauces bariolées. En outre, il y avait un saumon fumé, non tranché. Enveloppée dans de la cellophane, une enveloppe.

Il l'ouvrit.

« *De la Suède avec amour. Ingrid.* »

Visiblement, Ingrid avait atrouvé quelqu'un qui venait dans le coin et en avait aprofité pour lui faire porter ce souvenir. Il lui vint un accès de nostalgie d'Ingrid à lui faire passer l'envie d'ouvrir l'un quelconque de ces conteneurs pour une première dégustation. Quand est-ce qu'elle se déciderait à revenir, la Suédoise ?

Il n'était plus question d'aller à la trattoria, il devait

courir à Marinella pour vider le sac dans le réfrigérateur. Il le souleva et vit dessous deux feuilles. La première était un billet de Catarella.

Dottori, étant donné que je ne peux pas aconnaître si vous pirsonnellement en pirsonne passez ou pas passez en pirsonne je vous laisse le deuxième faille enprimé que j'y ai mis la nuit veillante à combattre contre la garde de la porte mais à la fin je lui ai mis là où je pense, à la garde.

Les deux autres feuilles étaient remplies de nombres. Les deux colonnes habituelles. Les chiffres à main gauche lui parurent parfaitement égaux à ceux du premier fichier. Il tira de sa poche les feuilles sur lesquelles il avait besogné dans la matinée et contrôla.

Identiques. Ne changeaient que les nombres de la deuxième colonne. Mais il n'avait pas envie de se faire venir le mal de tête.

Il laissa feuilles vieilles et feuilles neuves et livret-code sur la table, agrippa le sac et sortit de son bureau. En passant devant le cagibi de l'entrée, il entendit Catarella hurler :

— Oh que non, oh que non, je suis navrésolé, mais le *dottori* n'est pas là, ce matin il dit qu'il ne passait pas ce matin, il dit. Oh que oui, j'aréfèrerai sûrement et certainement. N'ayez pas de dubitatif, j'aréfèrerai.

— Catarè, c'était pour moi ? demanda le commissaire en surgissant devant lui.

Catarella le regarda comme Lazare ressuscité.

— Sainte Mère, *dottori*, d'où par où vous sortez ?

Trop compliqué de lui expliquer qu'il était entré pendant que lui dormait, épuisé par le combat nocturne avec la garde de la porte. Et en outre, Catarella, jamais au grand jamais n'aurait admis s'être endormi d'un coup dans sa besogne habituelle de standardiste.

— C'était qui ? redemanda-t-il nouvellement.

— Le *dottori* Lactes avec le c au milieu. Il dit comme ça que M. le Questeur aujourd'hui non plus, qui serait la journée de ce jour, il peut pas vous arecevoir comme il était stabilisé entre vous et qu'on s'en reparle demain, qui serait la journée qui vient, à la même heure egzatement qu'aujourd'hui qui est la journée qu'il y a là.

— Catarè, tu sais que t'as été très bien ?

— Pour comment je vous expliquai le coup de tiliphone du *dottori* Lactes avec le c au milieu ?

— Non, parce que tu as réussi à ouvrir le deuxième fichier.

— Ah, *dottori, dottori* ! Toute la nuit, j'y passassai ! Vosseigneurie peut même pas comprendre la fatiguerie que ça m'a coûtée ! S'agissant d'une garde de la porte qu'elle avait l'air unique et qu'en fait…

— Catarè, tu me raconteras ça plus tard.

Il craignait de perdre du temps, si ça se trouvait les harengs et le saumon, dans leur sac, allaient commencer à se gâter

Mais à peine fut-il arrivé à Marinella et eut-il ouvert le premier conteneur, que le parfum persuasif qui lui frappa les narines le convainquit qu'il devait se munir tout de suite d'une assiette, d'une fourchette et d'un bout de pain frais.

La moitié au moins du contenu des conteneurs ne devait pas être rangée au réfrigérateur, mais envoyée directement dans son estomac. Dedans le réfrigérateur, il mit seulement le saumon ; le reste, il se l'emporta sur la véranda après avoir dressé la table.

Les harengs, de gros calibre, s'avérèrent tous baignant dans des marinades diverses allant de la sauce aigre-douce au condiment piquant. Il s'en régala. Son envie était de se les bâfrer tous, mais ensuite, il se dit qu'il allait passer l'après-déjeuner et le soir à avoir besoin d'eau comme un homme perdu depuis des jours dans le désert. Il remit au réfrigérateur ce qui était resté et substitua la promenade au môle par une longue balade en bord de mer.

Ensuite, il se prit une douche, rousina un moment chez lui et puis s'en retourna au commissariat qu'il était dans les quatre heures et demie. Catarella n'était pas à son poste. En compensation, il croisa dans le couloir Mimì Augello avec une tête toute *nivura*, sombre.

— Qu'est-ce qui fut, Mimì ?

— Mais où tu vis, qu'est-ce que tu fais ? lui rétorqua Augello, nerveux, en le suivant dans son bureau.

— Je vis à Vigàta et je fais le commissaire, chantonna le commissaire sur l'air de « Damoiselle pâle ».

— Oui, oui, fais le malin. Attention, Salvo, c'est vraiment pas le moment.

Montalbano s'inquiéta.

— Salvuccio ne va pas bien ?

— Salvuccio va très bien. C'est moi qui, ce matin, ai dû encaisser l'attaque de Liguori qui avait l'air d'avoir perdu la tête.

— Et pourquoi ?

— Tu vois que j'avais raison de t'avoir demandé où tu vis ? Tu le sais ce qui s'est passé hier à Fanara ?

— Non.

— Tu n'as pas allumé la télé ?

— Non. Mais qu'est-ce qui s'est passé ?

— Le député Di Cristoforo est mort.

Di Cristoforo ! Sous-secrétaire aux Communications ! Étoile montante du parti au gouvernement en même temps que, disaient les mauvaises langues, petit gars estimé dans ces milieux où l'estime va de pair avec la survie.

— Mais il n'avait même pas cinquante ans ! De quoi est-il mort ?

— Officiellement d'infarctus. En raison du stress subi

dans les différents engagements politiques auxquels, avec générosité, etc., etc. Officieusement, de la même maladie que Nicotra.

— Putain !

— Exactement. Maintenant, tu comprends que Liguori sentant son fauteuil lui brûler *sutta a 'u culu*, sous le cul, prétend arrêter le dealer avant qu'il fasse d'autres victimes illustres.

— Dis-moi, Mimì, mais ces messieurs, ils se défonçaient pas à la coke ?

— Bien sûr.

— Mais moi, j'ai toujours entendu dire, qu'avec la coke, on ne…

— Moi aussi je pinsais comme ça. Mais Liguori, tout connard qu'il soit par lui-même, connaît bien son métier et il m'a expliqué que la coke, quand on n'a pas su la couper ou quand on la coupe avec certaines substances, peut adevenir du poison. Et de fait, aussi bien Nicotra que Di Cristoforo sont morts d'empoisonnement.

— Mais explique-moi ça, Mimì. Quel intérêt a le dealer, à perdre des clients en les tuant ?

— Et de fait, ça n'a pas été fait exprès. Ce serait une espèce d'incident de parcours. D'après Liguori, notre dealer ne s'est pas limité à dealer, mais il a, pour son propre compte et avec des moyens inadaptés, coupé un peu plus la marchandise, il l'a quantitativement doublée et l'a mise sur le marché.

— Donc, il pourrait y avoir d'autres morts.

— Bien sûr.

— Et ce qui fait serrer les fesses à tout le monde, c'est que ce dealer fournit un cercle élevé de politiciens, d'entrepreneurs, de professionnels affirmés et ainsi de suite.

— Tu l'as dit.

— Mais Liguori, comment est-il arrivé à la conviction que le dealer se trouve à Vigàta ?

— Il a seulement laissé entendre qu'il l'avait déduit de certains demi-mots d'un informateur.

— Bonne chance.

— Comment, bonne chance ? Tu ne me dis rien d'autre ?

— Mimì, ce que je te devais te dire, je te l'ai dit à hier. Fais attention où tu mets les pieds. Ça, c'est pas une opération de police.

— Ah non ! Et c'est quoi ?

— Mimì, c'est une opération des services. De ceux qui travaillent dans l'obscurité et sont disciples de Staline.

Mimì blêmit.

— Que rapport, Staline ?

— Mimì, il paraît que le Moustachu disait que si par hasard un homme devient un problème, suffit d'éliminer l'homme pour éliminer le problème.

— Et qu'est-ce que je viens faire là-dedans ?

— Je te l'ai déjà dit et je te le répète : la seule chose à faire est de le tuer ou de le faire tuer, ce dealer. Réfléchis. Tu l'arrêtes en obéissant aux règles, mais quand tu te trouves à rédiger le rapport, tu ne peux pas écrire que c'est lui le responsable de la mort de Nicotra et de Di Cristoforo.

— Non ?

— Non. Mimì, tu as la tête plus dure qu'un Calabrais. Le sénateur Nicotra et le député Di Cristoforo étaient des personnes respectables, honorées, exemples de vertu, toutes église, politique, famille, jamais utilisé aucun genre de drogue. En l'occurrence, il y aurait dix mille témoins en leur faveur. Alors, toi, tu pèses le pour et le contre et tu arrives à la conclusion qu'il vaut mieux passer vite sur l'affaire des morts, tu écris seulement que tu l'as arrêté parce que c'est un dealer, et c'est tout. Mais lui, le dealer, devant le proc', s'il se met à parler ? Et sort les noms de Nicotra et de Di Cristoforo ?

— Personne ne s'accuse de deux homicides même s'ils sont involontaires ! Qu'est-ce que tu viens me raconter ?

— Bon, d'accord, mettons qu'il ne s'accuse pas lui-même. Mais le risque que quelqu'un d'autre puisse lier le dealer aux deux morts existe toujours. Mimì, rappelle-toi que Nicotra et Di Cristoforo étaient deux hommes politiques qui avaient beaucoup d'ennemis. Et la politique, chez nous, mais pas seulement chez nous, c'est l'art d'enterrer l'adversaire sous la merde.

— Et moi, en quoi ça me concerne, la politique ?

— Ça te concerne, même si tu ne le sais pas. Dans une affaire comme celle-là, tu te rends compte de ce que tu représentes, toi ?

— Qu'est-ce que je représente ?

— Le fournisseur de merde.

— Ça me paraît excessif.

— Excessif ? Après qu'on aura découvert que Nicotra et Di Cristoforo faisaient usage de drogue et qu'ils sont morts pour ça, ce sera une mise en cause unanime de leur mémoire, qui ira de pair avec un éloge tout aussi unanime pour toi, qui as arrêté le dealer. Trois mois après, grand maximum, quelqu'un, de la même tendance politique que Nicotra et Di Cristoforo, commence par révéler que Nicotra prenait de très petites doses de drogue à des fins thérapeutiques et que Di Cristoforo faisait de même parce qu'il avait un ongle incarné au pied. Il ne s'agissait pas de vice, mais de médecine. Peu à peu, leur mémoire est réhabilitée et on commence à dire que c'est toi qui as jeté de la boue sur deux pauvres morts.

— Moi ?!

— Toi, oui monsieur, toi, en procédant à une arrestation pour le moins imprudente.

Augello resta muet et Montalbano en rajouta une louche.

— Tu as vu ce qui est en train d'arriver aux juges de Mains Propres ? On leur balance à la gueule qu'ils sont responsables des suicides et des morts d'infarctus de quelques accusés. Sur le fait que les accusés étaient corrompus et corrupteurs et qu'ils méritaient la prison, on passe vite : d'après ces belles âmes, le vrai coupable n'est pas le coupable qui, dans un moment de honte, se suicide, mais le juge qui lui fait venir la honte. Et maintenant, assez parlé de cette histoire, si tu l'as comprise, tu l'as comprise. Si tu ne l'as pas comprise, moi, je n'ai pas envie de te l'expliquer encore. Et maintenant, laisse-moi besogner.

Sans rouvrir la bouche, Mimì sortit du bureau, plus *nìvuro* qu'avant. Et Montalbano se trouva à mater quatre feuilles pleines de nombres dont il n'aréussissait à tirer rin de rin.

Cinq minutes plus tard, il les écarta, dégoûté et appela le standard. Une voix lui arépondit, qu'il n'aconnaissait pas.

— Écoute, tu dois me trouver le numéro d'un entrepreneur de Palerme, Mario Sciacca.

— Celui du domicile ou de l'entreprise ?

— Du domicile.

— Bien.

— Écoute, le numéro, tu dois juste me le procurer, c'est clair ? Si tu trouves pas le numéro du domicile aux renseignements, adresse-toi aux collègues de Palerme. Puis, le directeur, je l'appelle, moi.

— J'ai compris, *dottore*. Vous ne voulez pas faire savoir que c'est la police qui l'appelle.

Malin et rapide, le gars.

— Dis-moi le nom.

— Sciacca, *dottore*.

— Non, ton nom à toi.

— Amato, *dottore*. Je suis en service ici depuis un mois.

Il s'apromit de parler avec Fazio de cet Amato, peut-être était-ce un gars qui méritait d'entrer dans l'équipe. Au bout d'un moment, le téléphone sonna. Amato lui avait trouvé le numéro du domicile de Mario Sciacca. Il le composa.

— Qui est à l'appareil ? demanda une voix de vieille femme.

— Je suis chez Sciacca ?

— Oui.

— Je m'appelle Antonio Volpe, je voudrais parler avec Mme Teresa.

— Ma belle-fille n'est pas là.

— Elle est sortie ?

— Non, elle est à Montelusa. Son père va mal.

— Merci, madame. Je rappellerai.

Quel joli coup de cul ! Si ça se trouvait, il allait s'éviter un voyage ennuyeux à Palerme. Il chercha le numéro dans l'annuaire. Des Cacciatore, il y en avait quatre. Il fallait faire preuve de patience.

— Je suis chez Cacciatore ?

— Non, chez Mistretta. Écoutez, cette histoire fait vraiment très chier, lança une voix d'homme furieuse.

— Quelle histoire, pardon ?

— Que vous continuez à appeler ici alors que ça fait un an que les Cacciatore ont changé de maison.

— Vous connaissez leur numéro, par hasard ?

M. Mistretta raccrocha sans même répondre. Ça commençait bien, pas de doute. Montalbano composa le deuxième numéro.

— Je suis chez Cacciatore ?

— Oui, dit une voix féminine agréable.

— Madame, je m'appelle Antonio Volpe. J'ai cherché à Palerme Mme Teresa Sciacca et on m'a dit que…

— C'est moi, Teresa Sciacca.

Et Montalbano en eut le sifflet coupé, pris à l'improviste par tant de chance.

— Allô ? dit Teresa.

— Comment va votre père ? On m'a dit que…

— Il va beaucoup mieux, merci. De fait que demain matin, je repars pour Palerme.

— Je dois vous parler absolument avant que vous partiez.

— M. Volpe, je…

— Je ne m'appelle pas Volpe. Le commissaire Montalbano, je suis.

Teresa eut une espèce de sanglot, entre peur et surprise.

— Oh, mon Dieu ! Qu'est-ce qui est arrivé à Mario ?

— Madame, calmez-vous. Votre mari va très bien. Je dois vous parler pour une histoire qui vous concerne, vous.

— Moi ?!

Teresa Cacciatore paraissait vraiment ébahie.

— Madame, vous avez su qu'Angelo Pardo a été assassiné ?

Très longue pause. Puis un « oui » qui était un souffle, un soupir.

— Croyez-moi, je me serais bien passé de remuer des souvenirs désagréables, mais…

— Je comprends.

— Je vous garantis qu'il s'agit d'une rencontre qui restera confidentielle et en outre, je vous donne ma parole d'honneur que je ne prononcerai jamais votre nom dans cette enquête, sous aucun prétexte.

— Je ne vois pas en quoi je puis vous être utile. Voilà

des années et des années que… En tout cas, je ne peux pas vous recevoir ici.

— Mais vous ne pouvez pas sortir ?

— Si. Je pourrais m'absenter une petite heure.

— Alors, dites-moi, vous, où vous voulez que nous nous voyions.

Teresa donna le nom d'un café situé dans une rue de la partie haute de Montelusa. À cinq heures et demie. Le commissaire mata sa montre, il avait plus ou moins le temps de monter en voiture et de partir. La route, pour arriver à temps, il devait se la faire à la folle vitesse de soixante-soixante-dix kilomètres à l'heure.

Teresa Cacciatore épouse Sciacca était une femme de trente-huit ans avec un air de bonne mère de famille, air qu'on comprenait tout de suite comme n'étant pas de façade mais correspondant à la substance. Elle était très embarrassée par cette entrevue et Montalbano lui vint tout de suite en aide.

— Madame, d'ici dix minutes maximum, vous pourrez retourner chez vous.

— Je vous remercie, mais je ne vois pas quel rapport il peut y avoir entre la mort d'Angelo et ce qui est arrivé il y a vingt ans.

— De fait, il n'y a pas de rapport. Mais il m'est indispensable de connaître certains comportements, vous comprenez ?

— Non, mais posez vos questions.

— Comment a réagi Angelo quand vous lui avez dit que vous attendiez un enfant ?

— Il en fut heureux. Et nous avons parlé immédiatement de nous marier. Au point que moi, le lendemain, je me suis mise à chercher une maison.

— Votre famille était au courant ?

— Ils ignoraient tout, ils ne connaissaient même pas

Angelo. Puis, un soir, il m'a dit qu'il y avait réfléchi, que nous marier était une absurdité qui ruinerait sa carrière. Il promettait beaucoup comme médecin, ça, c'est vrai. Et il a commencé à parler d'avortement.

— Et vous ?

— Moi, j'ai mal réagi. Il y a eu une dispute épouvantable. Quand nous nous sommes calmés, moi, je lui ai dit que dans ce cas, j'allais tout dire à ma famille. Il a eu très peur, papa n'était pas un homme avec qui on pouvait plaisanter, il m'a priée de ne pas le faire. Je lui ai donné trois jours.

— Pour faire quoi ?

— Pour réfléchir. Il m'a téléphoné l'après-midi du deuxième jour, c'était un mercredi, je m'en souviens très bien, il m'a demandé qu'on se voie. Quand on s'est vus, il m'a dit tout de suite qu'il avait trouvé une solution et qu'il était nécessaire que je l'aide. La solution était la suivante : le dimanche suivant, lui et moi, nous allions nous présenter à mes parents en leur racontant tout. Puis Angelo aurait expliqué les raisons pour lesquelles il ne pouvait pas m'épouser tout de suite. Il avait besoin d'au moins deux ans pendant lesquels il serait libre de tout lien, il y avait une sommité de la médecine qui le voulait comme assistant, mais pendant dix-huit mois, il devait séjourner à l'étranger. En somme, après l'accouchement, j'habiterais chez mes parents jusqu'à ce qu'Angelo soit installé. Il me dit aussi qu'il était prêt à faire une reconnaissance de paternité pour tranquilliser ma famille. Bref, deux ans plus tard, on se marierait.

— Comment l'avez-vous pris ?

— Ça m'a paru une bonne solution. Et je le lui ai dit. Je n'avais pas de raison de douter de sa sincérité. Alors, il m'a proposé de fêter ça aussi avec Michela, sa sœur.

— Vous aviez déjà fait sa connaissance ?

— Oui, nous nous étions vues quelquefois, bien qu'elle

n'ait pas manifesté beaucoup de sympathie pour moi. Le rendez-vous était pour neuf heures du soir au cabinet médical d'un collègue d'Angelo, une fois les visites terminées.

— Pourquoi pas au sien ?

— Parce qu'il n'en avait pas. Il travaillait dans une petite pièce que lui avait cédée ce collègue à lui. Quand j'arrivai, le collègue était déjà parti et Michela pas encore arrivée. Angelo m'offrit une orangeade amère. Je la bus et tout commença à se faire brumeux, confus, je ne pouvais plus bouger, réagir... Je me souviens d'Angelo qui passait une blouse et...

Elle essaya encore de raconter jusqu'à ce que Montalbano l'interrompe.

— J'ai compris. N'allez pas plus loin.

— J'ai des souvenirs très confus. Michela en blouse blanche, comme une infirmière, et Angelo qui disait quelque chose... Puis je me rappelle que j'ai été dans la voiture d'Angelo... Je me suis retrouvée chez Anna, une cousine qui savait tout de moi... J'ai dormi chez elle... Anna avait téléphoné à mes parents que j'allais passer la nuit chez elle... Le lendemain, j'ai eu une hémorragie terrible, on m'a conduite à l'hôpital et j'ai dû tout raconter à papa. Et papa a porté plainte contre Angelo.

— Donc, vous n'avez jamais vu le collègue d'Angelo ?

— Jamais.

— Merci, madame. C'est tout, dit Montalbano en se levant.

Elle parut surprise et soulagée. Elle lui tendit la main pour lui dire au revoir. Mais le commissaire, au lieu de la serrer, la lui baisa.

TREIZE

Il arriva avec un peu d'avance au rendez-vous avec l'adjudant Laganà.

— Vous avez l'air en forme, dit l'adjudant en le matant.

Montalbano s'inquiéta. Il lui arrivait souvent, ces derniers temps, que cette phrase, à ses oreilles, sonne faux. Si quelqu'un te dit qu'il te trouve l'air en forme, ça veut dire implicitement qu'il pinsait te voir plus mal. Et pourquoi il le pinsait ? Passque t'es arrivé à un âge où le pire peut t'arriver du jour au lendemain. Juste pour donner un exemple : jusqu'à un certain jour de ta vie, tu glisses, tu tombes, tu te lèves et tu ne t'es rien fait et puis arrive le jour où tu glisses, tu tombes et tu peux plus te relever parce que tu t'es brisé le col du fémur. Qu'est-ce qui s'est passé ? Il s'est passé que tu as passé la frontière invisible entre deux âges.

— Vous aussi, je vous trouve l'air en forme, mentit, avec une certaine satisfaction, le commissaire.

À ses yeux, en réalité, Lagnà avait l'air beaucoup plus vieux que la dernière fois qu'il l'avait vu.

— Je suis à votre disposition, dit l'adjudant.

Montalbano lui raconta le meurtre d'Angelo Pardo. Et lui dit que le journaliste Zito, en parlant avec lui de manière privée, lui avait instillé le soupçon que le mobile du meurtre pouvait s'atrouver dans la besogne de Pardo. Il tournait autour du pot, mais Laganà comprit au vol et l'interrompit :

— Entente illicite ?

— Ça pourrait être une hypothèse, dit, prudent, le commissaire.

Et il lui raconta les cadeaux au-dessus de ses moyens faits par l'intéressé à sa maîtresse, la cassette blindée disparue, le compte courant que l'individu devait avoir dans une banque et qu'il n'avait pas réussi à repérer. Et, à la fin, il tira de sa poche les quatre feuilles imprimées par l'ordinateur et le livret-code, et les lui posa sur la table.

— On ne peut pas dire que la transparence plaise beaucoup à ce monsieur, commenta le brigadier après les avoir examinés.

— Vous pouvez m'aider ? demanda Montalbano.

— Bien sûr, dit le brigadier, mais ne vous attendez pas à un résultat rapide. Toutefois, pour procéder, j'ai besoin de quelques données élémentaires mais essentielles. Pour le compte de quelles maisons travaillait-il ? Avec quels médecins et pharmaciens était-il en contact ?

— Dans ma voiture, j'ai un gros agenda de Pardo, duquel vous pourrez tirer une bonne partie de ce qui vous intéresse.

Laganà le fixa, étonné.

— Pourquoi l'avez-vous laissé dans votre voiture ?

— Je voulais d'abord être sûr que la chose vous intéresse. Je vais vous le chercher.

— Oui, pendant ce temps, moi je fais une photocopie de ces feuilles et du recueil de chansons.

Et donc, récapitula-t-il tandis qu'il s'en retournait à Vigàta, Mme, pardon, Mlle Michela Pardo non seulement lui avait chanté la demi-messe pour ce qui concernait l'avortement imposé à Teresa Cacciatore, mais elle avait aussi complètement omis le rôle qu'elle avait joué. Pour Teresa, ça avait dû être une scène de film d'horreur, d'abord la tromperie et le piège, ensuite, en crescendo, le fiancé qui se change en boucher et acommence à farfouiller en dedans d'elle qui, recroquevillée sur le lit, n'est pas capable d'ouvrir la bouche, la future belle-sœur en blouse blanche qui prépare les fers…

Mais quels rapports de complicité y avait-il entre Angelo et Michela ? De que instinct fraternel tordu étaient-ils nés et s'étaient-ils soudés ? Jusqu'à quel point étaient-ils arrivés à resserrer leurs liens ? Et au point où on en était : de quoi d'autre avaient-ils été capables ?

Mais, à y bien penser, tout ça, qu'est-ce que ça avait à voir avec l'enquête ? Des propos de Teresa, dont il n'était pas douteux qu'elle disait la vérité, il ressortait qu'Angelo était une crapule et ça, Montalbano le savait depuis un moment, et aussi que sa petite sœur n'aurait pas hésité même à tuer juste pour faire plaisir à son petit frère, et ça aussi Montalbano le pensait depuis un moment. Ce que lui avait raconté Teresa apportait une confirmation sur comment étaient le frère et la sœur, mais ne faisait pas progresser d'un millimètre l'enquête.

— *Dottori* ! *Dottori* ! beugla Catarella depuis son cagibi. Je dois vous dire une chose importante !

— Tu as battu la troisième garde à la porte ?

— Oh que non pas encore, *dottori*. Très complexé, c'est. Je voulais vous dire qu'y a le *dottori* Arquaraquà qui a tiliphoné.

Et qu'est-ce qui se passait ? Le chef de la Scientifique qui l'appelait ? Et s'ouvrent les tombes, et se lèvent les morts…

— Arquà, Catarè, il s'appelle Arquà…

— Y s'appelle comme y s'appelle, *dottori*, toute façon vosseigneurie le comprend pareil.

— Et qu'est-ce qu'il voulait ?

— Il me le dit pas, *dottori*. Il me laissa commissionné comme ça que si vosseigneurie le rappelle quand vous serez revenu de retour.

— Fazio est là ?

— Y me semble qu'oui.

— Essaie de le faire venir à mon bureau.

En attendant, il appela la Scientifique à Montelusa.

— Arquà, tu me cherchais ?

Ils n'avaient pas d'atome crochu et donc, d'un commun et tacite accord, quand ils se rencontraient ou se parlaient, ils sautaient les formules de politesse.

— Tu sais peut-être que le Dr Pasquano a trouvé encastrés entre les dents d'Angelo Pardo deux fils de tissu.

— Oui.

— Nous avons analysé les deux fils et nous avons identifié le tissu. Il s'agit de crilicon.

— Il vient de Krypton ?

Une réplique crétine lui avait échappé. Arquà, qui évidemment ne lisait pas de BD et ignorait l'existence de Superman, sombra dans un abîme de perplexité.

— Qu'est-ce que tu as dit ?

— Rien, laisse tomber. Pourquoi la chose te paraît importante ?

— Parce que c'est un tissu spécial qui est utilisé principalement pour un vêtement spécial.

— C'est-à-dire ?

— Culotte de femme.

Arquà raccrocha, mais Montalbano resta blême, combiné en main.

Un autre film noir ? Il raccrocha en se représentant la scène.

TERRASSE AVEC CHAMBRE. Extérieur-intérieur nuit.

De l'extérieur de la terrasse, la caméra cadre, à travers la porte ouverte, l'intérieur de l'ex-lavoir. Angelo est assis sur le bras du fauteuil. La femme, de dos, debout devant lui, pose son sac à main sur la table et, avec des mouvements très lents, retire d'abord son chemisier puis son soutien-gorge. La caméra resserre le plan sur l'intérieur.

(*Musique sensuelle*)

Angelo regarde avec avidité la femme qui se délace la jupe, la laisse tomber à terre. Angelo glisse de l'accoudoir, se laisse aller dans le fauteuil, s'y étend presque.

La femme retire la culotte qu'elle continue néanmoins à garder en main.

Angelo baisse la fermeture à glissière de son jean et se prépare au rapport sexuel.

(*Musique très sensuelle*)

La femme ouvre le sac et en extrait quelque chose que nous ne voyons pas. Puis elle se met à califourchon sur Angelo qui l'étreint.

Long baiser passionné, les mains d'Angelo caressent le dos de la femme. Laquelle tout à coup s'arrache à l'étreinte et pointe sur le visage d'Angelo le pistolet qu'elle avait auparavant tiré du sac.

Plan rapproché d'Angelo atterré.

LA FEMME : – Ouvre la bouche.

Angelo s'exécute mécaniquement. La femme lui glisse dans la bouche la culotte qu'elle tenait en main.

Angelo tente de crier, mais n'y arrive pas.

LA FEMME : – Maintenant, je te pose une question. Si tu veux me répondre, tu me fais un signe de la tête et moi je te libère la bouche.

La caméra suit le mouvement de la femme, qui se

penche en avant. La femme lui murmure quelque chose à l'oreille.

Il écarquille les yeux, fait des signes de dénégation désespérés avec la tête.

(*Musique dramatique*)

LA FEMME : – Je te répète la question.

Elle se penche encore en avant, approche l'oreille de la bouche d'Angelo, remue les lèvres.

Plan rapproché d'Angelo qui continue à nier, en proie à une panique incontrôlable.

LA FEMME : – Comme tu voudras.

Elle se lève, recule d'un pas, tire dans la tête d'Angelo.

Plan très rapproché de la tête d'Angelo, à la place de l'oreille, un trou noir et sanglant.

(*Musique tragique*)

GROS PLAN de la bouche entrouverte d'Angelo. Deux doigts fuselés pénètrent dans la bouche, en extirpent la culotte. La femme, pour la passer, s'est tournée vers la caméra, sauf que le cadre est pris suivant un angle qui empêche de voir le visage. La femme continue à se rhabiller sans aucune hâte, dans ses gestes, il n'y a pas trace de nervosité.

Plan très rapproché de la tête d'Angelo, horrible à voir.

LENT FONDU ENCHAÎNÉ

Bon, d'accord, c'était un très mauvais scénario de film érotico-policier de série B. Mais peut-être qu'il pourrait réussir très bien à la télévision, au milieu des différentes bordilles qu'on diffusait. Comment on appelait ça, déjà ? Ah oui, téléfilms. Il se consola en pinsant que s'il devait s'en aller de la police, il pouvait spériminter ce nouveau métier.

Quand il revint de son cinématographe privé à son

bureau, il vit que Fazio le regardait d'un air curieux, debout devant la table.

— À quoi pensiez-vous, *dottore* ?

— Rien, je me faisais un film. Qu'est-ce que tu veux ?

— *Dottore*, c'est vous qui m'avez fait appeler.

— Ah oui, assieds-toi. Tu as du neuf pour moi ?

— Vous m'avez dit que vous vouliez tout savoir de ce que j'aréussissais à connaître sur le professeur Sclafani et sur Angelo Pardo. À propos du professeur, je dois ajouter une autre petite chose à ce que je vous ai déjà dit.

— C'est quoi, cette petite chose ?

— Il vous arappellez que le professeur envoya au pital l'amant de sa femme ?

— Oui.

— Mais lui aussi a été envoyé au pital.

— Et par qui ?

— Par un mari jaloux.

— Mais ce n'est pas possible ! Le professeur ne…

— *Dottore*, je vous assure que c'est comme ça. Ça arriva avant qu'il se marie une deuxième fois.

— Il fut surpris au lit avec la femme du mari ?

Il n'arrivait pas à croire qu'Elena lui ait raconté une calembredaine aussi énorme, une calembredaine qui remettait tout en cause.

— Oh que non, *dottore*. Il ne s'agit pas d'une histoire de lit. Le professeur habitait dans un gros immeuble, deux fenêtres donnaient sur la cour. Vosseigneurie se rappelle ce film…

Un autre film ? Alors, c'était plus une enquête, mais un des innombrables festivals de cinéma !

— … où c'est qu'il y a un photographe avec la jambe cassée qui passe son temps à mater de sa fenêtre ce qui se passe dans la cour et découvre le meurtre d'une femme ?

— Oui, *Fenêtre sur cour*, de Hitchcock.

— Le professeur s'était acheté de puissantes jumelles, mais il regardait seulement derrière la fenêtre devant la sienne, où il y avait une jeune mariée de vingt ans qui, ne se sachant pas observée, se promenait chez elle presque nue. Sinon qu'un jour, le mari s'aperçut de la chose, s'apprésenta chez le professeur et lui cassa la gueule et les jumelles.

Et alors Montalbano eut la quasi-certitude que le Pr Sclafani réclamait de sa femme Elena un compte rendu détaillé de ce qu'elle faisait à chaque rencontre avec son amant. Pourquoi Elena ne le lui avait-elle pas dit ? Peut-être parce que ce détail (tu parles d'un détail !) mettait le mari sous un éclairage différent, lui retirait le rôle de l'impuissant compréhensif pour laisser deviner tout le dérangement que le professeur avait au fond de son âme ?

— Et d'Angelo Pardo, qu'est-ce que tu me dis ?

— Rin.

— Comment ça, rin ?

— *Dottore*, personne ne m'a rien dit contre lui. Pour ce qui concerne le présent, il gagnait bien son pain comme représentant, jouissait de la vie et n'avait pas d'ennemis.

Montalbano aconnaissait trop bien Fazio pour laisser passer une chose qu'il avait dite, à savoir « pour ce qui concerne le présent ».

— Et pour ce qui concerne le passé ?

Fazio lui sourit, le commissaire lui rendit son sourire. Ils s'étaient compris au vol.

— Dans son passé, il y a deux faits. Un, vous le connaissez déjà et ça concerne l'histoire de la radiation pour l'avortement.

— Passe, je sais tout.

— L'autre fait remonte encore plus en arrière. À la mort du fiancé de Michela, la sœur d'Angelo.

Montalbano sentit une espèce de secousse le long de l'épine dorsale. Il tendit les esgourdes.

— Le fiancé s'appelait Roberto Anzalone, continua Fazio. Il étudiait l'ingénierie et il aimait participer, en amateur, à des compétitions motocyclistes. C'est pourquoi l'accident dans lequel il trouva la mort parut très étrange.

— Pourquoi ?

— Mon cher *dottore*, ça vous paraît normal qu'un bon motard comme lui, après une ligne droite de trois kilomètres, au lieu de suivre la route en prenant le virage, poursuit tout droit et va se balarguer dans un précipice de cent mètres ?

— Un défaut mécanique ?

— La moto était tellement démolie à la suite de l'accident que les experts y ont rien compris.

— Et l'autopsie ?

— Là, c'est le plus beau. Anzalone, quand l'accident arriva, avait à peine fini de manger dans une trattoria avec un ami. De l'autopsie il ressortit qu'il avait probablement abusé d'alcool ou de quelque chose de semblable.

— Qu'est-ce que ça veut dire, quelque chose de semblable ? Ou c'était de l'alcool, ou ça n'en était pas.

— *Dottore*, celui qui fit l'autopsie ne sut pas préciser. Il écrivit qu'il trouva quelque chose de semblable à de l'alcool.

— Bah. Continue.

— Sinon que la famille Anzalone, quand elle vint à le savoir, déclara que Roberto ne buvait pas et exigea une nouvelle autopsie. En plus, aussi, parce que le serveur de la trattoria déclara qu'il n'avait servi ni vin ni d'autres types d'alcool à cette table.

— Ils obtinrent la deuxième autopsie ?

— Oh que oui, *dottore*, mais il fallut attendre trois mois avant que ce soit fait. Et même, vu toutes les autorisations qu'il fallait, ce fut du rapide. Le fait est que cette fois, l'alcool ou ce qui en avait fait fonction, était plus là. Et donc l'enquête fut close.

— Un point, par curiosité. Tu le sais qui était l'ami qui mangea avec lui ?

Les yeux de Fazio se mirent à étinceler. Ça se passait comme ça quand il savait que ses paroles allaient provoquer un coup de théâtre. Il en jouissait à l'avance.

— C'était… commença-t-il.

Montalbano, qui savait être salaud quand il s'y mettait, adécida de lui foutre en l'air son effet.

— Ça suffit comme ça, je sais, dit-il.

— Comment vous avez fait pour le comprendre ? demanda Fazio, mi-déçu, mi-étonné.

— Tes yeux me l'ont dit. C'était le futur beau-frère, Angelo Pardo. Il a été interrogé ?

— Naturellement. Il confirma la déclaration du serveur, à savoir qu'à table, ils n'avaient bu ni vin ni alcool. En tout cas, pour une raison ou pour une autre, Angelo Pardo, pour faire les trois dépositions qu'il fit devant le juge, emmena toujours son avocat avec lui, un avocat qui n'était personne d'autre que le sénateur Nicotra.

— Nicotra ?! s'ébahit le commissaire. Un personnage trop gros pour un témoignage de peu d'importance, au fond.

Fazio ne sut jamais que, en prononçant le nom de Nicotra, il s'était pris sa revanche pour la déception d'un instant plus tôt. Mais, si querqu'un avait demandé à Montalbano pourquoi cela lui faisait tant d'effet que le sénateur Nicotra et Angelo s'aconnaissaient depuis si longtemps, le commissaire n'aurait su comment l'expliquer.

— Mais Angelo, où est-ce qu'il a pu trouver l'argent pour déranger un avocat comme le sénateur Nicotra ?

— Ça ne lui coûta pas une lire, *dottore*. Le père d'Angelo avait été, politiquement, un grand électeur du sénateur, au point qu'ils étaient devenus amis. Les familles se fréquentaient. Tant il est vrai que le sénateur le défendit même contre les poursuites pour l'avortement.

— Il y a autre chose ?

— Oh que oui !

— Tu me le dis gratis ou je dois payer ? s'enquit Montalbano, vu que l'autre ne s'adécidait pas à continuer.

— Oh que non, *dottore*, compris dans mon salaire, c'est.

— Alors, parle.

— C'est un truc qui m'a été dit par une seule pirsonne, je n'ai pas trouvé de confirmation.

— Et alors, dis-la-moi pour ce qu'elle vaut.

— Il paraît qu'Angelo, depuis un an, avait pris le vice du jeu et qu'il perdait régulièrement.

— Beaucoup ?

— Des moulons.

— Tu peux être plus précis ?

— Des dizaines de millions de lires.

— Il avait des dettes ?

— Apparemment pas.

— Où est-ce qu'il jouait ?

— Dans un clandé de Fanara.

— Tu connais quelqu'un dans ce coin ?

— À Fanara ? Oh que non, *dottore*.

— Dommage.

— Pourquoi ?

— Parce que je jouerai mes amandons qu'Angelo avait une autre banque en plus de celle que nous connaissons. Étant donné qu'il semble qu'il ne faisait pas de dettes, où est-ce qu'il le prenait, l'argent qu'il perdait ? Ou l'argent pour faire des cadeaux à sa maîtresse ? Maintenant, après ce que tu m'as dit, je pense que cette mystérieuse banque est justement à Fanara. Essaie d'y pinser un peu.

— J'essaie.

Fazio se leva. Quand il arriva à la porte, Montalbano dit à voix basse :

— Merci.

Fazio s'arrêta, se tourna, le mata.

— De quoi ? Tout est compris dans le salaire, *dottore.*

Il s'en retourna rapidement à Marinella. Le saumon que lui avait envoyé Ingrid l'attendait en tremblant.

QUATORZE

Il pleuvait à verse. Et lui qui se trempait en jurant, blasphémant, avec l'eau qui descendait des cheveux dans le col et puis lui glissait le long du dos, lui provoquant des frissons de froid, les chaussettes mouillées qui maintenant filtraient l'eau qui détrempait l'intérieur des chaussures, rin, la porte de sa maison de Marinella ne s'ouvrait pas parce que les clés n'arrivaient pas à entrer dans la serrure, et si elles entraient, elles tournaient pas, pas moyen. Pouvait-il continuer à se mouiller comme ça, sans pouvoir mettre le pied chez lui ?

Alors, il s'adécida à considérer le trousseau de clés qu'il avait en main et s'aperçut, ahuri, que ce n'était pas le sien, il l'avait sûrement échangé avec celui de quelqu'un d'autre, mais où s'était passé l'échange ?

Voilà, il lui revint à l'esprit que l'échange avait pu avoir lieu à Boccadasse, dedans un bar où ils faisaient du bon café. Mais à Boccadasse, il y était allé quinze jours plus tôt, se pouvait-il que depuis quinze jours qu'il était à Vigàta, il ne soit jamais revenu dans sa maison de Marinella ?

— Où sont mes clés ? cria-t-il.

Il lui semblait que personne ne pouvait l'entendre,

tellement la pluie tambourinait sur le toit, au-dessus de sa tête, sur le sol, sur les feuilles des arbres. Après, il lui sembla entendre une voix féminine très lointaine qui allait et venait suivant l'intensité du grésillement de la pluie :

— Tourne au coin ! Tourne au coin !

Mais qu'est-ce que ça voulait dire ? En tout cas, perdu pour perdu, il fit quatre pas et tourna le coin. Il s'aretrouva dans la salle de bains de chez Michela. La femme, nue, avait glissé une main dans l'eau de la baignoire pour sentir la température. Et ce faisant, elle lui offrait un panorama de collines remarquable, sur lequel l'œil s'arrêtait volontiers.

— Allez, entre.

Il s'aperçut que lui aussi était nu, mais ne s'en étonna pas. Il entra dans la baignoire, s'y recroquevilla. Heureusement qu'il fut tout de suite caché par la mousse du savon, il avait honte à l'idée que la femme puisse voir la demi-érection qui lui était venue au contact de l'eau chaude.

— Je vais prendre les clés et le cadeau, dit Michela.

Et elle sortit. De quel cadeau parlait-elle ? Tu veux voir qu'aujourd'hui, c'était le jour de son anniversaire ? Mais quand était-il né ? Il se l'était oublié. Il n'insista pas pour se le demander, ferma les yeux, s'abandonnant au soulagement qu'il éprouvait. Ensuite, quand il l'entendit revenir, il entrouvrit les yeux. Mais aussitôt, il les referma, sur le seuil de la salle de bains, il n'y avait pas Michela mais Angelo, le visage dévasté par la balle, le sang qui lui coulait encore sur la chemise, la fermeture à glissière du jean ouverte avec son truc dehors, un revorber en main pointé sur lui.

— Qu'est-ce que tu veux ? demanda-t-il, effrayé.

L'eau de la baignoire était adevenue d'un coup polaire. Angelo fit signe d'attendre de la main gauche, puis se la porta à la bouche et de sa bouche tira une culotte. Il fit deux pas en avant.

— Ouvre la bouche, lui ordonna-t-il.

Lui, serrant les dents, secoua la tête. Jamais au grand jamais, il se laisserait enfoncer dans la bouche la culotte déjà trempée de la salive de cet être qui, en toute logique, étant *catafero*, cadavre, n'avait aucun droit de le menacer d'une arme. Et pas même le droit de marcher vivant, à bien considérer l'affaire. Même si c'était un mort qui, tout bien considéré, s'aprésentait encore bien, étant donné que le meurtre remontait à pas mal de jours. En tout cas, il était clair que lui, il se trouvait dans un piège préparé par Michela pour favoriser quelque louche trafic de son frère.

— Tu l'ouvres, ou pas ?

Il fit nouvellement non de la tête et l'autre lui tira dessus. Une détonation assourdissante.

Montalbano s'aréveilla en se relevant à moitié dans son lit, son cœur courait au galop, il était trempé de sueur. Le volet, poussé par un coup de vent, avait battu contre le mur, au-dehors s'était en fait déchaîné un orage.

Il était cinq heures du matin. Le commissaire, de par sa nature, ne croyait pas aux rêves prémonitoires, aux pressentiments et en général à tout le paranormal, ladite normalité lui paraissait déjà assez anormale. Mais d'une chose, il s'était persuadé : que certaines fois, les songes qu'il faisait n'étaient autres que le développement, paradoxal ou fantastique, d'un raisonnement commencé dans sa tête avant de s'endormir. Et pour ce qui concernait l'interprétation de ces rêves, il avait plus confiance dans le répertoire des grimaces du loto[1] qu'en Sigmund Freud.

1. Livre traditionnel d'origine napolitaine, censé aider à trouver les numéros gagnants, à partir des correspondances des nombres avec les êtres et les choses. *(N.d.T.)*

Alors, qu'est-ce que ça signifiait, cette bouillasse de rêve ?

Au bout d'une demi-heure de pense que j'y repense, il aréussit à isoler deux éléments qui lui parurent importants.

Le premier devait se rapporter aux clés d'Angelo. Le trousseau du mort, après qu'il lui eut été restitué par la Scientifique, il l'avait encore avec lui. L'autre trousseau, celui qu'il s'était fait donner par Michela, il le lui avait redonné. Tout paraissait normal et pourtant quelque chose s'était déclenché dans sa tête justement à propos des clés, querque chose qui ne collait pas et qu'il n'aréussissait pas à identifier. Il fallait y pinser encore.

L'autre élément était un mot, cadeau, que Michela lui avait dit en sortant de la salle de bains. Mais Michela, quand elle lui avait parlé de cadeaux, avait toujours fait allusion aux cadeaux coûteux qu'Angelo offrait à Elena... Arrête-toi là, Montalbà, parce que t'y es presque, froid froid tiède tiède tiède chaud chaud ! Il y était arrivé ! Putain, il y était arrivé !

Il en éprouva tant de satisfaction qu'il prit le réveil, enfonça le bouton de la sonnerie de manière à l'annuler, posa la tête sur le coussin et s'endormit d'un coup.

Elena vint lui ouvrir. Pieds nus, elle portait la dangereuse veste à mi-cuisse de l'autre fois, avait encore sur le visage quelques gouttes d'eau de la douche qu'elle venait de prendre, elle avait dû se lever depuis peu, et il était dix heures du matin. Elle sentait la peau jeune et fraîche à un point que le commissaire trouva insupportable. Dès qu'elle le vit, elle sourit, lui prit une main et, sans la lâcher, l'entraîna à l'intérieur, ferma la porte, se l'emmena jusqu'au salon.

— Le café est déjà prêt, dit-elle.

Montalbano venait à peine de s'asseoir qu'elle réapparut avec le plateau. Ils se burent le café sans parler.

— Vous savez un truc bizarre, commissaire ? dit Elena en posant la tasse vidée.

— Dites-la-moi.

— Tout à l'heure, quand vous m'avez téléphoné que vous alliez passer, je me suis sentie contente. Vous m'avez manqué.

Le cœur de Montalbano fit exactement pareil que ce que fait un avion qui rencontre un trou d'air. Mais il ne répliqua pas, feignit de se concentrer sur la dernière gorgée de café, posa lui aussi la tasse.

— Il y a du neuf ? demanda-t-elle.

— Un peu, répondit prudemment le commissaire.

— Moi, en fait, je n'ai rien de neuf, annonça Elena.

Montalbano eut une expression interrogative, il n'avait pas compris le sens de ces paroles. Elena se mit à rire de bon cœur.

— Quelle tête rigolote vous avez faite ! Je voulais simplement dire que depuis deux jours, Emilio ne fait que me demander s'il y a du neuf et moi, je lui dis que non, qu'il n'y en a pas.

Montalbano se sentit pour le moins perplexe, l'explication d'Elena embrouillait les choses, elle ne les éclaircissait pas.

— Je ne savais pas que votre mari s'intéressait tant à l'enquête.

Elena rit encore plus fort.

— Ce n'est pas l'enquête qui l'intéresse, c'est moi.

— Je n'ai pas compris.

— Commissaire, Emilio veut savoir si je me suis déjà occupée de remplacer Angelo ou si je songe à le faire bientôt.

C'est donc de ça qu'il s'agissait ! Le vieux porc était évidemment en crise d'abstinence, les histoires cochonnes racontées par sa femme lui manquaient. Il adécida de la pousser un peu plus.

— Pourquoi ne l'avez-vous pas encore fait ?

Il s'attendait à ce qu'elle rie encore, mais Elena adevint sérieuse.

— Je ne veux pas créer d'équivoques et je désire me sentir tranquille. J'attends que cette enquête finisse.

Puis elle se remit à sourire.

— Donc, dépêchez-vous.

Et pourquoi une nouvelle relation avec un autre homme aurait-elle pu créer des équivoques ? La réponse à la question, il l'eut en croisant son regard. Ce n'était pas une femme qui était assise dans le fauteuil devant lui, c'était un guépard femelle au repos, encore repu mais qui dès qu'elle sentirait les stimulus de l'appétit, sauterait sur la proie repérée depuis longtemps. Laquelle proie était lui, Montalbano Salvo, tremblant et maladroit arnimal domestique qui jamais au grand jamais ne réussirait à courir plus vite que ces très longues et bondissantes jambes, pardon, pattes qui pour le moment restaient croisées, dans une pose enchanteresse. Et, constatation plus 'ntipathique que toute autre, une fois aganté par ces dents, une fois qu'il commencerait à être dégusté, il apparaîtrait sûrement fade pour les goûts de la guéparde, et décevant dans le récit que la guéparde ferait ensuite à son professeur de mari. La seule chose à faire était de jouer les imbéciles pour ne pas aller en guerre, donner l'impression de ne pas avoir compris.

— Je suis venu pour deux raisons.

— Vous pouviez venir même sans raison.

Elle l'avait repéré, la guéparde, l'arnimal sauvage, et il n'y avait pas moyen de la distraire.

— Vous m'avez dit qu'en plus de la voiture, Angelo vous a offert des bijoux.

— Oui. Vous voulez les voir ?

— Ça ne m'intéresse pas de les voir, ce qui m'intéresse, ce sont les boîtes qui les contenaient. Vous les avez encore ?

— Oui. Je vais vous les chercher.

Elle se leva, prit le plateau, l'emporta. Elle revint aussitôt et tendit au commissaire deux petites boîtes noires, vides et déjà ouvertes. La partie intérieure des couvercles était rembourrée de soie blanche sur laquelle était imprimé : « Bijouterie A. Dimora – Montelusa ».

C'était ça qu'il voulait savoir, et qui lui avait été suggéré par le rêve. Il rendit les boîtes à Elena qui les posa sur la table basse.

— Et l'autre raison ? demanda la femme.

— C'est plus difficile à dire. À l'autopsie est apparu un détail important. Entre les dents du mort, on a retrouvé deux fils de tissu. La police scientifique m'a informé qu'il s'agit d'un tissu particulier, presque uniquement utilisé pour les culottes de femme.

— Qu'est-ce que ça signifie ?

— Ça signifie que quelqu'un, avant de lui tirer dessus, lui a glissé dans la bouche une culotte pour l'empêcher de crier. À cela, il faut ajouter que le mort a été trouvé comme s'il allait se livrer à un acte sexuel. Et donc, étant pour le moins impensable que quelqu'un aille se promener avec une culotte de femme en poche, ça veut dire qu'il a été tué non pas par quelqu'un mais par quelqu'une.

— J'ai compris, dit Elena, il s'agirait d'un crime passionnel.

— Exactement. À ce point de l'enquête, toutefois, mon devoir est de communiquer au proc' l'état des investigations.

— Et vous devrez donner mon nom.

— Certainement. Et le procureur Tommaseo vous convoquera tout de suite. Les menaces de mort que vous avez adressées dans vos lettres à Angelo seront considérées comme une preuve à charge.

— Que dois-je faire ?

L'admiration que Montalbano éprouvait pour elle monta de quelques degrés supplémentaires. Elle n'était pas effrayée ni agitée, elle demandait une information et c'est tout.

— Choisissez un bon avocat.

— À lui, je peux dire que c'est Angelo qui m'a fait écrire les lettres ?

— Bien sûr. Et à cette occasion, suggérez-lui de poser quelques questions à Paola Torrisi.

Elena blêmit.

— L'ex d'Angelo ? Et pourquoi ?

Montalbano écarta les bras, il ne pouvait le lui dire. C'eût été trop. Mais le mécanisme dans la tête d'Elena fonctionnait mieux qu'une montre suisse.

— À elle aussi, il a fait écrire des lettres comme les miennes ?

Montalbano écarta de nouveau les bras.

— Le vrai problème c'est que vous, Elena, vous n'avez pas d'alibi pour la soirée du crime. Vous m'avez dit que vous avez erré en voiture pendant quelques heures et que donc vous n'avez pu rencontrer personne. Mais…

— Mais ?

— Mais moi, je n'y crois pas.

— Vous pensez que c'est moi qui ai tué Angelo ?

— Moi, je ne crois pas que vous n'ayez rencontré personne. Je suis convaincu que vous seriez en mesure de produire un alibi mais que vous ne voulez pas le faire.

Elle le fixa en écarquillant les yeux.

— Comment… comment tu fais pour…

Elle était passée au tutoiement sans s'en rendre compte. Maintenant, oui, qu'elle était agitée. Et le commissaire se sentit content d'avoir mis dans le mille.

— L'autre fois, je t'ai demandé si tu avais rencontré quelqu'un durant ton errance en voiture. Et tu m'as répondu que non. Mais avant de parler, tu as eu une certaine hésitation. Ça a été la première et seule fois. Et j'ai compris que tu ne voulais pas dire la vérité. Mais fais attention : l'absence d'alibi peut te valoir une arrestation.

Elle blêmit d'un coup. *Il faut battre le fer pendant qu'il est chaud*, se dit Montalbano en se haïssant à la fois pour l'expression toute faite et pour le rôle de boucher qu'il était en train de jouer.

— Je devrais t'emmener au commissariat…

Ce n'était pas vrai, ce n'était pas la procédure mais c'était les paroles *mammalucchigne*, magiques. Et de fait Elena commença à trembler légèrement, un voile de sueur lui apparut sur le front.

— Je ne l'ai pas dit à Emilio et je ne voulais pas qu'il le sache.

Qu'est-ce qu'il venait faire là, le mari ? Le professeur était destiné à surgir de tous les côtés comme la fameuse marionnette de Pierino, une histoire qu'on lui racontait quand il était pitchoun ?

— Quoi ?

— Que ce soir-là, j'ai été avec un homme.

— Qui est-ce ?

— Un pompiste. Le long de la route pour Giardina, le seul qu'il y a. Il s'appelle Luigi. Son nom de famille, je ne le connais pas. Je me suis arrêtée à la station-service, il était en train de fermer, mais il a rouvert pour moi. Il a commencé à plaisanter et je n'ai pas dit non. Je voulais… en somme, je voulais oublier Angelo, définitivement.

— Combien de temps êtes-vous restés ensemble ?

— Deux heures.

— Il peut témoigner ?

— Je crois qu'il n'a pas de problème à le faire, il est très jeune, une vingtaine d'années, il n'est pas marié.

— Raconte-le à l'avocat. Peut-être qu'il pourra trouver un moyen pour que la chose n'arrive pas à l'oreille de ton mari.

— Je serais très désolée s'il venait à le savoir. J'ai trahi sa confiance.

Mais comment ils raisonnaient, le mari et la femme ? Il se sentit pris par les Turcs. Et tout à coup, Elena se mit à rire de bon cœur, renversée en arrière.

— Fais-moi rire moi aussi.

— Une femme aurait glissé sa culotte dans la bouche d'Angelo pour l'empêcher de crier ?

— On dirait.

— Je le dis seulement à toi parce que ça ne peut pas avoir été moi.

Elle eut un autre accès de rire qui la fit presque pleurer.

— Allez, parle.

— Parce que quand je savais que j'allais voir Angelo, je ne portais pas de culotte. Et puis, regarde. Tu crois qu'avec ça, on peut bâillonner quelqu'un ?

Elle se leva, souleva la veste, fit un tour complet sur elle-même, revint s'asseoir. Elle accomplit le mouvement avec un naturel absolu, sans pudeur et sans impudeur. Sa culotte était encore plus minuscule qu'un string. Avec ça dans la bouche, un homme aurait pu réciter toutes les *Catalinaires* ou chanter *Aïda*.

— Faut que j'y aille, dit le commissaire en se levant.

Il devait absolument fuir cette femme, sonneries d'alarme et signaux lumineux s'étaient déclenchés en dedans de lui. Elena aussi se leva et s'approcha. Ne pouvant la tenir à distance avec les bras tendus, il l'arrêta avec des mots.

— Une dernière chose.

— Dis-moi.

— On nous a rapporté qu'Angelo, ces derniers temps, jouait et perdait beaucoup.

— Vraiment ?!

Elle avait l'air vraiment étonnée.

— Donc, tu n'en sais rien.

— Je ne l'ai même pas soupçonné. Il jouait ici, à Vigàta ?

— Non, à Fanara, paraît-il. Dans un tripot clandestin. Tu l'as accompagné à Fanara ?

— Oui, une fois. Mais nous sommes retournés le soir même à Vigàta.

— Tu es en mesure de te rappeler si ce jour-là, Angelo se rendit dans une banque, à Fanara ?

— Je l'exclus. Il m'a laissée dans la voiture devant trois cabinets de médecins et deux pharmacies. Et moi, je me suis mortellement ennuyée. Ah, ça me revient, parce que j'ai su de la télévision qu'il est mort, nous nous sommes aussi arrêtés devant la villa du député Di Cristoforo.

— Il le connaissait ?!

— Manifestement, oui.

— Combien de temps est-il resté à la villa ?

— Quelques minutes.

— Il t'a dit pourquoi il y était allé ?

— Non. Et je ne lui ai pas demandé, je suis désolée.

— Une autre question, mais celle-là est vraiment la dernière.

— Pose-m'en tant que tu veux.

— D'après toi, Angelo sniffait ?

— Non. Aucune drogue.

— Tu en es sûre ?

— Tout à fait sûre. Rappelle-toi que j'ai été, sur le sujet, très compétente.

Elle fit un pas en avant.

— Salut, à bientôt, dit Montalbano en courant vers

la porte, en l'ouvrant et en se retrouvant dehors, sur le palier, avant que la guéparde lui saute dessus pour l'agripper et se le bouffer tout cru.

La bijouterie Dimora de Montelusa – fondée en 1901, c'était écrit sur la vieille enseigne religieusement rénovée – était la plus renommée de toute la province. Et elle se vantait de ses cent ans passés, le mobilier en fait n'avait pas changé depuis plus d'un siècle. Sauf que pour y entrer, c'était pire que dans une banque. Portes blindées, vitres opaques à l'épreuve des kalachnikovs, gardes en uniforme avec d'énormes revorbers aux côtés, si énormes que ça flanquait la frousse rien que de les mater.

Les employés étaient trois, tous très distingués : un sexagénaire, un quadragénaire et une jeunette d'une vingtaine d'années. Évidemment, ils avaient été choisis exprès pour que chacun s'occupe de servir les clients d'un âge correspondant. Alors, pourquoi, à lui adresser la parole, ce fut le sexagénaire, plutôt que le quadragénaire, comme il lui revenait de droit ?

— Vous désirez voir quelque chose en particulier, monsieur ?

— Oui, le propriétaire.

— M. Arturo ?

— Si c'est lui le propriétaire, M. Arturo, ça me va.

— Vous êtes qui, si vous permettez ?

— Le commissaire Montalbano, je suis.

— Suivez-moi, s'il vous plaît.

Il le suivit dans l'arrière-salle, qui était une espèce de petit salon très élégant. Meubles Liberty. Un large escalier, de bois noir, couvert d'un tapis rouge sombre, finissait sur un palier sur lequel se trouvait une porte massive, verrouillée.

— Attendez ici, je vous prie.

Le sexagénaire monta lentement, appuya sur la

sonnette à côté de la porte qui s'ouvrit d'une secousse, entra, ferma nouvellement. Au bout de deux minutes, il y eut un autre claquement, la porte se rouvrit, le sexagénaire reparut.

— Vous pouvez monter.

La pièce dans laquelle s'atrouva le commissaire était spacieuse et pleine de lumière. Sur une grande table de verre, très moderne, était posé un ordinateur. Deux fauteuils et un divan, de ceux qu'on voit seulement dans les revues d'architecture. Un énorme coffre-fort, dernier modèle, que pas même un missile terre-air aurait pu ouvrir. Un autre coffre-fort, pathétique, qui remontait certainement à 1901, qu'on pouvait ouvrir avec une épingle à nourrice. Arturo Dimora, trentenaire qui semblait une gravure de mode, se leva, lui tendit la main.

— À votre disposition, commissaire.

— Je vais pas vous faire perdre trop de temps. Est-ce que parmi vos clients de ces derniers trois ou quatre mois, vous pensez avoir eu un certain Angelo Pardo ?

— Un instant.

Il retourna derrière la table de verre, farfouilla dans son ordinateur.

— Oui. Il a acheté chez nous…

— Je sais ce qu'il a acheté. Je voudrais savoir comment il a payé.

— Un moment. Oui, voilà. Deux chèques de la Banque populaire de Fanara. Vous voulez le numéro de compte ?

QUINZE

Sorti de la bijouterie, il pesa le pour et le contre. Que faire ? Peut-être qu'en partant tout de suite pour Fanara, il risquait d'arriver après une heure trente, c'est-à-dire quand la banque était fermée. Donc, mieux valait s'en retourner à Vigàta et partir pour Fanara le lendemain matin. Mais l'impatience d'arriver à apprendre de la banque quelque chose de certainement important le dévorait vif, le *nirbùso*, la nervosité lui ferait certainement passer une nuit blanche. Tout à coup, il se rappela que les banques, qu'il fréquentait très peu, avaient aussi un horaire d'ouverture l'après-midi. Donc le mieux était de s'en aller immédiatement pour Fanara en pointant décidément sur la trattoria locale *Chez Come et Damien*, où il avait déjà mangé deux fois et qu'il avait appréciée et ensuite, vers les trois heures, s'aprésenter à la banque. Arrivé à la voiture garée, une pinsée fort ennuyeuse lui vint, à savoir qu'il avait un rendez-vous avec le Questeur auquel il n'était pas dit qu'il pourrait arriver à temps. Alors, qu'est-ce qu'il faisait ? Il faisait que de l'appel de M. le Questeur, il allait s'en contrefoutre : alors que ce type n'avait pas cessé de renvoyer d'un jour à l'autre le très maudit rendez-vous, il ne lui était pas accordé à lui d'en manquer un ? Il monta en voiture et partit.

Passer du resto *Enzo* de Vigàta au resto *Chez Come et Damien*, c'était tout pareil que de se transporter d'un continent à l'autre. Demander à Enzo un plat comme ce lapin chasseur qu'il était en train de suçoter, ce serait comme de commander une côte de porc ou un pied de cochon farci à Abu Dhabi.

Quand il se leva de table, il eut immédiatement besoin d'une promenade au môle. Mais le fait était que, à Fanara, il n'y avait pas de jetée, pour la simple et bonne raison que la mer se trouvait à quatre-vingts kilomètres. Il s'était déjà bu un café à la trattoria, mais il jugea mieux de s'en prendre un autre dans un bar juste à côté de la banque.

La porte, une de ces portes tournantes et avec alarme, dut le juger 'ntipathique au premier coup d'œil.

« Alarme système ! Déposer les objets métalliques ! » intima la porte en se rouvrant dans son dos.

Le garde assis dans un cagibi de verre blindé leva les yeux de ses mots croisés et le mata. Le commissaire ouvrit une cassette, y glissa dedans un demi-kilo de centimes d'euros qui lui défonçaient les poches, ferma avec la clé de plastique, entra dans la porte tubulaire.

« Alarme système ! » annonça celle-ci en se rouvrant. Alors, elle en avait vraiment après lui ! Cette porte s'était mis dans la tronche de lui casser les amandons ! Le garde acommença à le mater d'un air inquiet. Montalbano sortit les clés de chez lui, les glissa dans la cassette, entra dedans la porte, le demi-tube se ferma dans son dos, la porte ne dit mot, mais l'autre demi-tube, celui de devant, ne s'ouvrit pas. Prisonnier ! La porte l'avait fait prisonnier et si on ne le libérait pas d'ici quelques secondes, il était promis à une mort horrible par manque d'air. À travers la vitre, il vit le garde absorbé par ses mots croisés, il ne s'était aperçu de rin et dedans la banque, on ne voyait pas âme qui vive. Il leva le genou et donna un puissant coup de pied à la porte. Le garde entendit le bruit, acomprit ce qui était en train de se passer, pressa le bouton d'un machin qu'il avait devant lui et enfin le demi-tube s'ouvrit, permettant au commissaire d'entrer dans la banque. Laquelle était constituée d'une première entrée, avec une petite table et divers sièges, sur laquelle donnaient deux portes : celle à droite montrait un bureau avec deux tables vides, celle de gauche avait l'habituelle cloison de bois et de verre avec deux guichets sur lesquels était écrit Guichet 1 et Guichet 2, au cas où on se gourerait. Mais un seul des deux avait un employé assis derrière le comptoir et c'était précisément le Guichet numéro 1. En conscience, on ne pouvait pas dire qu'il y avait beaucoup d'activité dans cette banque.

— Bonjour, je voudrais parler avec le directeur. Le commissaire…

— … Montalbano tu es ! s'exclama le quinquagénaire derrière le guichet.

Le commissaire le mata, étonné.

— Tu te souviens pas de *mia*, de moi, eh, tu te souviens pas ? dit l'homme en se levant et en commençant à se diriger vers une ouverture de la cloison.

Montalbano se creusa la coucourde, mais il ne lui venait aucun nom à l'esprit. Entre-temps, l'employé s'était arrêté devant lui, gros, pas rasé, cravate dénouée et tordue, les bras à demi ouverts prêts à se resserrer sur l'embrassade à l'ami retrouvé. Mais ils se rendent pas compte, ces gens qui prétendent être reconnus après quarante ans, que le temps, sur leur visage, a fait sa besogne ? Que quarante hivers, comme dit le poète, ont creusé des tranchées profondes dans le champ de ce qui fut l'adorable jeunesse ?

— Vraiment, tu te rappelles pas, eh ? Je te donne un indice.

Un indice ? Et c'était quoi, ça, un jeu télévisé ?

— Cu... Cu...

— Cucuzza ? tenta à l'aveugle le commissaire.

— Cumella ! Giogiò Cumella ! s'écria l'homme en bondissant à sa rencontre et le triturant dans une étreinte pythonesque.

— Cumella ! Mais bien sûr ! marmonna le commissaire.

En réalité, il s'arappelait que dalle. Le pot-au-noir.

— Allons prendre quelque chose au bar. Il faut fêter ça ! Bonne mère, ça fait si longtemps !

En passant devant le cagibi du garde, Cumella l'avisa :

— Lullù, moi je suis au bar d'à côté avec mon ami. Si quelqu'un vient, dis-lui d'attendre.

Mais qui c'était, c'te Cumella ? Un camarade d'école ? D'université ? Un ex-soixante-huitard ?

— Tu t'es marié, Salvù ?

— Non.

— Moi, si, trois enfants, deux garçons et une fille. La fille, la plus petite, est une beauté, elle s'appelle Natacha.

Natacha à Fanara, comme Ashanti à Canicattì, comme Samantha à Fela, comme Jessica à Gallotti. Se pouvait-il que plus une minote ne s'appelle Maria, Giuseppina, Carmela, Francesca ?

— Qu'est-ce que tu prends ?

— Un café.

Au point où il en était, un café de plus ou de moins, ça lui en touchait une sans déranger l'autre.

— Moi aussi. Pourquoi es-tu venu à la banque, commissaire ? Je t'ai vu quelquefois à la télévision.

— J'ai besoin d'une information. Peut-être que le directeur...

— C'est moi le directeur. De quoi s'agit-il ?

— Un de vos clients, Angelo Pardo, a été assassiné.

— Je l'ai appris.

— Chez lui, je n'ai pas trouvé d'extraits de compte de chez vous.

— Il ne voulait pas qu'on les lui expédie. Il nous en avait donné l'ordre par lettre recommandée, figure-toi ! Il passait lui, les retirer.

— Ah, j'ai compris. Je pourrais savoir combien il a sur son compte et s'il a fait des investissements ?

— Non, à moins que tu n'aies l'autorisation du magistrat.

— Je ne l'ai pas.

— Et donc, je ne peux pas te dire que jusqu'au jour de sa mort, il avait chez nous une somme qui tournait autour de huit cent mille.

— Lires ? demanda Montalbano un peu déçu.

— Euros.

Les choses changeaient d'aspect.

— Investissements ?

— Aucun. Il avait besoin que l'argent soit prêt à être décaissé.

— Pourquoi tu as précisé jusqu'au jour de sa mort ?

— Parce que trois jours avant, il avait prélevé cent mille euros. Et d'après ce que j'ai appris, si on ne l'avait pas descendu, d'ici trois jours, il serait venu faire un nouveau prélèvement.

— Qu'est-ce que tu avais appris ?

— Qu'il l'avait perdu au jeu, dans le tripot de Zizino.

— Tu peux me dire depuis quand il était de vos clients ?

— Depuis moins de six mois.

— Il a jamais été dans le rouge ?

— Jamais. Et de toute façon, nous à la banque, nous n'avions aucun problème, quoi qu'il arrive.

— Explique-toi mieux.

— Quand il a ouvert son compte, il était venu accompagné du député Di Crostoforo. Et maintenant, suffit, parlons un peu du bon vieux temps.

Ce fut Cumella qui parla sans arrêt, arappelant des histoires et des pirsonnes dont le commissaire n'avait aucun souvenir, mais il lui suffit, pour feindre d'avoir tout en tête, de dire de temps en temps : « mais bien sûr ! », « évidemment que je m'en souviens ! ».

À la fin du bavardage, ils se saluèrent avec des embrassades et en se faisant la promesse solennelle de se téléphoner.

Sur le chemin du retour, non seulement il ne réussit pas à jouir de la découverte faite, mais il adevint d'humeur toujours plus sombre. Dès qu'il monta en voiture et partit, une question commença à lui tourner dans la tête comme un moustique agaçant : pourquoi Giogiò Cumella s'arappelait l'époque du lycée et lui non ? Sur les quelques noms que Giogiò lui avait dits, par instants, par giclées, de fugaces éclairs de mémoires lui étaient revenus, mais comme des morceaux d'un puzzle impossible à résoudre parce que privés d'un dessin précis, et ces éclairs lui avaient fait circonscrire au lycée l'époque de sa fréquentation de Cumella, d'après ce que l'autre assurait. La réponse, malheureusement, ne pouvait être qu'une seule : il commençait à perdre la mémoire. Signe indiscutable de vieillesse. Mais on ne disait pas que la vieillesse te fait oublier les événements de la veille et te permet de t'arappeler des trucs de quand tu étais minot ? Beh, visiblement c'était pas comme ça. Il y avait évidemment vieillesse et vieillesse. Comment s'appelait cette maladie que tu t'oublies même que t'es vivant ? Celle qu'avait eue le Président Reagan ? Comment elle s'appelait ? Voilà, tu vois ? Tu commences à t'oublier même les trucs d'aujourd'hui.

Pour se distraire, il se fit venir en tête une considération.

Philosophique ? Oui, peut-être, mais appartenant au courant de la pinsée molle, et même de la pinsée épuisée. À cette considération, il donna aussi un titre : « La civilisation d'aujourd'hui et la cérémonie de l'accès ». Qu'est-ce que ça voulait dire ? Ça voulait dire qu'aujourd'hui, pour entrer dans un endroit quelconque, un aéroport, une banque, une bijouterie, un horloger, on devait se soumettre à une cérémonie particulière de contrôle. Pourquoi cérémonie ? Parce que, concrètement, ça ne sert à rien, un voleur, un pirate aérien, un terroriste, s'ils ont l'intention d'entrer, entrent de toute façon. La cérémonie ne sert pas à protéger ceux qui se trouvent de l'autre côté de l'accès. Alors, à quoi ça sert ? Ça sert justement à ceux qui entrent, pour leur faire croire que, une fois dedans, ils pourront se sentir en sûreté.

— *Dottori*, ah, *dottori* ! Je voulais vous y dire que le *dottori* Lactes avec le c au milieu, il tiliphona ! Il dit comme ça que M. le Questeur, aujourd'hui, il y arrivait pas.

— À quoi faire ?

— Il me le dit pas, *dottori*. Mais il dit que demain à la même heure M. le Questeur, il y arrive.

— Très bien. Où en es-tu avec le fichier ?

— J'y suis presquement. Au bord tout au bord, j'y suis d'y être ! Ah, j'ai failli m'oublier ! Il tiliphona aussi également le *dottori* Gommaseo, il dit que si quand vous serez là vous l'appelerez.

Il venait à peine de s'asseoir que Fazio entra.

— La société du téléphone a répondu que techniquement, il n'est pas possible de remonter aux appels reçus par vous quand vous étiez chez Angelo Pardo. Ils m'ont aussi donné la raison, mais je n'y ai rien compris.

— Ceux qui ont appelé, c'était des gens qui ne savaient pas encore qu'Angelo avait été abattu. Un type a carrément coupé la communication. S'il n'avait pas eu quelque chose à cacher, il ne l'aurait pas fait. Tant pis.

— *Dottore*, je voulais aussi vous dire que je ne connais pirsonne à Fanara.

— Peu importe, je l'ai résolu, moi, le problème.

— Comment avez-vous fait ?

— J'ai su avec certitude qu'Angelo avait un compte à la Populaire de Fanara. J'y suis allé, le directeur est un vieux copain d'école, un ami cher, on s'est rappelé le bon vieux temps de notre jeunesse.

Une calembredaine gigantesque. Mais ça servait à faire croire à Fazio qu'il avait une mémoire d'éléphant.

— Combien avait-il sur son compte ?

— Un milliard et demi de vieilles lires. Et il jouait très gros, comme tu me l'as rapporté. Cet argent, il ne le gagnait certes pas en faisant l'informateur médico-scientifique.

— Demain matin, il y a les funérailles. J'ai vu les faire-part[1].

— Vas-y.

— *Dottore*, il n'y a que dans les films que l'assassin va à l'enterrement de la personne qu'il a tuée.

— Ne fais pas le malin, vas-y quand même. Et regarde les inscriptions sur les couronnes et les gerbes.

Fazio sorti, il appela Tommaseo.

— Montalbano ! Mais qu'est-ce que vous faites, vous avez disparu ?

— *Dottore*, j'ai eu à faire, excusez-moi.

— Écoutez, je veux vous mettre au courant d'un fait qui me paraît très sérieux.

— Je vous écoute.

1. En Italie, et surtout en Italie du Sud, les faire-part sont affichés dans la rue. *(N.d.T.)*

— Vous, il y a quelques jours, vous m'avez envoyé la sœur d'Angelo Pardo, Michela, vous vous rappelez ?

— Bien sûr, *dottore*.

— Bien, je l'ai interrogée plusieurs fois. La dernière, ce matin, justement. Une femme inquiétante, n'est-ce pas ?

— Eh oui.

— Je dirais qu'elle a quelque chose de trouble, n'est-ce pas ?

— Eh oui.

Et toi, dans ce trouble, tu t'es régalé, cochon de lait que tu es sous la toge austère du proc'.

— Elle a un regard abyssal, pas vrai ?

— Eh oui.

— Ce matin, elle a explosé.

— En quel sens ?

— Dans le sens qu'à un certain moment, elle s'est levée, a sorti une voix très étrange, ses cheveux se sont dénoués. Impressionnant.

Et donc Tommaseo lui aussi avait eu une scène de tragédie grecque.

— Et qu'est-ce qu'elle a dit ?

— Elle s'est lancée dans des imprécations contre une autre femme, Elena Sclafani, maîtresse de son frère. Elle soutient que c'est elle qui l'a assassiné. Vous l'avez interrogée ?

— Mme Sclafani ? Bien sûr.

— Pourquoi ne m'avez-vous pas informé ?

— Eh bien, vous voyez…

— Comment est-elle ?

— Très belle.

— Je la convoque tout de suite.

Et ça t'étonne ? Vite, vite, Tommaseo allait se jeter sur Elena.

— Attention, *dottore*, que…

— Non, mon cher Montalbano, pas d'excuses, en passant, je dois vous informer que Michela Pardo vous accuse de protéger Mme Sclafani.

— Elle vous a dit que le mobile pour lequel Mme Sclafani aurait…

— Oui, la jalousie. Elle m'a dit aussi que vous, Montalbano, vous avez entre les mains des lettres écrites par Mme Sclafani dans lesquelles la femme menace de mort son amant. C'est vrai ?

— Oui.

— Faites-les-moi avoir tout de suite.

— Bon, d'accord, mais…

— Je vous répète encore : pas d'excuses. Mais vous vous rendez compte de votre façon de faire ? Vous m'avez gardé caché…

— Poussez pas mémé dans les orties, Tommaseo.

— Je n'ai pas compris.

— Je me fais mieux comprendre. J'ai dit de ne pas pousser la grand-mère dans les orties. Moi, je ne vous cache rien. C'est juste qu'Elena Sclafani, pour le soir où Pardo a été tué, m'a fourni un alibi qui vous plaira beaucoup, beaucoup.

— Qu'est-ce que ça signifie, que l'alibi de Mme Sclafani me plaira beaucoup, beaucoup ?

— Vous verrez. Faites-vous bien raconter les détails. Bonsoir.

— *Dottor* Montalbano ? C'est Laganà.

— Bonsoir, brigadier. Qu'est-ce que vous me racontez ?

— Que j'ai eu un coup de chance.

— En quel sens ?

— Tout à fait par hasard, hier soir, j'ai entendu dire que demain on mettrait la presse au courant d'une vaste opération menée par nous, qui implique plus de quatre mille personnes, médecins, pharmaciens et informateurs, tous accusés d'entente illicite. Alors, aujourd'hui, j'ai téléphoné à Rome à un ami à moi. Eh bien, les firmes pharmaceutiques dont Angelo Pardo était représentant ne sont pas impliquées.

— Cela signifie que Pardo ne peut pas avoir été tué par un rival ou pour des pourcentages non respectés.

— Exactement.

— Et des quatre feuilles chiffrées que je vous ai données, qu'est-ce que vous me dites ?

— Je les ai passées à Melluso.

— Et qui est-ce ?

— Un de mes collègues qui s'y connaît, dans ces trucs. J'espère pouvoir vous en reparler demain.

— Aaaaaaaaaaaaaaaaaaaaaahhhhhhhhhhhhhhhhh !

Un hurlement très fort, prolongé, déchirant, atterra tous ceux qui s'atrouvaient encore au commissariat. Ça venait de l'entrée. Glacé de terreur, Montalbano se précipita, se heurtant dans le couloir à Fazio, Mimì, Gallo et une paire d'agents.

Dedans le cagibi, Catarella était debout, collé dos au mur, il ne criait plus mais geignait comme une bête blessée, les yeux écarquillés, en montrant d'un doigt tremblant l'ordinatcur d'Angelo Pardo ouvert sur sa table.

Sainte Mère ! Et qu'est-ce qu'il lui était apparu sur l'écran pour l'effrayer comme ça ? Le diable ? Oussama Ben Laden ?

— Restez dehors ! ordonna Montalbano en entrant dans le réduit.

Il mata l'écran. Il était blanc, il n'y avait rin.

Peut-être la coucourde de Catarella, à force de chercher à vaincre la bataille avec les gardes à la porte, avait-elle complètement fondu. Du reste, il ne lui en fallait pas beaucoup, pour fondre.

— Allez-vous-en ! ordonna le commissaire à ses hommes.

Quand il fut seul avec Catarella, il l'étreignit, sentit qu'il tremblait, l'obligea à s'asseoir.

— Sage, sage, murmura-t-il en lui caressant la tête.

Et lui, exactement comme un chien, commença à se calmer. Quand il vit qu'il ne tremblait plus, Montalbano lui demanda :

— Tu me dis ce qui est arrivé ?

Catarella eut un geste de désolation.

— Allez, essaie de parler. Tu veux un peu d'eau ?

Catarella fit non de la tête, déglutit plusieurs fois.

— Il… il s'effaça, *dottori*, dit-il d'une voix au bord de se briser en sanglot désolé.

— Allons, courage. Qu'est-ce que c'est qui s'effaça ?

— Le troisième fichier, *dottori*. Et il effaça aussi les deux autres.

Donc, on avait perdu tout ce qu'il pouvait y avoir d'intéressant dans l'ordinateur.

— Mais comment est-ce possible ?

— Possibilissime, c'est, *dottori*. Visiblement, il y avait un programme d'un filtré.

Un infiltré ? Peut-être qu'Angelo Pardo, en plus d'être informateur médico-scientifique, était aussi un infiltré, un de leurs informateurs, et qu'il ne le savait pas ?

— Qu'est-ce que ça vient faire, les infiltrés ?

— *Dottori*, comment ça se dit, quand on met un truc au climatisateur, un truc qu'y laisse pas apasser la poussière ?

— Un filtre.

— Et moi qu'est-ce que je dis ? Comme ça, je dis. Un filtré. Il y a un programme d'un filtré qui filtre ce qui doit être effacé dans le programme d'effacement programmé le temps d'une simaine, un mois, deux mois, trois mois… Je m'expliquai ?

— Tu t'es très bien expliqué. Un programme à retardement d'effacement de certaines données.

— *Chisto ça vossia disse è*, c'est ça que vosseigneurie dit, qui est. Mais ça fut pas de la culpabilance ou du négligement de ma part, *dottori* ! Je vous le jure !

— Je le sais, Catarè, je le sais. Tranquille.

Il lui caressa encore une fois la tête et s'en retourna dans son bureau. Angelo Pardo avait pris toutes les précautions possibles imaginables pourqu'on découvre pas comment il faisait pour avoir l'argent dont il avait besoin pour jouer aux cartes et faire des cadeaux à sa maîtresse.

SEIZE

Il arriva à Marinella et pour commencer, attaqua le saumon. Une tranche épaisse assaisonnée de citron frais et d'une huile d'olive spéciale que lui avait offerte un type qui la produisait (« la virginité de cette huile a été attestée par une visite gynécologique », était écrit dans le petit mot d'accompagnement). Après avoir mangé, il débarrassa la table de la véranda, remplaçant assiette et couverts par une bouteille toute neuve de J&B et un verre. Il savait, enfin, qu'il tenait dans la main l'extrémité d'un long fil, « et s'il te vient à l'esprit de l'appeler fil d'Ariane, donne-toi un coup de couteau dans la gueule », s'intima-t-il à lui-même, un fil qui pourrait le conduire sinon à la solution, du moins, du moins au début de la bonne route.

C'était le proc' Tommaseo qui lui avait tendu, sans le savoir, l'extrémité du fil. Il lui avait rapporté que, lors du dernier interrogatoire, Michela avait fait une scène gréco-hystérique, en criant que lui, Montalbano, ne voulait pas s'en prendre à Elena en dépit du fait qu'il possédait les lettres dans lesquelles celle-ci menaçait Angelo de le tuer. Qu'il eût entre les mains les missives compromettantes était absolument vrai, mais il y avait un petit détail non négligeable : Michela n'aurait pas dû le savoir.

Parce que lui, quelques jours auparavant, à la question de Michela qui lui demandait s'il avait trouvé les lettres, il avait répondu non, comme ça, juste pour garder un peu les eaux troublées. Et cela, il se l'arappelait très bien, et merde à la vieillesse et à Alzheimer (voilà, ça lui était revenu comment elle s'appelait cette putain de maladie) ! Et il y avait aussi Paola la rousse, qui était présente, et qui pouvait témoigner.

La seule à savoir qu'il avait trouvé les lettres parce qu'il les lui avait fait voir, c'était Elena. Mais les deux femmes ne se parlaient pas. Et alors ? Il n'y avait qu'une réponse, une seule. C'était Michela qui était allée contrôler dans le garage si dans le coffre de la Mercedes, il y avait encore l'enveloppe contenant les trois lettres et quand elle ne l'avait pas vue, elle était arrivée à la conclusion logique que c'était le commissaire qui l'avait découverte et qui se l'était prise.

Arrête-toi un instant, Montalbano. Comment faisait Michela pour savoir que les lettres se trouvaient cachées sous le tapis de sol de la Mercedes ? La femme avait dit une fois qu'Angelo les gardait dans un des tiroirs du bureau. L'informateur n'avait aucun motif logique de les déplacer du bureau de sa maison à la Mercedes dans le garage, en les cachant, oui, mais de manière qu'elles ne le soient pas tout à fait, de sorte que celui qui chercherait avec un peu d'attention les atrouverait. Donc, Michela les avait déplacées. Et quand l'avait-elle fait ? La nuit même où Angelo avait été découvert abattu, quand lui, Montalbano, avait fait la grosse connerie de la laisser seule dans l'appartement de son frère.

Et pourquoi Michela avait fait tout cet estrambord ?

Pourquoi est-ce qu'on cache quelque chose en faisant en sorte qu'on puisse le retrouver comme par hasard ?

Certainement pour donner plus d'importance à la découverte. Explique-toi mieux, Salvo.

S'il ouvrait le tiroir du bureau, atrouvait les lettres et se les lisait, tout était normal. Valeur des mots de la lettre, disons dix. Mais si lui, ces lettres, il les atrouvait après s'être damné l'âme à les chercher parce qu'elles avaient été cachées, ça signifiait que ces missives ne devaient pas être lues et donc leur valeur montait à cinquante. De cette manière, les menaces de mort acquéraient un poids de virité, ce n'était plus les phrases toutes faites d'une maîtresse jalouse.

Compliments à Michela. Comme tentative de baiser l'Elena détestée, c'était génial. Mais l'excès de haine l'avait fait se trahir devant Tommaseo. Pour elle, il avait été facile d'entrer dans le garage, étant donné qu'elle possédait une copie de toutes les clés d'Angelo...

Un moment. L'autre nuit, après le rêve du bain chez Michela, il lui était venu en tête quelque chose qui concernait une clé. Mais une clé de quoi ?

Commissaire Montalbano, repasse-toi tout depuis le début. Du tout début ? Oui monsieur, du tout début.

Vous permettez qu'avant je me verse un autre whisky ?

Donc, un jour se présente à mon bureau Mme (pardon) Mlle Michela Pardo, laquelle me dit que son frère Angelo ne donne plus de nouvelles depuis deux jours. Elle me dit aussi qu'elle est entrée dans son appartement, étant donné qu'elle a un double des clés, mais qu'elle a trouvé tout en ordre. Le soir même, elle se présente à nouveau. Nous allons ensemble à mater dans l'appartement. Tout est encore en ordre, pas trace de départ improvisé. Quand nous sommes hors de la maison et sur le point de nous dire au revoir, il lui vient à l'esprit que nous n'avons pas regardé dans une pièce sur la terrasse, pièce et terrasse qu'Angelo a pris en location. On monte nouvellement. La porte vitrée qui donne dessus la terrasse est fermée, Michela l'ouvre avec une de ses clés. La porte de la pièce est fermée, mais de celle-là, Michela me dit qu'elle n'a pas les clés. Alors, je la défonce. Et je trouve…

Arrête-toi, Montalbano, là est la question, comme dirait Hamlet, là est le point de l'histoire qui ne colle pas.

Quel sens cela aurait-il que Michela détienne seulement la clé de la porte de la terrasse, absolument inutile si elle n'est pas accompagnée aussi de la clé de l'ex-lavoir ? Si elle a *toutes* les clés qui appartiennent à son frère, elle doit par force avoir celle de la pièce sur la terrasse. D'autant que là, Angelo y allait pour lire ou pour prendre le soleil, comme l'avait dit Michela elle-même. Il n'y allait pas pour rencontrer ses femmes. Et ça, qu'est-ce que ça signifiait ?

Il s'aperçut que son verre était de nouveau vide. Il le remplit, descendit de la véranda sur la plage et, en se buvant de temps à autre un gorgeon de whisky, arriva à la limite des eaux. La nuit était sombre, mais on était bien. Les lumières des barques au bord de l'horizon semblaient des étoiles très basses.

Il reprit le fil de son raisonnement. Si Michela était en possession des clés de la pièce, mais lui avait dit que non, la calembredaine signifiait que la femme voulait que ce soit lui, Montalbano, qui défonce la porte et trouve Angelo abattu. Et cela parce que Michela savait déjà que dedans la pièce, il y avait le *catafero*, le cadavre de son frère. En faisant tout ce tiâtre, elle tentait d'apparaître, aux yeux du commissaire, complètement étrangère à l'affaire, alors qu'en fait, elle était dedans jusqu'au cou.

Il revint à la véranda, s'assit, se versa un autre whisky. Comment ça avait pu se passer ?

Michela dit que ce lundi, Angelo lui a téléphoné pour

l'avertir qu'Elena devait venir chez lui dans la soirée. C'est pourquoi Michela ne se montra pas. Mais si, en fait, Angelo, voyant qu'Elena n'arrivait pas, avait nouvellement appelé sa sœur et que celle-ci soit venue le trouver ? Et peut-être qu'Angelo l'avait avertie qu'il montait prendre le frais dans la pièce sur la terrasse. Quand Michela arrive, elle trouve à son frère assassiné. Elle se persuade que c'est Elena qui, arrivée en retard, a eu une discussion avec Angelo. D'autant qu'Angelo a dû avoir un rapport sexuel avec la fille, ce n'est que trop évident. Et alors, elle adécide d'en rajouter une louche pour éviter qu'Elena s'en tire. Elle ferme tout à clé, descend dans l'appartement d'en dessous, passe la nuit à faire disparaître tout ce qui peut révéler les louches trafics d'Angelo, principalement la cassette blindée, porte les lettres au garage pour qu'elles servent comme preuve à charge contre Elena…

Et là, Montalbano pousse un soupir de satisfaction. Pour faire ses petites affaires, Michela avait eu tout le temps nécessaire avant de signaler la disparition de son frère, probablement dans la nuit qu'il lui avait laissé passer dans l'appartement d'Angelo, elle avait dormi toute tranquille, de toute façon, elle avait déjà tout fait. Ça restait toujours une grosse connerie, mais sans conséquences directes.

Mais pourquoi Michela était-elle certaine qu'Angelo faisait quelque chose de louche ? La réponse était simple. Quand elle avait appris que son frère avait fait des cadeaux très coûteux à Elena et qu'elle s'était aperçue que l'argent n'avait pas été prélevé sur le compte commun, elle s'était convaincue qu'Angelo avait un compte secret où il gardait beaucoup trop d'argent qu'il ne pouvait avoir gagné honnêtement.

Mais pourquoi avait-elle emporté la cassette blindée ? Peut-être y avait-il une réponse à ça : parce qu'elle n'avait pas réussi à découvrir où était planquée la seconde clé, celle aretrouvée par Fazio collée sous le tiroir. Et puis, à bien considérer…

La considération commença et finit là. Soudain les yeux de Montalbano commencèrent à papillonner, la tête à dodeliner. La seule chose à prendre en sérieuse considération, c'était le lit.

Il eut le malheur de s'aréveiller quelques minutes avant que le réveil sonne. Il pinsa que ce matin-là, il y avait l'enterrement d'Angelo Pardo. Le mot « enterrement » lui évoqua la mort… Il sauta du lit, courut sous la douche, se lava, se rasa, se prit le café, se vêtit au rythme frénétique d'un film comique de Larry Semon, au point qu'à un moment il lui sembla entendre le bruit sautillant de l'inévitable piano, sortit de chez lui et retrouva enfin le bon tempo dès qu'il fut derrière le volant, en route pour Vigàta.

Fazio n'était pas au commissariat, Mimì était allé à Montelusa parce que Liguori l'avait appelé, Catarella était silencieux parce qu'il ne s'était pas encore repris du choc subi la veille avec l'ordinateur de Pardo, quand les gardes de la porte s'étaient retirés d'un coup et qu'il était resté à fixer l'écran vide comme le fameux désert des Tartares. Bref, c'était gai comme une morgue.

Vers le milieu de la matinée, arriva le premier coup de fil.

— Très cher, tout va bien chez vous ?

— Très bien, *dottore* Lactes.

— Grâce en soit rendue à la Madone ! Je voulais vous dire qu'aujourd'hui, malheureusement, M. le Questeur ne pourra pas vous recevoir. Disons demain à la même heure ?

Grâce en soit rendue à la Madone, pour ce jour

encore, lui était épargnée la vue de la face de M. le Questeur. Mais il lui était venu la curiosité de savoir ce qu'il voulait de lui. Certainement rin d'important, s'il renvoyait l'entrevue avec tant de facilité.

Espérons qu'avant que je parte à la retraite, ou qu'il soit transféré, il réussisse à me le dire, pinsa-t-il.

Tout de suite après, arriva le deuxième appel.

— Laganà à l'appareil, commissaire. Mon ami, Melluso, celui auquel j'avais donné les feuilles à déchiffrer, vous vous souvenez…

— Je me souviens très bien. Il a réussi à comprendre comment fonctionne le code ?

— Pas encore. Mais en attendant, il a fait une découverte qui m'a semblé importante pour vos enquêtes.

— Vraiment ?

— Oui. Mais je voudrais vous en parler en tête à tête.

— Je peux passer vers cinq heures et demie de l'après-déjeuner ?

— D'accord.

À midi et demi, arriva le troisième coup de fil.

— Montalbano ? Tommaseo à l'appareil.

— Je vous écoute, *dottore*.

— Ce matin, à neuf heures, j'ai convoqué Mme Elena Sclafani… Mon Dieu !

Le souffle lui était manqué d'un coup. Montalbano s'inquiéta.

— Qu'est-ce qu'il y a, *dottore* ?

— Mais cette femme est très belle, c'est une créature qui… que…

Tommaseo était sens dessus dessous, non seulement le souffle lui manquait, mais les mots aussi.

— Comment ça s'est passé ?

— Très bien !

Quand on s'en tient strictement à la logique, si un proc', après un interrogatoire, se déclare bien content, ça signifie que l'accusé s'est trouvé en mauvaise posture.

— Vous avez trouvé des éléments à charge ?

— Mais pas du tout !

Alors, il fallait mettre de côté la logique stricte : le proc' Tommaseo s'était mis à pencher tout en faveur d'Elena.

— La dame s'est présentée avec Me Traina. Lequel a amené avec lui un pompiste, un certain Luigi Diotisalvi.

— L'alibi de la dame.

— Exact, Montalbano. Il ne nous reste plus qu'à envier Diotisalvi et à ouvrir nous aussi une station-service, dans l'espoir que la dame un jour ou l'autre ait besoin de faire le plein, ah ah ah.

Il rit, encore étourdi par la présence d'Elena.

— La dame tenait à ce que son alibi ne soit en aucune manière appris par son mari, lui rappela le commissaire.

— Bien sûr. J'ai amplement rassuré la dame. Mais la conclusion est que nous revoilà loin du port. Qu'est-ce qu'on fait, Montalbano ?

— On rame, *dottore.*

À une heure moins le quart, Fazio se pointa, de retour des funérailles.

— Il y avait du monde ?

— Pas mal.

— Des couronnes ?

— Neuf. Une seule gerbe, mais elle était de la mère et de la sœur.

— Tu les notas, les noms sur les rubans ?

— Oh que oui. Six sont de personnes inconnues, mais trois sont des noms connus.

Les yeux commencèrent à étinceler. Signe qu'il allait marquer un grand coup.

— Continue.

— Une couronne était de la famille du sénateur Nicotra.

— Rien d'étonnant à ça. Tu le sais toi aussi qu'ils étaient amis. Le sénateur l'avait défendu...

— Une autre était de la famille du député Di Cristoforo.

Si Fazio s'attendait à ce que le commissaire s'étonne, il fut déçu.

— Je le savais déjà qu'ils se connaissaient. C'est le député Di Cristoforo qui a présenté Pardo au directeur de la banque de Fanara.

— Et la troisième couronne était de la famille Sinagra. Précisément cette famille Sinagra que nous connaissons bien.

Et cette fois, Montalbano *ammammalucchì*, fut ébahi.

— Putain !

Si les Sinagra étaient sortis à découvert à ce point-là, ça voulait dire qu'Angelo Pardo était pour eux un ami estimé. Était-ce le sénateur Nicotra qui avait fait connaître Pardo aux Sinagra ? Et Di Cristoforo était donc de la même bande ? Di Cristoforo-Nicotra-Pardo, un triangle dont la surface était la famille Sinagra ?

— Tu es allé aussi au cimetière ?

— Oh que oui. Mais ils n'ont pas pu l'enterrer, ils l'ont laissé au dépôt pour quelques jours.

— Pourquoi ?

— *Dottore*, les Pardo ont une tombe de famille. Mais au moment de faire entrer le cercueil dans la fosse, ils n'y sont pas arrivés. Le cercueil avait le couvercle trop haut, ils vont devoir élargir.

Montalbano resta pensif.

— Tu t'en souviens comment il était fait, Angelo Pardo ? demanda-t-il.

— Oh que oui, *dottore*. Environ un mètre soixante-cinq de taille, dans les quatre-vingts kilos de poids.

— Très normal. Et il te semble que pour un mort comme ça, il faut un couvercle XL ?

— Oh que non, *dottore*.

— Explique-moi ça, Fazio. D'où est parti l'enterrement ?

— De chez la mère de Pardo.

— Ce qui signifie qu'ils l'avaient déjà emmené de Montelusa à Vigàta.

— Oh que oui monsieur, ils l'ont fait à hier soir.

— Écoute, tu peux me trouver le nom de l'entreprise des pompes funèbres ?

— Je le connais déjà, *dottore*. Sorrentino Angelo et Fils.

Montalbano le fixa entre ses paupières plissées.

— Comment ça se fait que tu le connais déjà ?

— Parce que ce truc ne m'a pas paru très catholique. Ici dedans, y a pas que vous qui êtes flic, *dottore*.

— Alors, téléphone à ce Sorrentino, tu te fais dire les noms de ceux qui se sont occupés matériellement du transport de Montelusa à ici et ensuite des funérailles. Ces personnes, tu me les convoques pour aujourd'hui après déjeuner, trois heures et demie.

Chez Enzo, il resta dans le léger, il n'aurait pas le temps de se faire son habituelle balade digestivo-méditative le long du môle jusqu'au phare. Pendant qu'il mangeait, il repinsa à la coïncidence qu'aux funérailles d'Angelo Pardo, il y avait les couronnes des familles Nicotra et Di Cristoforo, elles aussi frappées d'un deuil récent. Trois personnes qui, en quelque manière, avaient entre elles des rapports d'amitié, et qui étaient mortes en moins d'une semaine. Un moment, se dit-il. Il était prouvé et comprouvé que le sénateur Nicotra était un ami de Pardo, il avait su que Di Cristoforo était lui aussi ami de Pardo, mais Nicotra et Di Cristoforo étaient-ils amis entre eux ? À bien y réfléchir, ça se présentait peut-être différemment.

Après le bouleversement de Mains Propres, Nicotra était passé au parti du promoteur milanais et avait continué à faire de la politique, toujours et en tout cas appuyé par la famille Sinagra. Di Cristoforo, ex-socialiste, était passé à un parti du centre opposé à celui de Nicotra. Et en plus d'une occasion, il avait attaqué plus ou moins ouvertement Nicotra pour ses rapports avec les Sinagra. Donc, la situation était que Di Cristoforo était d'un côté, Nicotra et les Sinagra de l'autre et qu'ils avaient d'autres points en commun qu'Angelo Pardo. Ce n'était pas le triangle qu'il avait d'abord imaginé. Alors, que représentait Angelo Pardo pour Nicotra et que représentait-il pour Di Cristoforo ? Théoriquement, s'il était ami de Nicotra, il n'aurait pas pu l'être de Di Cristoforo. Et vice versa. L'ami de mon ennemi est mon ennemi. À moins qu'il ne fasse quelque chose qui serve aux amis et aux ennemis.

— Moi, je m'appelle Filippu Zocco.

— Et moi, Nicola Paparella.

— C'est vous qui avez transporté la dépouille d'Angelo de la morgue de Montelusa à Vigàta ?

— Oh que oui, firent-ils en chœur.

Les deux croque-morts quinquagénaires étaient vêtus d'une espèce d'uniforme : trois-pièces noir, cravate noire, chapeau noir. On aurait dit deux gangsters de film méricain un peu caricaturaux.

— Comment ça se fait que le cercueil n'a pas pu entrer dans le trou ?

— Je parle moi, ou tu parles toi ? demanda Paparella à Zocco.

— Tu parles toi, rétorqua Zocco.

— Mme Pardo tiliphona au patron, M. Sorrentino, qui alla chez elle et ils se mirent d'accord sur le cercueil et sur les horaires. À sept heures hier soir, on est allés à la morgue, on a chargé le mort et on l'a apporté ici, chez cette dame Pardo.

— C'est comme ça qu'on fait, d'habitude ?

— Oh que non, *commissariu.* Quelquefois, ça se fait mais c'est pas l'habitude.

— Et qu'est-ce que c'est, l'habitude ?

— On prend le mort à la morgue et on l'apporte directement à l'église où c'est qu'il y a l'enterrement.

— Continuez.

— Quand on arrive, la dame dit que le cercueil lui semblait bas. Il en voulait un plus haut.

— Et il l'était, bas ?

— Oh que non, commissaire. Mais les parents des morts, certaines fois, ils s'azimutent sur des conneries. En tout cas, la dame parla au tiliphone avec le patron et ils se sont mis d'accord. Au bout d'une demi-heure arriva un autre cercueil que la dame trouva à sa convenance. Alors, on leva le mort du premier cercueil on le mit dans le second. Mais la dame voulut pas qu'on ferme le couvercle. Elle dit qu'elle voulait veiller toute la nuit, mais pas devant un cercueil fermé. Elle nous dit de revenir le lendemain vers sept heures du matin pour le refermer. Et elle nous donna cent euros pour le dérangement. Et c'est comme ça que ça finit. Ce matin, on est revenus et on a refermé. Après, il arriva qu'au cimetière…

— Je sais ce qui arriva. Quand ce matin, vous êtes

allés fermer le cercueil, vous n'avez rien remarqué de bizarre ?

— *Commissariu*, il y avait quelque chose de bizarre qu'était pas bizarre.

— Je n'ai pas compris.

— Certaines fois, les parents des morts mettent des trucs dans le cercueil, des choses qui plaisaient au mort quand il était vivant.

— Et dans ce cas précis ?

— Dans ce cas précis, le mort avait l'air à moitié relevé.

— C'est-à-dire ?

— La dame lui avait glissé un gros truc sous la tête et le dos. Un truc enveloppé d'un drap. Bref, c'était comme s'il avait eu un coussin derrière.

— Une dernière chose, par curiosité. Dans le premier cercueil, le mort aurait pu tenir dans cette position ?

— Non, firent, nouvellement en chœur, Zocco et Paparella.

DIX-SEPT

— Ah, commissaire ! s'exclama Laganà. Très ponctuel ! Asseyez-vous !

Tandis que Montalbano s'exécutait, le brigadier composait un numéro.

— Tu peux venir ?

— Alors, brigadier, qu'avez-vous découvert ?

— Si vous n'avez rien contre, je préfère que ce soit mon collègue qui vous le dise, étant donné que le mérite lui revient.

On frappa à la porte. Vittorio Melluso ressemblait comme deux gouttes d'eau à William Faulkner, à l'époque où on lui avait donné le prix Nobel. La même élégance de gentilhomme du Sud, le même sourire courtois et distant.

— Il est extrêmement difficile de comprendre comment fonctionne le code basé sur ce recueil de chansonnettes justement parce qu'il est conçu de manière élémentaire et, je crois, à des fins toutes personnelles.

— Je n'ai pas compris ce que signifie « à des fins toutes personnelles ».

— *Dottore*, en général, un code sert à deux ou trois personnes pour communiquer entre elles sans crainte que d'autres soient en mesure de comprendre ce qu'elles se disent. D'accord ?

— Bien sûr.

— Donc, de ce code donné, on fait le nombre de copies nécessaire aux personnes qui doivent s'échanger des informations. C'est clair ?

— Oui.

— Je crois que le code que vous avez trouvé n'a pas de copie. Il ne servait qu'à celui qui l'avait imaginé pour crypter des noms, ceux qui apparaissent sur l'agenda que Laganà m'a donné.

— Vous avez réussi à comprendre quelque chose ?

— Écoutez, je crois avoir compris deux choses. La première, c'est que chaque nom correspond à un nombre, celui de la colonne de gauche. Les nombres sont tous composés de six chiffres, alors que les noms de famille, à les compter lettre par lettre, ont des longueurs diverses. Ce qui signifie que chaque chiffre ne correspond pas à une lettre. Probablement, à l'intérieur de chaque nombre, il y a des chiffres-leurres.

— C'est-à-dire ?

— Des chiffres qui ne servent à rien, ou du moins servent à leurrer. En d'autres termes, il s'agit d'un code à l'intérieur d'un code.

— Je comprends.

— Et la deuxième chose ?

Laganà et Melluso échangèrent un rapide coup d'œil.

— Tu le lui dis, toi ? demanda Melluso.

— Le mérite te revient, dit Laganà.

— Commissaire, attaqua Melluso. Vous nous avez fait avoir deux listes. Dans les deux, les nombres de gauche, ceux qui cachent des noms, se succèdent et se répètent de la même manière. Les chiffres de droite, en revanche, changent toujours. En les examinant bien, je suis arrivé à la conclusion que les nombres de droite de la première liste indiquent des chiffres en euros, alors que les nombres de droite de la deuxième liste représentent des quantités. En confrontant par exemple les deux premiers chiffres de droite des deux listes, on découvre qu'entre les deux chiffres, il y a un rapport précis, basé…

— … sur le prix courant sur le marché, conclut le commissaire.

Laganà qui, depuis cinq minutes, ne détachait pas le regard de Montalbano, se mit à rire.

— Je te l'avais dit, Melluso, que le commissaire comprend au vol !

Melluso inclina légèrement la tête vers Montalbano, en signe d'hommage.

— Alors, conclut le commissaire, dans la première liste, il y a les noms des clients et la somme payée par chacun, dans la deuxième la quantité fournie à chaque fois. Il y avait une troisième liste dans l'ordinateur, mais malheureusement, elle s'est autodétruite.

— Maintenant, vous imaginez ce qu'elle contenait ? demanda Laganà.

— Maintenant, oui. Il était certainement noté les dates et la quantité de marchandise que le fournisseur, disons plutôt le grossiste, lui remettait.

— Je continue d'essayer de décrypter les noms ? s'enquit Melluso.

— Bien sûr. Et je vous en suis très reconnaissant.

Mais il ne dit pas que sur les quatorze noms, il en connaissait certainement déjà deux.

Il arriva au commissariat que la nuit tombait. Il souleva le combiné, composa le numéro de Michela.

— Allô ? Montalbano, je suis. Comment allez-vous ?

— Comment voulez-vous que j'aille ?

La femme avait une voix différente, elle semblait

venir de loin et elle était fatiguée comme après une longue marche.

— Il faut que je vous parle.

— On peut renvoyer à demain ?

— Non.

— Bien, alors venez.

— Écoutez, Michela, faisons comme ça, voyons-nous à l'appartement de votre frère d'ici une heure, de toute façon, vous avez les clés. Ça vous va ?

Si ça se trouvait, chez elle, il y avait la mère, la tante de Vigàta, celle de Fanara et aussi des amis en visite de condoléances qui dérangeraient ou carrément empêcheraient la conversation.

— Pourquoi justement là ?

— Je vous le dirai tout à l'heure.

Il courut à Marinella, se déshabilla, se glissa sous la douche, se rhabilla de propre des pieds à la tête, caleçon, chemise, chaussettes, costume. Il téléphona à Livia, lui dit qu'il l'aimait et raccrocha, la laissant probablement *ammammalocuta*. Après, il se versa un verre de whisky et s'en alla le boire sur la véranda en fumant une cigarette. Ensuite, il monta en voiture. Maintenant, il fallait crever l'abcès, la partie la plus laide.

Arrivé devant chez Angelo, il se gara, descendit de voiture, mata vers le balcon et les fenêtres du dernier étage. Maintenant, il y avait une obscurité épaisse, on voyait de la lumière à deux fenêtres. Michela devait être déjà arrivée. Et donc, au lieu d'utiliser les clés, il sonna à l'interphone, mais aucune voix n'arépondit. Seul le déclic de la grande porte qu'on avait ouverte. Il monta les marches sans vie de la maison morte et quand il arriva au palier du dernier étage, vit Michela qui l'attendait devant la porte.

Il eut peur. Il eut peur parce qu'il lui avait semblé, absurdement, pendant la durée d'un éclair, que la femme qui le fixait n'était pas Michela, mais sa mère. Que lui était-il arrivé ?

Certes, la mort de son frère l'avait durement touchée, mais jusqu'au jour précédent, Montalbano l'avait vue bien réagir, s'expliquer avec intelligence et accuser avec force. Se pouvait-il que le lugubre cérémonial des funérailles lui eût fait prendre conscience, à ce moment seulement, de la perte définitive, irrévocable, d'Angelo ? Elle portait une de ses habituelles robes larges et déformées, comme si elle les avait achetées à un étal de vêtements d'occasion et avait atrouvé seulement des tailles trop grandes. La couleur de la robe était d'un noir de deuil. Noires les chaussettes, noires les chaussures de toile, sans talons et avec un bouton, genre Filles de Marie. Elle avait rassemblé ses cheveux dans un grand foulard, noir naturellement. Les épaules courbées, elle s'appuyait à la porte et gardait les yeux baissés.

— Entrez.

Montalbano s'exécuta, s'arrêtant dans l'entrée.

— Où voulez-vous que nous allions ? demanda-t-il.

— Où vous voulez vous, arépondit Michela en fermant la porte.

Le commissaire choisit le salon. Ils s'assirent dans deux fauteuils face à face. Et aucun des deux ne parla pendant un moment, le commissaire semblait vraiment être un type venu faire ses condoléances et qui s'attarde le temps convenable, muet et embarrassé.

— Et comme ça, tout est fini, dit soudain Michela en s'appuyant au dossier du fauteuil et en fermant les yeux.

— Non pas tout. L'enquête reste ouverte.

— Oui, mais elle ne se terminera jamais de la bonne

manière. Ou elle sera archivée, ou vous arrêterez quelqu'un qui n'y est pour rien.

— Pourquoi dites-vous cela ?

— Parce que j'ai su que le *dottor* Tommaseo n'a retenu aucune charge contre Elena après l'avoir interrogée. Il s'est mis de son côté à elle, comme du reste, vous l'avez toujours fait, commissaire.

— C'est vous qui avez mis en cause Elena, non ?

— Oui, parce que si je devais compter sur vous !

— Vous avez dit à Tommaseo que je détenais des lettres d'Elena à votre frère ?

— Je n'aurais pas dû ?

— Vous n'auriez pas dû.

— Et pourquoi ? Pour que vous puissiez continuer à maintenir Elena en dehors du coup ?

— Non, pour que vous puissiez vous tenir en dehors, vous, Michela. En fait, en disant au magistrat ce que vous avez dit, vous avez commis une erreur. Les sportifs diraient un but contre votre camp.

— Expliquez-moi ça.

— Bien sûr. Moi, je ne vous ai pas communiqué que j'avais retrouvé les lettres. Et si je ne vous l'ai pas dit, comment avez-vous fait pour le savoir ?

— Mais je suis sûre que c'est vous qui me l'avez annoncé ! Même, je me rappelle que Paola était avec nous quand...

Montalbano secoua la tête.

— Non, Michela, votre amie Paola, si vous faites appel à son témoignage, ne pourra que confirmer que ce soir-là, moi, sur une question précise de votre part, j'ai nié avoir retrouvé les lettres.

Michela n'ouvrit pas la bouche, s'enfonça plus profond dans le fauteuil, les yeux toujours clos.

— C'est vous, Michela, continua le commissaire, qui avez pris les trois lettres qu'Angelo gardait dans le bureau, qui les avez glissées dans une enveloppe plus grande et qui êtes allée la cacher dans le garage, sous le tapis de sol du coffre de la Mercedes. Mais vous l'avez fait de manière qu'un coin de l'enveloppe reste en évidence. Vous vouliez qu'elles soient retrouvées. De manière que, en les lisant, je me demande qui avait eu intérêt à tenter de les cacher. Et la réponse ne pouvait être que : Elena. Quand vous êtes allée contrôler et que l'enveloppe n'était plus là, vous avez eu la certitude que j'avais mis la main sur les lettres.

— Et quand aurais-je fait tout ça ? demanda-t-elle d'une voix tendue, soudain redevenue attentive, éveillée.

Lui dire sa supposition ? Peut-être était-ce prématuré. Il préféra s'attribuer une culpabilité qui, désormais, était sans importance.

— Le soir où nous avons découvert Angelo. Quand je vous ai laissée seule, à dormir dans cet appartement, commettant ainsi une erreur grossière.

Elle se détendit.

— C'est une invention. Vous n'avez aucune preuve.

— Des preuves, nous en parlerons tout à l'heure. Comme vous le savez, j'ai cherché en vain la cassette blindée qu'Angelo gardait chez lui. Je suppose que la cassette, vous l'avez emportée avec vous, Michela, le même soir que celui où vous vous êtes emparée des lettres.

— Expliquez-moi alors, dit la femme sur un ton ironique, pourquoi je vous aurais fait retrouver les lettres, si on suit votre raisonnement, et pas la cassette ?

— Parce que les lettres pouvaient accuser Elena, mais le contenu de la cassette aurait en revanche certainement accusé votre frère.

— Et qu'est-ce qu'il pouvait y avoir de si compromettant dans la cassette, d'après vous ? De l'argent ?

— De l'argent, non. L'argent, il se le gardait à Fanara, à la Banque populaire.

Il s'attendait à une réaction différente de Michela. Au minimum, Angelo ne lui avait pas révélé qu'il avait un autre compte et donc, étant donné les rapports entre frère et sœur, cette dissimulation était très proche d'une trahison.

— Ah oui ? dit seulement, un peu étonnée, la femme.

Une indifférence qui puait la tromperie à un mille. Michela savait donc très bien qu'Angelo possédait un autre compte. Et donc, sur les petites affaires de son frère, elle devait connaître la messe entière.

— Vous, de cet autre compte, vous ne saviez rien, n'est-ce pas ?

— Rien. J'étais certaine qu'il avait seulement le compte commun, il me semble vous l'avoir même fait voir.

— D'après vous, l'argent déposé à Fanara, d'où provenait-il ?

— Bah, sans doute des primes, des gratifications, des pourcentages extraordinaires, des choses de ce genre. Moi je croyais que ces sommes, il les gardait chez lui, mais visiblement, il les avait déposées à la banque.

— Vous le saviez qu'il jouait gros ?

— Non. Absolument pas.

Une autre calembredaine. Elle le savait, que son frère avait pris le vice. Et de fait, elle s'était limitée à nier, elle n'avait pas demandé à Montalbano comment il l'avait appris, où il jouait, combien il perdait ou gagnait.

— S'il y avait beaucoup d'argent sur son compte, dit Michela, ça veut dire qu'il a dû avoir des gains exceptionnels au jeu.

Elle maniait bien le fleuret, la dame. Elle parait et juste après était capable de se fendre en exploitant le mouvement adversaire. Elle était disposée à tout admettre, pourvu qu'on ne sache pas la véritable origine de l'argent.

— Revenons à la cassette blindée.

— Commissaire, je ne sais rien de cette cassette blindée, comme je ne savais rien du compte de Fanara.

— D'après vous, qu'est-ce qu'il pouvait y avoir dans la cassette ?

— Je n'en ai pas la moindre idée.

— Moi si, dit Montalbano à mi-voix, comme s'il ne voulait pas donner d'importance à l'affirmation.

Elle ne montra pas la moindre curiosité de savoir quelle était l'idée du commissaire.

— Je suis fatiguée, dit-elle en revanche, avec un soupir.

Montalbano ressentit de la peine. Parce qu'il avait senti dans ces trois mots un poids de fatigue authentique, profonde, qui n'était pas seulement du corps, physique, mais aussi de pinsées, de sentiments, d'âme. Une fatigue totale.

— Si vous voulez, je…

— Non, restez. Plus tôt nous en finissons, mieux ce sera. Mais je vous prie d'une seule chose, commissaire, ne jouez pas au chat et à la souris. Vous avez à présent compris tant de choses, du moins, je le crois. Posez-moi des questions précises et moi je vous répondrai comme je peux.

Montalbano n'aréussit pas à déterminer si maintenant la femme voulait simplement changer de jeu ou l'invitait vraiment à conclure parce qu'elle n'en pouvait plus.

— Il va falloir un peu de temps.

— J'en ai autant qu'il faut.

— Je voudrais commencer par vous dire que j'ai une idée précise de l'endroit où se trouve actuellement la cassette. J'aurais pu contrôler avant notre entrevue et avoir la confirmation de ma supposition. Je ne l'ai pas fait.

— Pourquoi ?

— Il n'est pas dit que ce contrôle, je doive forcément le faire. Ça dépend de vous.

— De moi ?! Et où supposez-vous que se trouve la cassette ?

— Au cimetière. Dans le cercueil. Sous le corps d'Angelo.

— Allons donc ! se récria-t-elle, tendant même un petit sourire qui dut lui coûter une énorme fatigue.

— Ça marche pas, Michela. Si vous continuez comme ça, moi, je vais être obligé de faire un contrôle. Vous savez ce que ça signifie ? Que je vais devoir demander une quantité d'autorisations, l'affaire va devenir officielle, la cassette sera ouverte et tout ce que vous avez fait pour sauver la bonne renommée de votre frère n'aura servi à rien.

Ce fut peut-être alors que Michela comprit que la partie était perdue. Elle ouvrit l'œil et le mata un instant. Montalbano, instinctivement, agrippa les accoudoirs du fauteuil comme pour essayer de s'ancrer. De fait, il n'y avait pas une mer en tempête dans ces yeux, mais une étendue liquide, jaunâtre, dense, qui bougeait lentement, semblait respirer, en se levant et s'abaissant. Ça n'effrayait pas, mais ça donnait l'impression que ce liquide, si vous y mettiez un doigt dedans, vous brûlerait jusqu'à l'os. La femme ferma nouvellement les yeux.

— Vous savez aussi ce qu'il y a dans la cassette ?

— Oui, Michela. De la cocaïne. Et pas seulement.

— C'est-à-dire ?

— Il doit y avoir aussi le produit avec lequel Angelo a coupé par erreur la dernière livraison de cocaïne, en la transformant, sans le vouloir, en poison mortel. Et provoquant ainsi la mort de Nicotra, de Di Cristoforo et des autres dont il était le fournisseur de confiance.

La femme retira le foulard de sa tête, la secoua, les chevaux lui tombèrent sur les épaules.

Comment se fait-il que je n'avais pas remarqué avant qu'elle avait tant de cheveux blancs? se demanda le commissaire.

— Je suis fatiguée, répéta Michela.

— Quand est-ce qu'Angelo a commencé à fréquenter les tripots ?

— L'année dernière. Il y est allé par curiosité. Et ce fut le début de la fin. L'argent qu'il gagnait ne lui suffisait plus. Et il accepta une offre qu'on lui fit. Approvisionner des clients importants en grosses quantités. Étant donné son métier, il pouvait parcourir librement la province sans éveiller les soupçons.

— Comment avez-vous fait pour découvrir qu'Angelo...

— Je ne l'ai pas découvert, il me l'a dit. Il ne me cachait rien.

— Vous le savez, qui lui a fait la proposition ?

— Je le sais mais je ne vous le dis pas.

— Il vous a dit aussi qu'il avait coupé la dernière livraison de cocaïne ?

— Non, il n'en a pas eu le courage.

— Pourquoi ?

— Parce qu'il l'a fait pour la salope, pour Elena. Il avait besoin de beaucoup d'argent pour lui faire d'autres cadeaux et la garder près de lui. Avec ce système, il redoublait le produit qu'on lui donnait et la différence, il la gardait pour lui.

— Michela, pourquoi est-ce que vous haïssez tant Elena et pas les autres femmes avec lesquelles votre frère a été ?

Avant d'arépondre, une grimace de souffrance lui tordit la bouche.

— Angelo était vraiment tombé amoureux de cette femme. C'était la première fois que ça arrivait.

Le moment était venu. Montalbano battit le rappel en lui de tout ce qu'il pouvait rappeler, muscles, souffle, nerfs. Un plongeur au bord du tremplin, un instant avant de se lancer. Puis, il plongea.

— Angelo aurait dû n'aimer que vous, c'est ça ?

— Oui.

C'était fait. Entrer dans ce sous-bois obscur fait de racines entremêlées, de serpents, de tarentules, de nids de vipères, d'herbes sauvages, de buissons épineux, avait été facile. Pénétrer dans cette selve obscure n'avait pas présenté de difficulté. Mais s'y déplacer exigeait du courage.

— Mais vous, vous ne vous étiez pas fiancée, une fois ? Vous n'étiez pas tombée amoureuse ?

— Oui. Mais Angelo…

Voilà, sous un arbre, la plante maligne a été découverte. Belle à voir mais, si tu en mets une feuille dans la bouche, mortelle.

— Angelo s'était arrangé pour l'éliminer. C'est ça ?

— Oui.

Elle n'a pas de confins, cette forêt malade qui pue la mort. Et plus vous y entrez, plus vous attend le guet-apens de l'horreur que vous ne voudriez ni voir ni entendre.

— Et quand Teresa est tombée enceinte, c'est vous qui avez persuadé Angelo de faire avorter la fille en lui tendant un piège ?

— Oui.

— Personne ne devait s'interposer dans votre… dans votre…

— Qu'est-ce que vous faites, commissaire ? dit-elle dans un murmure. Vous ne trouvez pas le bon mot. Amour, *dottore* Montalbano. Le mot juste est amour.

Elle ouvrit l'œil et se remit à le mater. Maintenant sur la surface de l'étendue de liquide jaunâtre, se formaient de grosses bulles qui explosaient comme au ralenti. Montalbano s'imagina la puanteur qu'elles émettaient :

celle, douceâtre, de la décomposition, des œufs pourris, de la pollution de marais malades.

— Comment avez-vous su qu'on avait tué Angelo ?

— On m'a téléphoné. Le lundi même, vers neuf heures du soir. Ils m'ont dit qu'ils étaient allés chez Angelo pour lui parler, mais qu'ils l'avaient trouvé déjà mort. Ils m'ont ordonné de faire disparaître tout ce qui pouvait faire découvrir le travail qu'Angelo faisait pour eux. Et moi, j'ai obéi.

— Vous n'avez pas seulement obéi. Mais vous êtes allée dans la chambre où votre frère venait d'être tué et vous avez fabriqué de fausses preuves contre Elena. C'est vous qui avez préparé toute la mise en scène de la culotte dans la bouche, du jean ouvert, du sexe sorti.

— Oui. Je voulais être sûre et certaine qu'Elena serait inculpée du meurtre. Parce que c'est elle qui l'a tué. Ces gens-là, ils l'ont trouvé mort, Angelo.

— Ça, on le verra après. Ils peuvent vous avoir menti, vous savez ? En attendant, dites-moi. Vous connaissez qui vous a téléphoné pour vous avertir de la mort de votre frère ?

— Oui.

— Dites-moi son nom.

Michela se leva avec lenteur. Elle écarta les bras en s'étirant.

— Je reviens de suite, dit-elle. Je vais boire un peu d'eau.

Elle sortit en se dirigeant vers la cuisine, le dos encore plus rond, les pieds traînant.

Montalbano ne sut ni comment ni pourquoi, mais tout à coup, il se leva, courut à la cuisine. Michela n'y était pas. Il se pencha sur le balcon. Un lampadaire éclairait l'esplanade devant le garage. Mais cette lumière terne suffit à lui montrer une espèce de sac noir, immobile, à terre. Michela s'était jetée en bas, sans dire un mot, sans pousser un cri. Et le commissaire comprit que la tragédie, quand elle est jouée devant des gens, prend des poses et parle haut, mais quand elle est profondément vraie, elle parle à voix basse et a des gestes humbles. Eh oui, l'humilité de la tragédie.

Il prit une rapide décision : lui, ce soir-là, il n'avait jamais mis les pieds dans l'appartement d'Angelo. Quand on découvrirait le corps de la femme, on croirait qu'elle s'était tuée pour n'avoir pu surmonter la douleur de la perte de son frère. Et ainsi soit-il.

Il ferma doucement la porte de l'appartement en redoutant que Sa Majesté le surprenne, descendit les escaliers morts, sortit, monta en voiture et s'en fut à Marinella.

DIX-HUIT

À peine entré chez lui, il se sentit très fatigué, grande était son envie d'aller se coucher, de se tirer la couverture par-dessus la tête et de rester comme ça, les yeux fermés, dans une tentative d'effacer le monde.

Il était onze heures du soir. Tandis qu'il ôtait veste, cravate et chemise, il aréussit, comme un prestidigitateur, à composer le numéro d'Augello.

— Salvo, mais t'es devenu fada ?

— Pourquoi ?

— Téléphoner à cette heure ! Tu réveilles le minot !

— Je le réveillai ?

— Non.

— Et alors, pourquoi tu fais chier ? Je dois te dire une chose importante. Viens tout de suite chez moi, à Marinella.

— Mais Salvo…

Il raccrocha. Il appela Livia, mais personne n'arépondit. Peut-être était-elle allée au cinéma. Il se déshabilla complètement, se mit sous la douche, consomma toute l'eau du premier réservoir, jura, voulut ouvrir le réservoir de réserve mais s'arrêta. Et si dans la nuit, on coupait l'eau, comment il se laverait au matin ? Mieux valait être prudent.

Il adécida, dans l'attente de Mimì, de se consacrer à la coupe de ses ongles des mains et des pieds. Quand il eut fini et qu'on sonna à la porte, il alla ouvrir, nu comme il était.

— Mais je suis marié ! s'exclama Mimì, scandalisé. Vous ne m'aviez pas invité pour me montrer votre collection de papillons.

Montalbano lui tourna le dos et alla passer un caleçon et une chemise.

— C'est un truc long ?

— Passablement.

— Alors, donne-moi un whisky.

Ils s'assirent sur la véranda. Avant de boire, Montalbano leva le verre :

— Félicitations, Mimì.

— Pour quoi ?

— Tu as résolu l'affaire du grossiste. Demain tu vas pouvoir frimer avec Liguori.

— Tu veux galéjer ?

— Pas du tout. Dommage qu'on l'ait tué, il avait trahi la confiance de la famille Sinagra.

— Et c'était qui ?

— Angelo Pardo.

Augello s'étonna.

— Celui qu'on a trouvé abattu avec la bite dehors ?

— Exactement.

— Je m'étais convaincu que c'était un crime passionnel, une histoire de femme.

— Ils voulaient nous le faire avaler.

Augello tordit la bouche.

— Salvo, tu es sûr de ce que tu dis ? Tu as les preuves ?

— Les preuves sont dans une cassette blindée qui

se trouve dedans le cercueil d'Angelo Pardo. Fais-toi donner les autorisations, tu l'ouvres, tu prends la cassette, tu l'ouvres aussi avec la clé que je vais te donner et dedans, tu y trouves non seulement la cocaïne mais aussi l'autre produit qui l'a transformé en poison.

— Excuse-moi, Salvo, mais qui a mis la cassette blindée dans le cercueil ?

— Sa sœur Michela.

— Alors, elle est complice !

— Tu te trompes. Elle ne savait rien de ce que trafiquait son frère. Elle a pensé que la cassette, dont elle n'avait pas les clés, contenait des objets personnels d'Angelo et l'a mise dans le cercueil.

— Pourquoi ?

— Comme ça, le mort, de temps en temps, dans l'éternité, pouvait l'ouvrir et, en voyant ce qu'il y avait dedans, se rappelait le bon temps de quand il était en vie.

— Je dois y croire ?

— À l'histoire du mort qui de temps en temps ouvre la cassette ?

— Je te parle du fait que la sœur ignorait le trafic de son frère.

— Non. Toi, non. Mais les autres, oui. Il faut qu'ils y croient.

— Et si Liguori l'interroge et qu'elle se contredit ?

— T'inquiète pas, Mimì, elle ne sera pas interrogée.

— Comment tu fais pour en être sûr ?

— Je le suis, et c'est tout.

— Alors, raconte-moi tout depuis le début.

Il lui raconta presque tout, la demi-messe. Il ne lui dit pas que Michela s'était trouvée jusqu'au cou dans cette merde, mais seulement jusqu'au genou, il lui expliqua que le besoin d'argent d'Angelo venait du vice du jeu, en laissant comme ça dans l'ombre Elena, il l'avertit que le brigadier de la garde des finances Laganà et un de ses collègues pouvaient leur fournir, à Liguori et à lui, des éléments utiles.

— Mais Pardo, comment ça se fait qu'il connaissait la famille Sinagra ?

— Le père de Pardo était un grand soutien politique du sénateur Nicotra. Et le sénateur a dû présenter Angelo à quelqu'un des Sinagra. Et les Sinagra, quand ils ont compris que Pardo était à court d'argent, l'ont embauché. Angelo a trahi leur confiance et ils l'ont fait abattre.

— Il me semblait avoir compris que dedans la bouche du mort, on a trouvé deux fils d'un tissu…

— Tiâtre, Mimì, mise en scène pour troubler les eaux…

Ils parlèrent encore un peu, Montalbano lui donna le trousseau de clés d'Angelo et au moment où Mimì lui disait au revoir, le téléphone sonna.

— Livia ? Mon amour ? dit le commissaire.

— Désolé de vous décevoir, *dottore*.

C'était la voix de Fazio.

— On vient de m'avertir qu'on a retrouvé le corps de Michela Pardo. Elle s'est suicidée en se jetant du balcon de chez son frère. Moi, je suis au commissariat, mais je dois y aller. Les clés de l'appartement, c'est vous qui les avez ?

— Oui. Je te les fais porter par le *dottor* Augello qui se trouvait par hasard chez moi.

Il raccrocha.

— Michela Pardo s'est suicidée.

— La pauvre ! Disons qu'elle n'a pas supporté la douleur ? demanda Augello.

— Disons-le.

Durant les quatre jours qui suivirent, il ne se passa rin de rin. M. le Questeur renvoya à une date indéterminée la rencontre avec Montalbano.

Et Elena ne lui téléphona jamais.

Et c'était une chose qui, en un certain sens, lui déplaisait. Il avait cru comprendre que la petite l'avait repéré et renvoyait l'attaque à la fin de l'enquête. « Pour ne pas créer d'équivoque », avait-elle dit. Ou quelque chose de ce genre.

Et elle avait raison : si elle avait mis en œuvre, alors, sa capacité de séduction sur lui, Montalbano pouvait pinser qu'elle le faisait pour s'en faire un ami et complice. Mais maintenant que même Tommaseo l'avait mise hors de cause, il n'y avait plus de possibilité d'équivoque. Et alors ?

Tu veux voir que la proie que la guéparde avait en vue était une autre ? Et que c'était lui qui avait vu une équivoque où il n'y en avait pas ? Mettons qu'un lapin voit une guéparde qui le poursuit et il se met à courir pour lui échapper, terrorisé. Tout à coup, le lapin n'entend plus la bête féroce derrière lui. Il se retourne et voit que la guéparde s'est mise à poursuivre un chevreuil.

Maintenant la question était la suivante : pourquoi le lapin, au lieu d'être content, se sent un peu déçu de ne plus être la proie ?

Le cinquième jour, Mimì Augello arrêta Gaetano Tumminello, homme de la famille Sinagra, soupçonné de quatre meurtres, sous l'accusation d'avoir tué Angelo Pardo.

Pendant vingt-quatre heures, Tumminello soutint n'avoir jamais de sa vie mis les pieds chez Angelo Pardo, il jura même ignorer où il habitait. La photographie de l'assassin présumé apparut à la télévision. Alors s'aprésenta au commissariat le commandeur Ernesto Laudadio, alias S. M. Victor Emanuel III, pour déclarer que le soir de ce lundi, il n'avait pas pu entrer dans son garage parce que devant était garée une voiture jamais vue auparavant et dont il avait relevé le numéro. Il s'était mis à klaxonner et au bout d'un moment était apparu le propriétaire, oui monsieur, l'homme de la photographie vu à la télévision, exactement celui-là, lequel, sans dire ni oui ni merde, était monté en voiture et était parti.

En conséquence, Tumminello dut changer de version. Il dit qu'il était allé chez Angelo Pardo pour parler d'une certaine affaire mais qu'il l'avait déjà trouvé mort. Il ne savait rien d'une histoire de culotte dans la bouche de Pardo. Et il précisa que quand il l'avait vu, la braguette du jean était fermée. Au point que quand il avait entendu dire que Pardo avait été trouvé dans une pose obscène (il dit exactement comme ça, « pose obscène »), lui, Tumminello, en était resté surpris.

Personne, naturellement, ne le crut. Non seulement il avait tué Pardo parce qu'il avait mis en circulation de la cocaïne mortelle, au risque de provoquer des massacres, mais il avait aussi tenté d'égarer les recherches. Les Sinagra le lâchèrent et Tumminello, comme il était de tradition, déchargea les Sinagra : il soutint que l'idée de la drogue avait été de lui et seulement de lui, comme était sienne l'idée d'enrôler dans l'affaire Angelo Pardo qu'il savait à court d'argent et que la Famille qui lui avait fait l'honneur de l'accueillir comme un fils dévoué et respectueux ignorait tout de cela. Mais il répéta que lui, à Pardo, quand il était venu lui parler de l'énorme connerie qu'il avait faite avec la cocaïne mal taillée, il l'avait trouvé déjà abattu.

— Aller lui parler est un aimable euphémisme pour dire que vous étiez venu chez Pardo pour le tuer ? lui avait demandé le proc'.

Tumminello n'arépondit pas.

Cependant le brigadier Melluso, le collègue de Laganà avait aréussi à déchiffrer le code d'Angelo et les neuf pirsonnes de la liste se retrouvèrent prises dans le filet. En vérité, les noms de la liste s'élevaient à quatorze, mais les cinq autres (parmi lesquels l'ingénieur Fasulo, le sénateur Nicotra et le députa Di Cristoforo) appartenaient à des pirsonnes qui, grâce aux faibles talents de chimiste d'Angelo Pardo, étaient définitivement à l'abri des poursuites.

Une semaine plus tard, Livia vint passer trois jours à Vigàta. Pas une fois, ils ne s'engueulèrent. Le matin du lundi, à sept heures de l'aube, Montalbano l'accompagna à l'aéroport de Punta Raisi et, après l'avoir vue partir, monta en voiture pour rentrer au pays. Mais comme il n'avait rien à faire, il adécida de suivre une route par l'intérieur, en mauvais état, certes, mais qui lui permettait de profiter encore de quelques kilomètres du paysage qui lui plaisait, fait de terres arides et de maisonnettes blanches. Il roula trois heures la tête vide de pinsées. Tout à coup, il se rendit compte qu'il suivait la route qui mène de Giardina à Vigàta, donc il n'était qu'à quelques kilomètres de l'arrivée. Giardina ?! Mais c'était pas sur cette route qu'il y avait une station-service où, le soir du lundi, Elena avait fait l'amour avec un pompiste, comment il s'appelait ? Ah oui, Luigi ?

Et faisons sa connaissance, à ce Luigi, se dit-il.

Il conduisit encore plus lentement, matant à droite et à gauche. Et à la fin, il vit la station-service. Un auvent, pour moitié couronné de tubes au néon éteints, sous lequel il y avait trois pompes. Et c'est tout. Il entra sur l'esplanade et s'arrêta. La cabine de l'employé était en maçonnerie, presque entièrement cachée par le tronc d'un millénaire olivier sarrasin. De la route, il était presque impossible de la voir. La porte était verrouillée. Il klaxonna, mais personne ne s'aprésenta. Comment ça? Il sortit de la voiture, alla frapper à la porte de la cabine. Rin, silence. Il se tourna pour revenir à la voiture et vit juste sur le bord de l'esplanade, près de la route, la partie arrière d'un rectangle de métal maintenu droit par une barre de fer. Un écriteau. Il se mit devant mais n'aréussit pas à le lire parce qu'il était caché aux trois quarts par un buisson d'herbe sauvage qu'il écrasa à coups de pied. L'écriteau avait perdu son vernis, la rouille en tachait la moitié, mais l'inscription était claire : fermé le lundi.

Quand il était minot, une fois son père, pour galéjer avec lui, lui avait raconté que la lune dans le ciel était en papier. Et lui, qui avait toujours confiance en ce que disait son père, il y avait cru. Et maintenant, homme mûr, expérimenté, homme qui avait de la coucourde et de l'intuition, il avait nouvellement cru comme un minot à deux femmes, l'une morte et l'autre vivante, qui lui avaient raconté que la lune était en papier.

La fureur lui voilait tellement la vue qu'il manqua tuer une fois une petite vieille et une autre fois de rentrer dans un camion. Quand il se gara devant chez Elena, il était une heure passée. Difficile qu'elle soit sortie à cette heure. Il sonna à l'interphone et de fait, elle lui arépondit.

Elle l'attendait sur le seuil, en tenue de gymnastique, souriante.

— Salvo ! Quel plaisir ! Viens, entre !

Elle le précéda. De derrière, Montalbano constata que son pas n'était plus saccadé et nerveux comme d'habitude, mais doux, détendu. Et même sa manière de s'asseoir dans le fauteuil était abandonnée, presque languide. La guéparde était évidemment repue de viande fraîche à peine dévorée, pour le moment elle ne représentait pas un danger. C'était mieux comme ça.

— Tu ne m'as pas avertie et donc, je n'ai pas préparé le café. Je le fais tout de suite.

— Non, merci. Je dois te parler.

C'était toujours un arnimal sauvage, parce qu'elle montra toutes ses dents très blanches, à mi-chemin entre un sourire et un souffle félin.

— De nous deux ?

Il était clair qu'elle voulait le provoquer, mais comme ça, pour rigoler, sans une 'ntention véritable.

— Non, de l'enquête.

— Encore ?!

— Oui. Je dois te parler de ton faux alibi.

— Faux ? Pourquoi faux ?

Juste de la curiosité, presque amusée, ni embarras, ni surprise, ni peur.

— Parce que toi, le soir de ce fameux lundi, tu ne peux pas avoir rencontré ton Luigi.

Le « tu » lui avait échappé, visiblement il lui était resté un fond de jalousie. Elle le comprit et en rajouta une louche.

— Je t'assure que la rencontre a bien eu lieu et qu'elle a été très plaisante.

— Je ne le mets pas en doute, mais ça n'a pas été lundi, parce que lundi, la station-service est fermée. Jour de repos.

Elena croisa les doigts de la main, leva les bras au-dessus de la tête, s'étira.

— Quand l'as-tu découvert ?

— Il y a quelques heures.

— Luigi et moi, on aurait juré que personne n'aurait eu l'idée d'aller contrôler.

— Et moi je l'ai eue, l'idée.

Une calembredaine dite non par vanterie mais juste pour ne pas passer pour un con parfait à ses yeux.

— Mais c'est un peu tard, commissaire. En tout cas, cette grande découverte, qu'est-ce qu'elle change ?

— Que tu n'as pas d'alibi.

— Ou fan ! Mais je te l'ai pas dit tout de suite que je n'en avais pas, d'alibi ? Tu l'as oublié ? Je ne t'ai pas raconté des salades. Mais toi, à insister, attention que si t'en as pas, on t'arrête ! Qu'est-ce que tu veux de moi ? À la fin, je me le suis procuré, comme tu le voulais, toi.

Très habile, rapide, intelligente, belle. À peine tu te trompais d'un millimètre, elle en profitait. Maintenant, elle lui attribuait la faute de l'avoir contrainte à mentir devant Tommaseo !

— Comment tu as fait pour convaincre Luigi ? Avec la promesse de coucher ?

Il aréussissait pas à se contrôler, la pointe de jalousie lui faisait dire les paroles qu'il ne fallait pas. Le lapin n'arrivait toujours pas à avaler d'avoir été refusé par la guéparde.

— Erreur, commissaire. Tout ce que je t'ai raconté qui m'était arrivé le lundi s'était en fait passé la veille, le dimanche. Je n'ai pas eu de mal à convaincre Luigi de déplacer d'un jour, devant Tommaseo, notre première rencontre. Et sache que, si tu veux l'interroger, il continuera à jurer ses grands dieux que nous nous sommes vus pour la première fois ce maudit lundi soir. Il ferait n'importe quoi pour moi.

Qu'est-ce qui lui fit dresser les esgourdes ? Peut-être un détail, un changement inattendu de sa voix quand elle dit « ce maudit lundi soir », qui lui fit venir tout à coup, en un tourne-vire, une pinsée, une illumination presque effrayante.

— Toi, ce soir-là, tu es allée chez Angelo, dit la bouche du commissaire avant même que la pinsée prenne forme dans sa tête.

Ce n'était pas une question, mais une affirmation

nette. Elle changea de position, posa les coudes sur les genoux, se prit la tête entre les mains et mata longuement Montalbano. Elle l'étudiait. Sous ce regard qui évaluait son poids d'homme, coucourde et amandons compris, le commissaire ressentit le même malaise que quand il avait passé la visite du service militaire, nu devant la commission, avec le médecin qui le mesurait et le manipulait. Après quoi, elle s'adécida. Peut-être qu'elle l'avait trouvé bon pour le service.

— Tu comprends que je pourrais m'en tenir à ma version et que personne ne pourrait prouver qu'elle est fausse, commença-t-elle.

— Ça, c'est toi qui le dis. L'écriteau est encore là-bas.

— Oui, mais le faire disparaître aurait été pire. Alors, on s'est mis d'accord avec Luigi. Il dira qu'il a oublié un livre dans la cabine et que ce lundi-là, il était allé le reprendre. Il est en train de préparer ses examens universitaires. Moi je l'ai vu et j'ai cru que la station-service était en train de fermer. Le reste, tu le sais. Ça tient ?

Maudite femme, ça tenait, et comment !

— Oui, dit-il à contrecœur.

— Alors, je peux continuer. Tu as raison, commissaire. Ce lundi soir, après avoir erré en voiture pendant une petite heure, je suis allée, avec beaucoup de retard, au rendez-vous chez Angelo.

— Pourquoi ?

— J'avais pris la décision de lui dire qu'entre nous, c'était vraiment fini. Ce qui s'était passé la veille avec Luigi m'avait convaincue que désormais, Angelo ne me disait plus rien. Alors, j'y suis allée.

— Comment es-tu entrée ?

— J'ai appelé à l'interphone. Dans sa pièce sur la terrasse, il y a aussi l'interphone. Il m'a répondu, m'a ouvert et m'a dit de le rejoindre. Quand je suis arrivée, je l'ai trouvé en train d'essayer encore et encore de faire un numéro sur son portable. Il m'a expliqué que, croyant que je n'arriverais plus, il avait appelé Michela pour qu'elle vienne le voir. Maintenant, il voulait l'avertir que j'étais là et que donc, il valait mieux qu'elle ne se montre pas. Mais il n'y arrivait pas, peut-être que Michela avait éteint son portable. « On descend ? » il m'a proposé. Il voulait faire l'amour, Michela ou pas. Moi je lui ai répondu que non, je lui ai dit que j'étais venue pour lui dire adieu. Et lui, il a commencé une scène très longue, avec des pleurs et des implorations. Il en vint à s'agenouiller, à me supplier. À un certain point, il me proposa qu'on s'en aille vivre ensemble, il m'a crié qu'il n'en pouvait plus de Michela, de sa jalousie. Il dit que c'était une sangsue, un cafard. Puis il a essayé de m'embrasser. Moi, je lui ai donné une poussée et il est tombé dans le fauteuil. J'en ai profité pour m'en aller, je n'en pouvais plus. Et c'est la dernière fois que je l'ai vu. Satisfait ?

Durant le récit, ses lèvres avaient pris une moue renfrognée, ses yeux étaient devenus d'un bleu sombre, presque noir.

— Donc, si on tire la conclusion de ton récit, celui qui a tué Angelo, c'est Tumminello.

— Je ne crois pas.

Montalbano fit un bond sur son fauteuil. Qu'est-ce qui lui passait par la tête, à Elena ? Ce n'était pas commode pour elle d'approuver l'opinion commune et d'attribuer la faute au mafieux ? Bien sûr que ça l'était. Et alors, pourquoi remettait-elle en discussion toute l'affaire ? Qu'est-ce qui la poussait à parler ? À l'évidence, elle n'aréussissait pas à réfréner sa nature.

— Je ne crois pas que ce soit lui, réitéra-t-elle.

— Et alors, qui ?

— Michela. Commissaire, tu ne l'as pas encore compris quel genre de rapports ils avaient, ces deux-là ? Ils s'aimaient, jusqu'à ce qu'Angelo tombe vraiment amoureux de moi. Quand je suis sortie de la pièce, il m'a semblé voir quelque chose bouger dans la partie sombre de la terrasse. Une ombre qui se déplaçait rapidement. Je crois que c'était Michela. Elle n'avait pas reçu le coup de fil d'Angelo et elle était venue le trouver. Et elle avait écouté les pleurs et les terribles paroles qu'il avait prononcées contre elle… Je pense qu'elle est descendue dans l'appartement, qu'elle a pris le revolver et qu'elle a attendu que je m'en aille.

— Nous n'avons pas trouvé d'armes chez Angelo.

— Quelle importance ? Elle l'aura remportée et s'en sera débarrassée. Mais Angelo, il en avait un de revolver, il le gardait dans le tiroir de la table de nuit. Une fois, il me l'a montré, il m'a raconté qu'il l'avait trouvé par hasard, après la mort de son père. Et puis : pourquoi crois-tu que Michela se soit suicidée ?

Et d'un coup, Montalbano repensa au papier timbré, portant déclaration de possession d'une arme, qu'il avait vu dans le tiroir du bureau d'Angelo. Et auquel il n'avait pas attribué d'importance. Et en fait, il en avait, de l'importance, et beaucoup, parce que ça correspondait exactement à ce que lui avait dit Elena, et ça démontrait enfin que la lune n'était plus de papier, la petite était en train de lui dire la vérité.

— Alors, l'interrogatoire est fini ? Je te le fais, ce café, demanda-t-elle.

Il la mata. Elle aussi. Maintenant, la couleur de l'iris était revenue au bleu clair, les lèvres étaient entrouvertes sur un petit sourire. Ses yeux étaient un ciel de début d'été, un ciel ouvert et clair qui reflétait les variations de la journée, de temps en temps un léger nuage blanc, petit, petit, mais une brise légère légère suffisait à le faire tout de suite disparaître.

— Pourquoi pas ? dit Montalbano.

NOTE

C'est l'habituel avertissement que désormais je suis fatigué de faire : cette histoire, je me la suis inventée. Et donc même les personnages (avec leurs noms et prénoms) et les situations dans lesquelles ils se retrouvent appartiennent à l'imaginaire. Donc toute homonymie serait totalement fruit du hasard.

A. C.

L'INSTINCT
N'A PAS DE FRONTIÈRES

Andrea CAMILLERI

La forme de l'eau

Cadavre et terrain vague

Au « Bercail », mi-terrain vague, mi-décharge publique, un homme décède dans les bras de sa dulcinée. Jusque-là, rien d'anormal. Sauf que le mort n'est autre que Luparello, le parrain politique local. Toute la Sicile orientale est en émoi, des autorités religieuses au petit malfrat. Seul le flegmatique commissaire Montalbano conserve son sang-froid. Habitué à louvoyer dans les zones grises et glauques où la loi et son contraire ont tissé des liens étroits, il prend l'affaire en main.

Pocket n° 11264

Andrea CAMILLERI

Chien de faïence

Un détail troublant

Le mafieux Tano u Grecu avait l'intention de se livrer au commissaire Montalbano, mais ses anciens complices l'en empêchent. Ils l'abattent en même temps que deux policiers. Avant de mourir, Tano révèle l'existence d'une cache d'armes aux environs de Vigàta. Dans l'arrière-fond de la grotte, on découvre les corps de deux amants étroitement enlacés. Un chien de faïence monte la garde devant les cadavres. Troublant, mais pas assez pour dissuader Montalbano.

Pocket n° 11347

Pour en savoir plus : www.pocket.fr

Andrea CAMILLERI
Le voleur de goûter

L'enfant des rues

Comme à son habitude, le commissaire Montalbano aborde sa nouvelle enquête en ronchonnant. Il vient d'hériter de deux cadavres, un retraité poignardé et un pêcheur tunisien mitraillé au large de Vigàta et d'une galarie de témoins hauts en couleur dont le voleur de goûter, un enfant abandonné. Pour trouver un lien entre ces deux meurtres, Montalbano va devoir se frotter aux services secrets, incarnation d'une Italie occulte et malfaisante. Mais pour sauver un enfant de la meurtrière raison d'État, il est prêt à faire des concessions.

Pocket n° 11391

Andrea CAMILLERI
La voix du violon

Le criminel est mélomane

Alors qu'il se rend à l'enterrement d'un collègue, le commissaire Montalbano emboutit une Twingo garée non loin d'une villa. Il laisse le numéro de téléphone du commissariat, mais personne n'appelle. Il décide donc d'aller voir si la villa est habitée. Il y découvre le cadavre d'une magnifique jeune femme. La victime avait trop de bijoux, beaucoup d'amis et possédait sans le savoir un violon estimé à plusieurs milliers de lires. Montalbano se lance sur les traces du criminel retors.

Pocket n° 11390

Andrea CAMILLERI

La démission de Montalbano

Nouvelles enquêtes

Un couple d'acteurs qui s'amuse à mourir avant l'heure. Un berger lapideur aussi roublard que cachottier. Un comptable à moitié fou qui stocke tout, des capsules de bière à ses propres déjections. Sans oublier les prostituées septaguénaires, les jolis minois qui traversent les miroirs... À Vigàta, le commissaire Montalbano est une fois de plus contraint d'en voir des vertes et des pas mûres dans un savoureux recueil de nouvelles où l'humour noir flirte avec les larmes et où l'incroyable est toujours vrai.

Pocket n° 12473

Catherine FRADIER

Camino 999

PRIX SNCF DU POLAR

En entrant dans la police, Carla Montalban pensait ne plus jamais entendre parler des riches hommes d'affaires fréquentés par sa famille. Elle se trompait. Coup sur coup, deux assassinats troublent la quiétude de la bonne société lyonnaise. Entre espionnage industriel et détournement de fonds, les pistes ne manquent pas. Pour Carla, l'enquête prend bientôt une tournure particulière. Au cœur de ce dossier sur lequel plane l'ombre de l'Opus Dei, se trouve peut-être la véritable identité de sa mère disparue...

Pocket n° 13687

Gilda PIERSANTI
Vert Palatino

PRIX POLAR DANS LA VILLE

Le cœur de Rome bat au rythme de la Coupe d'Italie qui divise les supporters enfiévrés. Les services de police partagent l'effervescence, pour de toutes autres raisons. Un membre d'un réseau pédophile vient d'être assassiné et la petite Sarah est portée disparue. En dépit de sa hiérarchie, l'inspecteur Mariella De Luca suit son instinct et recoupe les indices. Tout semble la ramener à la Corvial, immense bâtiment situé à la périphérie de la cité, théâtre de fouilles archéologiques pas comme les autres.

Pocket n° 13422

Elizabeth GEORGE
Sans l'ombre d'un témoin

Dans la tête d'un pervers

Une série de crimes atroces ébranle le quotidien déjà sordide des quartiers défavorisés de Londres. Les victimes sont de jeunes adolescents métis torturés selon un rituel macabre. Pour résoudre cette enquête au plus vite, l'inspecteur Thomas Lynley et sa fidèle adjointe Barbara Havers font équipe avec un profiler. C'est le début d'une plongée au cœur des bas-fonds londoniens, et dans l'esprit d'un serial killer particulièrement pervers…

Pocket n° 12988

Pour en savoir plus : www.pocket.fr